WURDACK

www.wurdackverlag.de
Cover: Ernst Wurdack
Lektorat: Heidrun Jänchen und Armin Rößler

ISBN 13: 978-3-938065-36-5

Karsten Kruschel

Vilm
Der Regenplanet

1. Lafayette

Hatte das alles nicht mit She Tsi begonnen, dem kleinen stillen Chinesen? Natürlich war die Frage Unsinn, in Elizas Fieberphantasien jedoch spielte sie eine wichtige Rolle. Als gäbe es eine unheilvolle Verkündigung, einen Fluch. Eine durch höhere Macht verordnete Kette von Unglück, irgendwie verknüpft mit dem Gesicht Lafayettes. In Elizas klaren Augenblicken schien ihr die Welt der kreisenden Gedanken wirklicher als jene andere, in der man ihr den Nacken stützte, um ihr Brühe einzuflößen. Sie sah die wirklichen Menschen und Dinge verständnislos an, ehe sie wieder in die quälende Unentschlossenheit ihres vertrauten Fieberuniversums glitt. Der Schmerz, den die Nahrung in ihrer wunden Kehle verursachte, war weit entfernt und betraf eine andere Person. Nicht die Person jedenfalls, die immer und immer wieder von She Tsis Tod träumte.

She Tsi war einer dieser stillen Leute gewesen, die zwar das volle Zugangsrecht zur Zentrale hatten, die man aber nie wahrnahm, weil sie zu unauffällig waren. Es gab nur diesen einen Auftritt für den kleinen Mann, dessen Arbeit mit den inneren Mechanismen des Schiffes zusammenhing. Eliza erinnerte sich in ihrer Verwirrung zahllose Male an jenen Tag vor fünf Monaten, als der Fluch zu wuchern begann. Unbemerkt von allen, hatte der Chinese seinen Werfer gezogen, den er wie alle Zentralier stets bei sich trug. Erst als das alarmierende Geräusch der Waffe verklungen und das Opfer zusammengebrochen war, blickten alle in einem Augenblick sprachloser Lähmung auf She Tsi. Er hatte den getöteten Kollegen mit ruhigem Blick gestreift und die Waffe wieder erhoben. Niemand konnte etwas dagegen tun. Es ging sehr schnell. Im selben Moment, da der Chefnavigator sich erstaunt umsah, war er tot. She Tsi schien fasziniert: Seine Augen leuchteten kurz auf, als empfinde er Freude beim Anblick eines zerplatzenden menschlichen Schädels.

Eliza warf sich herum auf ihrem Lager, wenn ihr diese Szene vor Augen stand, und das kam oft vor. Später meinte sie, wohl tausendmal davon geträumt zu haben, aber das war sicher eine Täuschung. Hände hielten sie fest, weiche Riemen legten sich über ihren schweißnassen Körper. Gefesselt durchlebte sie den Rest des Alptraums. So stand sie in ihren verzerrten Erinnerungen gebunden in der Zentrale, während alles wieder und wieder geschah: She Tsis unverständliche und überraschende Mordtaten. Seine vollkommene Ruhe, mit der er das dritte Opfer ansah und die Hand mit der Waffe erhob. Lafayettes Sprung aus seiner Nische heraus, ein Sprung wie im Kino, sodass er breitbeinig dastand, vornübergebeugt, das Körpergewicht auf den ganzen Fußsohlen, beide Hände um den Werfer zu einer einzigen knochigen Faust geschlossen. Man merkte, woher Grégoire B. Lafayette kam. Das knallharte tägliche Training der Auswahl konnte niemand abschütteln. Und Eliza erinnerte sich an den heiseren Ruf Lafayettes. An den winzigen Augenblick, der dem zweiten Navigator das Leben rettete, denn She Tsi hatte bereits gezielt. Eliza erinnerte sich an She Tsis unbeteiligte Augen, die irgendwo weit weg waren. Etwas Fremdes glitzerte darin. Und Eliza erinnerte sich an die blitzschnelle Reaktion des Chinesen. Lafayette war gezwungen zu schießen. Sofort zu schießen. In Notwehr, den Bruchteil einer Sekunde früher als She Tsi.

Eliza schrie grell auf in ihrem Fieberwahn – der gefächerte Strahl aus Lafayettes Waffe schnitt She Tsis Kopf glatt von den Schultern und schleuderte ihn fort. Der Körper des Chinesen stand für eine Sekunde regungslos. Dann kippte er nach vorn, während der Werfer ein drittes Mal losging und eine hässliche langgezogene Kerbe in den Fußboden meißelte. Das war es, was sie immer wieder in tiefere Regionen ihrer Bewusstlosigkeit stieß: dieser kopflos umsinkende Körper, aus dessen Faust ein greller Strahl leuchtete. Die Farbe eines unnatürlichen Feuers, das völlig fehl am Platz war in der Zentrale eines Weltenkreuzers; in einem Weltenkreuzer gab es keine grellen Farben. Alles war in zarten Pastelltönen gehalten, abgeglichen auf die Stimmungen der einzelnen Bereiche. Die Flure und Aufzüge waren babyblau, und die meisten Quartiere nervten ihre Bewohner mit lindgrün und zartrosa. Die Zentrale hingegen war immer eierschalenweiß. In der OOSTERBRIJK gab es in dieser Beziehung einige ungewöhnliche Farbtöne. Jahrzehntelange Benutzung hatte an manchen Stellen die Farben ausgelaugt, und wo man repariert hatte, stachen die neuen Teile durch ihre Buntheit unangenehm hervor. Das eintönige gedeckte Weiß in der Zentrale war scheckig und verblichen, hier und da sogar schmutzig. Kein Zentralier hatte jemals ein Wort dagegen gesagt; mit manchen dieser Flecken war man durch Erinnerungen verbunden. Keiner hatte jemals vorgeschlagen, etwas gegen diese Misstöne zu unternehmen. Sie machten das langweilige Design der OOSTERBRIJK erträglicher. Im Licht einer Werferentladung allerdings bekamen die Male eine unheilvolle Bedeutung. Die grelle Ausleuchtung ließ den Weltenkreuzer alt und gebrechlich wirken, dem Zerfall geweiht. Zwischen den Flecken hausten Gespenster. Gespenster, die sich in Elizas Träume schlichen und dort ihr Unwesen trieben.

Seltsamerweise sparte ihr Gedächtnis auch die anderen Ereignisse für ihren Traum auf, und die Szenen wurden immer wieder ineinandergeblendet und miteinander vertauscht. Die Riesenaufregung in der Zentrale, ein unerhörter Vorfall, drei Leichen. So etwas kam nicht vor in einem Weltenkreuzer der schwersten Klasse, dessen Zentrale von einfachen Sterblichen nicht betreten werden konnte. Aber auch Zentralier waren nur Menschen, wie sich herausstellte. Trotz Sonderstatus, erweiterter Rechte und geheimer Privilegien. Das vermischte sich mit all den anderen Zwischenfällen, und mit dem Tag, da sie Lafayette zum ersten Mal getroffen hatte, lange her, auf Atibon Legba, und in ihrem Traum war ihr, als sei das alles gleichzeitig geschehen.

Das entsetzte Gesicht des Chefchirurgen in der Zentrale, als der Leichnam des Chinesen untersucht wurde. Den Grund für She Tsis Verhalten fand man schnell: Tief eingebettet in seinem Hirn war eine Kapsel, und in ihr eine winzige vielfach gegliederte Larve, die sich ans Nervennetz ihres Wirtes angeschlossen hatte. Irgendein außerirdisches Scheusal. Nur mit den besten Mikroskopen konnten die Exobiologen die Fortsätze aufspüren, die von dem Ding ausgingen und sich in Hirn und Rückenmark des Chinesen verankert hatten. Es war nicht herauszufinden, woher das fremde Lebewesen stammte. Die Datenbanken des Flottenkommandos gaben nichts her, und auch Nachfragen bei der Goldenen Bruderschaft, auf Karna und Galdäa erbrachten nichts außer haltlosen Gerüchten. Es half auch nicht, dass einer der wenigen Karnesen an Bord, ein riesenhafter Koloss namens Jonathan Vliesenbrink, per abgeschirmter Verbindung mit seinem Onkel Gaston sprach. Der war immerhin ein Weltenkreuzerkapitän auf Atibon Legba, und wenn der nichts herausfinden konnte, dann gab es nichts herauszufinden.

Man beschloss, die Sache vor Besatzung und Passagieren geheimzuhalten. Noch geheimer als das, was mit Orsini und Bomarzo passiert war. Nur die Zentralier wussten von der unbekannten Kreatur, und auch ihnen fiel es schwer, mit diesem Wissen zu leben. Jetzt waberten nachtschwarze Schatten wie formlose Fledermäuse aus den Hirnen der Menschen und überzogen Elizas Fieberphantasien mit dunklen Flecken. Hin und wieder kam ihr der tröstliche Gedanke, dass dies alles nur Träume waren, nichts Wirkliches. Dass sie aufwachen würde und alles in Ordnung sei. Und immer wieder tauchte diese Gewissheit in tiefere Gebiete des Traums ab und ließ sie mit den Schrecken allein, die dort wohnten.

Der naheliegende Gedanke daran, was sich aus dem Winzling in She Tsis Hirn entwickelt hätte, war nur die eine Seite des Horrors. Die andere war die Ungewissheit, ob irgendjemand außer ihm einen solchen Keim in sich tragen mochte. Darum war die

Information über das außerirdische Gewürm streng geheim. Denen draußen war nicht zu trauen. »Draußen« waren die, die keinen Zugang zur Welt der Zentrale hatten – alle Passagiere und der größte Teil der Besatzung. Der arme Vliesenbrink hatte alle unheiligen Eide schwören müssen, damit er sich ruhig verhielt, und es war ihm eine extrem teure medikamentöse Behandlung angeboten worden, um sein Schweigen zu zementieren. Schließlich sind Karnesen als Hitzköpfe bekannt. Jonathan Vliesenbrink hatte sich diese Zumutung verbeten, in einer Lautstärke, die einen kleinen Alarm auslöste.

Eine Panik musste vermieden werden. Und wenn es nach dem Zwischenfall mit She Tsi auch keine Anzeichen für Panik gab, so lieferten die nächsten fünf Monate doch manchen Anlass. Diese Anlässe und Zwischenfälle bildeten Schrecken zweiter Ordnung, die Eliza heimsuchten, wenn die Schießerei zwischen She Tsi und Lafayette ihr erspart blieb. Das alles war so rätselhaft wie die Frage nach der Herkunft des epsilonischen Raumschiffes oder nach dem Grund der Vorfälle um Orsini und Bomarzo, und es war so ungeklärt wie die Grammatik der Hzn-Sprache. Der Weltenkreuzer VILM VAN DER OOSTERBRIJK flog noch diese fünf Monate lang, wenn er auch in einem schlechten Traum zu fliegen schien. Ein Landungsschiff stürzte ab und zerbarst auf einem kahlen Planeten so vollständig, dass die Ursache der Havarie nicht mehr feststellbar war. Ein Reparaturtrupp wurde in einer Kraftfeldkammer eingeschlossen und in Atome zerblasen, als ein Testprogramm einige Minuten früher anlief als vorgesehen. Einer der angesehensten Systemtechniker des Netzes vergriff sich beim Mischen seines persönlichen Äthyltees und ätzte sich mit falsch kombinierten Drogen das Hirn leer. Drei Gleiter wurden von Gewittern auf dem Blitzmond von Oniskus zerfetzt. Jonathan Vliesenbrink bekam heraus, dass die Zentrale ihn überwachen ließ, und machte ein Riesengeschrei.

Das war die Kette von Unglück, die mit She Tsi begonnen hatte und die Eliza wieder und immer wieder durchlebte – mit jener grauenhaften Szene in der Zentrale als Beginn und Ende jedes Alptraums – Alpträume, die von den Minuten der Ruhe kaum unterbrochen wurden. Sie sah jemanden über sich gebeugt, spürte die Fesseln sich lösen, Nahrung den Schlund hinuntergleiten und -schmerzen, spürte Wind auf ihrer Haut und hörte dumpf und weit entfernt Worte der Beruhigung. Ohne Übergang versank sie wieder im Karussell der quälenden Bilder. Eliza sah She Tsi und Lafayette einander mit Lichtblitzen bekämpfen. Eliza sah die über zwei Meter große, breitschultrige Gestalt des wütenden Vliesenbrink, der von acht Sicherheitsleuten nicht festgehalten werden konnte, auf den Lafayette einredete wie auf einen kranken Bären. Eliza sah die Schatten von unvorstellbaren Ungeheuern langsam aus den Schmutzrändern verblichenen Kunststoffs kriechen. Eliza sah den Kommandanten eines Landungsschiffes auf dem Bildschirm, und eine giftiggrüne Feuerwand schlug durch den Raum und riss den Leuten das Fleisch von den Knochen; die Verbindung brach den Bruchteil einer Sekunde zu spät zusammen. Die Kamera zeigte gnadenlos, was beim Zusammentreffen von menschlichem Gewebe und überheißem Plasma geschah. Eliza sah verbrennende Flugmaschinen im blauen Licht der Blitze des tückischen Oniskus-Mondes, hübsche regenbogenbunte Funken an einem blauschwarzen Himmel. Eliza starrte in das blöd sabbernde Antlitz des Mannes, der bis vor wenigen Stunden einer der intelligentesten Menschen an Bord gewesen war. Eliza hörte den erstickten Schreckensruf des Operators, der die Existenznachweise der Männer vom Reparaturtrupp erlöschen sah, und sie sah Lafayettes Gesicht, als er die Zentrale betrat, in den Händen eine Plastiktüte, die sechseinhalb Pfund feinen grauen Staub enthielt – alles, was von fünf erwachsenen Menschen übrig geblieben war. Und dazwischen und davor und danach immer wieder: den kopflos umsinkenden Körper, aus dessen Faust ein greller Strahl leuchtet. Die ebene Fläche zwischen den Schultern, aus deren Mitte eine unregelmäßige rote Fontäne entspringt. Den unglaublichen Schatten, den diese Szene auf die Wand der Zentrale wirft.

Einmal wurde Eliza von Stimmen aus ihren Träumen geweckt, heftigen Stimmen, die laut stritten. Es ging um Medikamente und Rettung und den Satz »Aber wieso gerade die?«, den sie erst später verstand. Sie schlug mühsam die Augen auf.

Lafayette war nicht da. Das Medlabor des Weltenkreuzers war auch nicht da. Nichts Vertrautes war zu sehen. Keine pastellfarbenen Wände. Keine blinkende Technik. Keine watteweichen medizinischen Stützen, die ihren Körper trugen, als läge er auf einer Wolke. Stattdessen lag sie nackt in einem aufgeschlagenen Schlafsack. Neben ihrem Lager standen zwei Frauen, die eine hielt die andere an den Handgelenken fest. Es tat weh, das war zu sehen. Die Festgehaltene, eine kleine dralle Person, deutete mit den Augen auf Eliza. Die andere Frau ließ los, blickte verlegen auf die Kranke, ehe sie hastig das Zelt verließ.

Elizas Augen schlossen sich langsam. Sie spürte schwach den Einstich der Injektionsnadel. Von diesem Zeitpunkt an ging es aufwärts mit ihr.

2. Die zerbrochene Stadt

Nach einigen Tagen war sie kräftig genug, wieder zu sprechen. Es war anstrengend und schmerzte, aber es half aus dem ewigen Alp heraus und gab ihr das Gefühl, sie sei am Leben. »Wo ...?«, war das erste, was sie unter Mühe formulierte.

»Im Zelt«, bekam sie zur Antwort, und damit war das erste Gespräch beendet. Die kleine Frau verließ das Zelt, und Eliza fiel in Schlaf, richtigen Schlaf, nicht die alptraumzerstückelte Wahnlandschaft mit Lafayette-Erinnerungen. Sie fiel in jenen richtigen Schlaf, aus dem erwacht der Schläfer spürt, wie ausgeruht er ist. Die kleine Frau war da und sah Eliza prüfend an.

»Ich glaube, ich hab dich hingekriegt«, sagte sie und begann, den Verband von Elizas rechtem Oberschenkel zu nehmen. Eine großflächige, in der Heilung begriffene Wunde kam zum Vorschein.

»Was ist denn los mit mir?«, fragte Eliza; das Sprechen war weniger mühselig, aber weiterhin anstrengend.

»Eine Verbrennung«, sagte die kleine Frau, ohne aufzublicken. »Dazu so etwas wie ein Schock und eine Entzündung, die wir in den Griff bekommen konnten. Kannst bald aufstehen.« Eliza beachtete das Gerede der Frau kaum, sie starrte auf diese Narbe, das wunde Fleisch, das nur dünn von einer rosigen Haut überspannt wurde. »Nachher«, sagte die Fremde, »bekommst du eine Tasse Kaffee, richtigen Kaffee, serafimischen. Leider haben wir hier so gut wie keine Möglichkeit, einen beruhigenden Äthyltee zu machen. Wäre vermutlich auch nicht so gut für dich, alle diese psychotropen Chemikalien.«

»Ich meine ... was ist überhaupt passiert? Wo bin ich? Wieso liege ich in einem Zelt? Was ist mit dem Schiff? Wo sind die anderen?« Elizas Stimme fing an, ihren alten Befehlston zurückzufinden.

»Du fragst ein bisschen viel auf einmal.« Die kleine Frau legte den schmutzigen Verband sorgfältig in eine blecherne Kiste, als handle es sich um etwas Wertvolles und nicht um Abfall, der schleunigst in den Tiefen der Schiffsaggregate verschwinden sollte. Sie zögerte, blickte zum zugezogenenen Reißverschluss an der Stirnseite des Zeltes, dann ergriff sie eine Spraydose ohne Aufdruck und richtete den kühlen Strahl auf die Wunde. Es brannte. Reichlich Druck konnte nicht in der Dose sein: Die kleine Frau musste einige Male den Behälter schütteln, ehe sie die ganze Wunde besprühen konnte. Sie wog die Flasche bedauernd in der Hand und stellte sie weg. Eliza hatte das alles besorgt beobachtet.

»Ich nehme an«, sagte die kleine Frau, »du kennst mich nicht.«

»Nicht dass ich wüsste.« Eliza versuchte sich zu erinnern.

»Ich hab dich einige Male gesehen, wenn du zum Zentrale-Lift gingst, an allen anderen vorbei; oder wenn du mit einem Mobil unterwegs warst im Schiff. Aber die Zentralier können sich nicht um jeden kümmern, das ist klar.«

Eliza spürte, wie etwas in ihrem Innern kalt wurde.

»Ich heiße Gerda«, fuhr die kleine Frau fort, »hier vom Volk Schwester Gerda genannt, weil ich es übernommen habe, Leute gesund zu pflegen. Viel kann ich nicht, muss ich sagen. Na gut, die sterben mussten, sind gestorben, der Rest ist gesund. Wir können froh sein, dass wir überhaupt noch leben. Du bist Eliza Simms, das weiß ich nicht von früher, sondern weil es auf deiner Kleidung aufgenäht war.« Das Kalte in Elizas Innerem wurde zu einer schmerzenden Kugel aus blauem Eis. »Der Weltenkreuzer ist abgestürzt. Nein, nicht abgestürzt, so kann man das nicht sagen, wir leben schließlich noch ... Er hat sich in seine Segmente zerlegt. Nein, stimmt auch nicht. Egal. Fest steht: VILM VAN DER OOSTERBRIJK ist ein riesiger Schrotthaufen und liegt auf einem unbekannten und namenlosen Planeten herum. Wir sind ungefähr vierhundert Überlebende, darunter zwanzig Krüppel ...

Gegenüber Robinson haben wir zwei bedeutende Vorteile: Wir sind nicht allein, und wir haben das Wrack vor der Nase, die reine Schatzkammer für uns.«

Das war alles ziemlich schlimm – diesen nichtssagenden Ausdruck benutzten Elizas Gedanken in diesem Moment –, aber es war nicht das, weswegen sich die Kugel harten Eises in ihr vergrößerte und warmes Blut aufsog und als dickflüssige, weltraumkalte Flüssigkeit in den erstarrenden Körper trieb. »Was«, flüsterte sie, »was ist mit den anderen?« Und sie hob die linke Hand, auf der sich blass die Einpflanzungsnarben abzeichneten. Gerda verstand sofort, was Eliza meinte. Alle Zentralier trugen in der linken Hand den Kontakter, mit dem sie sich, wann sie wollten, mit den Schiffsgehirnen verbinden konnten.

»Du meinst, was aus den anderen Zentraliern geworden ist?«

Eliza nickte; das Eis war überall. »Soweit wir wissen, bist du die Einzige von denen, die es überlebt hat.«

Eliza fiel nur der Name Grégoire B. Lafayette ein, dann wurde sie vom Eis eingeschlossen und begraben und versank in kühler Stille.

Sie erwachte aus ihrer Ohnmacht, als sie allein war. Sie wusste nicht, ob Minuten oder Tage vergangen waren, seit Schwester Gerda sie mit sachlichen Informationen schockiert hatte. Eliza setzte sich auf. Das ging überraschend leicht. Ein bisschen Schwindelgefühl im Kopf. Ob das wahr ist, überlegte sie, alle tot ... auch Lafayette ... kann denn das sein? Mit einem energischen Ruck stand sie auf. Es prickelte in den Fußsohlen. Sie stand auf Plastikfolie, unter dieser Folie jedoch war etwas Unebenes. Eliza war gewöhnt, auf Grund zu gehen, der geglättet, gleichmäßig, künstlich war.

Das Zelt war klein und niedrig, Elizas Haar berührte die leicht durchhängende Decke. Es gab die Pritsche, ein paar Blechkisten, einen Stuhl, über dem Kleidung hing. Ein kleines Namensschildchen war aufgenäht: Eliza Simms. Darunter das etwas verblichene Logo der OOSTERBRIJK. Eliza berührte den Reißverschluss, erinnerte sich daran, dass sie nackt war, und stieg in die Montur. Es war ihr am häufigsten benutzter Overall, den sie bei Inspektionen trug. Sie hatte abgenommen, am Bauch und an den Hüften entdeckte sie ein paar Falten, die sie nicht kannte. Sie war nie füllig gewesen, eher knochig, aber jetzt war sie dürr. Lafayette hatte immer gescherzt, dass sie mit ihrer Figur auch gut einen Mann abgegeben hätte, und sie hatte meistens geantwortet, dass sie diese Sorte Kompliment schlecht zurückgeben könne – Lafayette wäre eine ausgesprochen hässliche Frau gewesen. Sie hatte nie herausgefunden, ob er nicht auch das als Kompliment verstanden hatte. In der Auswahl kam es nicht auf Schönheit an.

Als sie den Overall anzog, stellte sie fest, dass er gewaschen worden war. Nicht gereinigt, sondern gewaschen, mit Wasser und einer Chemikalie, die einen guten Teil der Farbe aus dem Gewebe gesogen hatte. Und die Streifen auf den Ärmeln, die im Dunkeln weiß leuchteten und als Kennzeichen der Zentralier galten, waren brüchig und grau geworden bei der Wascherei. Sehr zweifelhaft, ob sie weiterhin leuchten würden. Aber Eliza hatte ohnehin die Befürchtung, dass es darauf nicht ankäme. Die in den Overall eingenähte Unterwäsche kratzte – auch eine Folge unsachgemäßen Waschens. Als Eliza den Reißverschluss zugleiten ließ, erinnerte sie sich daran, wann sie ihr »Inspektionsgewand« zum letzten Mal angezogen hatte. Sie hatte Unregelmäßigkeiten in der Kontrolle bemerkt und war unruhig wegen der bewussten Vorfälle, wegen She Tsi, den Gleitern, dem Reparaturtrupp, dem abgestürzten Schiff. In ihrem Fachbereich war zwar nichts vorgefallen – noch nichts –, aber sie war unruhig. Also hatte sie den Overall übergestreift und war in die Außensektoren gefahren, ein Gebiet, das die Ausmaße einer kleineren Stadt aufwies und sich über zweiundzwanzig Decks erstreckte. In der Unterzentrale hatte sie die Diensthabenden schockiert: Die hatten keinerlei hohen Besuch erwartet und sprangen auf. Sie hatten hochrote Köpfe und unvorschriftsmäßig geöffnete Kleidung. Die beiden jungen Männer hatten sich mehr mit der Erforschung der empfindlichen

Teile des jeweils anderen beschäftigt als mit ihrer Arbeit. Und das war offenbar bereits lange so üblich. Es hatte auf den Anzeigen eine Reihe von Unklarheiten gegeben, die nicht gemeldet worden waren. Lange nicht mehr. Eliza hatte die beiden angeschnauzt und ihnen klargemacht, dass sie für solche Techtelmechtel im Dienst und die Nachlässigkeiten im Protokoll bestraft werden würden. Der nächste planmäßige Raumsprung war angekündigt worden, nichts Besonderes, nur eine routinemäßige Zwischenstation, eine von zahlreichen. Dann ... dann war sie nach langer Zeit wieder einmal durch die äußeren Sektoren gegangen ...

Eliza stand still in dem kleinen Zelt und hatte weiche Knie. Ihre Hand hatte sich fest um den Griff des Reißverschlusses gekrallt. Sie sah wieder die Generatorenhalle vor sich, in der dicker Staub anzeigte, dass irgendjemand die Kontrollen der letzten Monate, möglicherweise Jahre, hatte ausfallen lassen. Sie sah wieder den zusammengesunkenen Generatorblock, dessen Ausglühen unbemerkt geblieben war. Die Automatik hatte alles ausgeglichen. Sie sah sich wütend schimpfen und über den Kontakter eine Meldung absetzen. Im Grunde genommen war es nicht weiter wild, wenn einer von fünfhundert Generatoren ausglühte ... aber wenn das nicht der einzige war? Wenn die Kontrolle überall vernachlässigt worden war und im Einsatzfall das gesamte System ausfiel? Wenn innerhalb der Großstadt, die ein Schiff wie die VILM VAN DER OOSTERBRIJK darstellte, ein ganzer Stadtteil von heute auf morgen den Dienst versagte? Auch die beste Automatik kam irgendwann an die Grenze ihrer Fähigkeiten und konnte dann gar nichts mehr ausgleichen. Eliza erinnerte sich gut daran, wie sie die beiden jungen Männer zusammengedonnert hatte und wie die beiden, immer noch hochrot, den Fußboden betrachtet hatten.

Was war dann passiert? Sie war gegangen, und sie hatte daran gedacht, ob und vor allem wie die beiden sich gegenseitig trösten würden. Sie hatte gelächelt. Dann verloschen die Lichter, blaue Notlampen schimmerten auf, und rote Alarmsignale flackerten im

Takt der schreienden Sirenen ... Was dann geschehen war, verschwamm in einem schwindelerregenden Durcheinander von Geschrei, sich drehenden Räumen, zischendem Dampf, dem kreischenden Geräusch zerreißenden Metalls, brennender Isolierung, grässlichem Knirschen, dem Pfeifen entweichender Luft, zuschlagenden Schotten, dem Gestank verbrannten Fleisches, einem von Panik erfüllten Augenblick Schwerelosigkeit, Übelkeit und dem verzweifelten Versuch, über die rote Linie eine Verbindung mit Lafayette zu bekommen. Die Erinnerung endete jäh, als irgendwo Triebwerke aufheulten und aus einer völlig unmöglichen Richtung eine Wand aus dem Dunkel schoss und Elizas Bewusstsein von der Bildfläche wischte. Alles danach waren Träume, mit und ohne Lafayette, meistens jedoch mit den Schüssen in der Zentrale und einem kopflosen Körper.

Eliza atmete tief durch und schloss sorgfältig den Overall. Den Reißverschluss zog sie bis ganz nach oben. Es war gut, dass sie sich wieder erinnerte. Es war nicht angenehm, aber es war gut. Man war gestrandet, aber man lebte; also würde man ein gelandetes Schiff vorfinden, keinen Trümmerhaufen. Was verstand eine Schwester Gerda von Raumschiffen. Die rote Linie würde kontaktiert werden und alle später wegfliegen von hier. Eine so gigantische Stadt, wie sie ein Weltenkreuzer darstellte, löste sich nicht einfach in seine Bestandteile auf. Sie würde bald Kaffee trinken, das war sicher, und auch einen utragenorianischen Äthyltee würde sie sich zubereiten lassen; einen richtig starken, eine große Schale, in der psychotrope Substanzen in bunten Schlieren auf der Oberfläche schwammen.

Mit diesem Gedanken öffnete Eliza das Zelt und trat in düsteres Dämmerlicht hinaus. Über eine Reihe von Zelten waren schwach grau leuchtende Planen gespannt. Sie reichten ringsum bis zum Boden, und auf diese Haut trommelte sanft ein steter Regen. Eliza ging in Richtung des einfallenden Lichtes und fand einen winklig angeordneten Eingang, der das Eindringen von Wasser verhindern sollte. Sehr sinnig, dachte sie, vertretbare Einrichtung, primitiv, offensichtlich wirkungsvoll. Dann stand sie draußen.

Eliza sah einen wolkenverhangenen Himmel, der sich mit nervenaufreibender Langsamkeit über einer völlig langweiligen Landschaft dahinschob, nichts als eine mit großen Sträuchern bewachsene Ebene. Sie spürte einen leichten Regen, der unauffällig und durchdringend war, durchsetzt mit einzelnen schweren Tropfen, die in unregelmäßigen Abständen ihren Kopf trafen und ihre blonden Haare dunkel färbten. Eliza atmete kühle feuchte Luft, nicht unangenehm, mit einem leichten Duft nach nasser Erde versetzt und etwas anderem, einem fremden Geruch, der nicht einzuordnen war und irgendwie tierisch anmutete. Keine Fernsicht. Voraus, undeutlich im feinen Dunst, erkannte Eliza den dunklen Umriss eines wild aussehenden Gebirges, nicht groß, annähernd zweihundert Meter hoch, sehr zerklüftet.

Sie sah sich um. Hier stand nirgendwo ein Raumschiff. Aber auch kein Lander war da, nicht einmal ein Gleiter, von einem Landungsschiff ganz zu schweigen. Auch die charakteristischen Furchen fehlten, die harte Landungen normalerweise verursachten.

»Es scheint dir bemerkenswert gut zu gehen«, sagte Gerda, die unbemerkt hinzugekommen war. »Du erstaunst mich, weißt du das? Eigentlich hättest du wieder umfallen müssen.« Sie blickte zu der deutlich größeren Frau auf, unsicher, ob die wirklich fest auf den Beinen stand.

Eliza dachte nicht daran, ihr zu erklären, dass sie mehrmals kurz davor gewesen war, ihrem Schwindelgefühl zu erliegen. »Wo«, fragte sie, »ist das Schiff?«

Gerda sah ihre Patientin spöttisch an. Dann zeigte sie auf das Gebirge. »Da liegt er, der Schrotthaufen.«

3. Ein Problem der Reichweite

Natürlich hatte es Eliza Simms erst einmal umgeworfen, aber Gerda hatte die Blässe ihres Gesichts und den Klang ihrer Stimme richtig gedeutet und geistesgegenwärtig reagiert. Es war, genau betrachtet, erstaunlich für eine so kleine Person wie Gerda, die immerhin anderthalb Köpfe größere Eliza aufzufangen und allein wieder zur Pritsche zu schleppen.

Nach einigen Wochen hatte Eliza einen guten Überblick über das Ganze, auch wenn sie anfangs nur Alpträume gehabt hatte. Was einmal die Vilm van der Oosterbrijk gewesen war, hatte sich in ein Trümmergebirge unfassbaren Ausmaßes verwandelt. Es gab keinerlei Möglichkeit, diesen düsteren Planeten zu verlassen – wenn intakte Raumfahrzeuge existierten, waren sie begraben im Tausende Tonnen schweren Schrotthaufen. Auch irgendwelche Kommunikationsmittel gab es nicht, keine Chance. Menschliche Ansiedlungen, Raumbaken oder wenigstens Automatensonden waren von hier aus nicht erreichbar. An Atibon Legba war nicht zu denken.

Es gab allerdings ein einzelnes Zelt, in dem Funker und Techniker an einer Sendestation arbeiteten. Die Leute taten den ganzen trüben Tag lang nichts anderes. Aber es war eine Radiostation, was sie da zusammenschraubten, gute alte elektromagnetische Strahlung, die im Schneckentempo der Lichtgeschwindigkeit durchs All reisen würde. Eliza wusste ungefähr, wo die Vilm van der Oosterbrijk im Augenblick der Katastrophe gewesen war, und daher war ihr klar, dass die Signale dieser Funkstation runde anderthalbtausend Lichtjahre bis zum nächsten menschlichen Vorposten zurückzulegen hatten. Plus minus zehn Lichtjahre, in etwa. Und fünfzehn Jahrhunderte waren ein bisschen lang für eine Rettungsexpedition, fand Eliza.

»Was meinst du«, sagte sie zu Gerda, »wenn jemand hier seine Zeit und Kraft an ein Projekt verschwendet, das vollkommen sinnlos ist, ihm aber eine Beschäftigung gibt – sollte man ihn aufklären oder lieber nicht?«

Gerda sah die Zentralierin erstaunt an. Eliza dachte kurz daran, ihr die Gründe für die seltsame Frage zu erklären; dass sie sich unsicher fühlte ohne jenen großen Apparat, in dem jeder seinen festen Platz hatte. Dass sie sich unkomplett vorkam, wenn sie so lange Zeit die rote Linie nicht berührt, die Gegenwart des großen klugen Netzwerks so lange nicht gespürt hatte. Dass sie unbehaust war. Den Siedlern, also den Passagieren, ging es anders, die hätten am eigentlichen Ziel ihrer Reise ähnlich angefangen, zurückgeworfen auf elementare Mittel. Nicht ganz so primitiv freilich, ohne den Schock der Trennung vom intellektuellen Bezugspartner, und geplant. Jeder von denen hatte gewusst, was ihn am Ende der Reise erwartete: ein ungezähmter Planet. Aber von diesen Überlegungen erwähnte Eliza nichts gegenüber Schwester Gerda.

Die überlegte gründlich. »Es wäre besser«, sagte sie dann, »es ihnen zu sagen. Wir brauchen hier jeden. Es gibt so viel zu tun ... Bist du dir sicher, dass die Funkstation vollkommen sinnlos ist?«

Sie hatte mit untrüglichem Instinkt erraten, worum es ging. Eliza ließ sich ihre Überraschung nicht anmerken, nahm sich aber vor, Gerda bei Gelegenheit nach ihrem erlernten Beruf zu fragen.

Zuerst ging sie in jenes einzeln stehende Zelt, das nässetriefend abseits stand. Darin waren – neben etlichen Zentnern Elektronik, nach einem nicht erkennbaren Plan gestapelt – drei junge Männer. Einen kannte sie. Vor einigen Wochen und in einer völlig anderen Welt hatte sie ihn angebrüllt und ihm verschiedene hässliche Dinge angedroht, die seine dienstlichen Verfehlungen betrafen. Sie sah ihn überrascht an. Er war nach wie vor hübsch, o ja, aber um den Mund hatten sich einige harte Falten eingegraben. »Hallo«, sagte Eliza beklommen, »ich wollte mal nachschauen, was ihr so treibt. Und euch ... hm, helfen.«

»Hallo«, sagte der Junge. Nachdem er die Zentralierin trotz ihres Gewichtsverlustes wiedererkannt hatte, setzte er spöttisch hinzu: »Welch eine Ehre.«

»Wo ist dein Freund? Bastelt er auch mit?« Eliza ließ den Blick durch das Zelt schweifen; da gab es eine Menge Werkzeug und allerlei Elektronik in verschiedenen Stadien des Zerlegens und Zusammenbauens. Dazwischen waren Kleinteile verstreut, und es standen benutzte Kaffeetassen herum, diese schlanken serafimischen Tassen mit den feinen Ornamenten am Rand. Einige der Gefäße waren mit bunten elektronischen Dingen gefüllt. Das Chaos schien eine Ordnung zu haben: In der Mitte des Zeltes thronte, sorgsam in einen knisternden Folienmantel gehüllt, ein offenbar hochkompliziertes Gerät. Ein leerer Sitzplatz war an diesem Apparat angeordnet, und zwei lange Okulare warteten auf jemanden, der durch ihre Linsen auf irgendetwas Winziges schauen wollte. Marek war auf dem Weg dorthin gewesen, als Eliza eingetreten war und ihn nach seinem Freund fragte.

Der Junge schluckte, wechselte die Gesichtsfarbe und deutete mit einer knappen Kopfbewegung in Richtung des Gebirges. Einer der beiden anderen, ein stämmiger Kerl mit sommersprossigem Gesicht, bemerkte ebenso beiläufig wie bissig, dass besagter Freund gewisse Schwierigkeiten beim Basteln hätte, dort, wo er jetzt sei, auch wenn er an jenem Ort genug Kleinteile dazu hätte, denn leider, leider gehörten alle Knöchelchen des besagten Freundes inzwischen auch zu den Kleinteilen.

»Oh«, sagte Eliza hilflos, »das hab ich nicht gewusst ... Tut mir leid ...«

»Wenn wir ständig sagen würden, wenn uns was leid tut, meine Beste«, sagte der Stämmige, »täten wir uns bloß die Ohren vollheulen. Erst recht, wenn es um die Toten dort drüben geht, die Leute, die etwas weniger Glück als wir gehabt haben. Und du reiß dich zusammen, Marek.«

Marek sah mit steinernem Gesicht von einem zum anderen. Er setzte sich in Bewegung, als habe ein Puppenspieler im Hintergrund an unsichtbaren Fäden gerissen, verschwand fast in der raschelnden Folie und setzte sich an den Apparat. Dort starrte er in die Augenöffnungen des elektronischen Messplatzes. Allen war klar, dass Marek jetzt wohl kaum etwas darin sah.

»Was wir hier treiben«, fuhr der Sommersprossige fort, »ist so ungefähr dasselbe, wie im dicken Nebel ein Alphorn zu schnitzen. Man schnitzt und schnitzt, die Messer sind alle stumpf, und das Holz ist ziemlich rissig. Aber man hat schließlich alle Zeit der Welt.« Der Mann drehte unaufhörlich eine Kaffeetasse in den Händen.

Eliza achtete nicht auf das Geschwätz. Sie hatte das Funkgerät – ein unförmiges Trumm aus Teilen, die für diesen Zweck nicht gedacht waren – mit einem Blick abgeschätzt.

»Weit seid ihr nicht gekommen. Das da«, sie wies auf den Apparat, »ist beachtlich gute Improvisation.« Während sie das sagte, spürte sie bereits, dass das nicht die richtigen Worte waren. »Ich meine«, sprach sie schnell weiter, »bei diesen Bedingungen ... Welche Reichweite habt ihr geplant?«

Sie wusste genau, dass es nicht ausreichen würde, nicht für eine Rettung zu Lebzeiten der Anwesenden. Zwar war der Zwischenstopp der OOSTERBRIJK ein Punkt gewesen, der auf gewissen Routen immer wieder angesteuert wurde, aber solche Stellen wurden dazu benutzt, den Kurs zu kontrollieren. Meistens hielt sich ein Weltenkreuzer nicht lange genug an einem solchen Ort auf, um auch nur einen simplen Funkspruch aufzufangen. Es war die Mühe nicht wert, seine Antennen auszurichten. Und Hilferufe von solch einer Anlage, wie die Leute sie hier zusammenbastelten, hatten nicht die geringste Chance, wahrgenommen zu werden. Das Ganze war so nutzlos und vergeblich wie die vierhunderteinundfünfzigste Kartografierung des epsilonischen Raumschiffs, wenn auch bei Weitem nicht so kostspielig. Eliza hörte sich die Erklärungen über Modulation und Energie und Fading und verschiedene unwahrscheinliche Möglichkeiten nicht bis zum Schluss an, auch wenn der Mann plötzlich die Gabe der normalen Rede wiederfand. Sie unterbrach den Redeschwall des Stämmigen.

»Die nächstliegende Ansiedlung dürfte auf Engambosch sein, bestenfalls«, teilte sie ihm mit. »Und Engambosch ist schätzungsweise fünfzehnhundert bis sechzehnhundert Lichtjahre von hier entfernt. Notsonden und Raumbaken gibt es in dieser Gegend des Alls nicht, das wisst ihr ... Also müsstet ihr einen Landau-Modulator bauen, wenn denn unbedingt irgendein Alphorn gebastelt werden soll. Alles andere hat einfach nicht genügend Reichweite.«

Der Sommersprossige starrte sie sprachlos an. Die Tasse in seinen Händen stoppte ihre Bewegung.

»Aber ... Einen Landau-Modulator mit bloßen Händen zu bauen, ist völlig unmöglich«, sagte Marek auf seinem folienverpackten Arbeitsplatz. Er sagte es, ohne sich umzudrehen. Seine Worte fielen in die Stille des tropfenden Regens.

»Eben«, antwortete Eliza und verließ das Zelt. Draußen atmete sie tief durch. Sie war jämmerlich, was Psychologie anbetraf. Sie hatte sich dumm benommen. Wie ein Alien in Menschengestalt. Unter all diesen Leuten, die von Serafim stammten, war Eliza Simms schon rein äußerlich eine Fremde, groß, knochig, herb, blond, so wie die meisten Leute von der friedlichen und etwas abgelegenen Welt Dortue. Sie lauschte auf das, was in dem Zelt hinter ihr vorging.

»Woher, zum Teufel, will denn die das wissen?«, hörte sie die Stimme des Stämmigen durch die Plane des Zeltes. Marek antwortete leise, und sie verstand das Wort »Zentralier«. Es war in einem Tonfall gesprochen, der ihr nicht gefiel, überhaupt nicht. Es klang Wut darin und etwas anderes. So wurden Leute beim Namen genannt, von denen nicht viel zu erwarten war, jedenfalls nichts Gutes. Eventuell bildete sie es sich ein; ihr war, als hätte sie Angst aus Mareks Stimme herausgehört. Dann spürte sie mehr, als dass sie es sah, wie ein jäh geschleuderter Gegenstand vom

Stoff des Zeltes abprallte und zu Boden fiel. Wenigstens der schönen serafimischen Kaffeetasse hat es nichts getan, dachte Eliza.

Sie ging in Richtung Gebirge. Erst einmal weg von dem Zelt. Das fehlte Eliza noch, dass jemand denken könnte, sie würde lauschen. Sie spürte den Impuls, sich umzudrehen und zu vergewissern, dass niemand sie beobachtete. Stattdessen ging sie weiter. Es war Wind aufgekommen, unangenehm kalt und durchdringend. Dafür hatte der Regen fast aufgehört.

Die Trümmer des Riesenraumschiffs waren in eigenartigen Formationen aufgetürmt. Es gab nahezu unzerstörte Sektionen, die wie einsame Felsblöcke aufragten, wuchtig und unnahbar. Es gab zu unerkennbarem Gewölle zerschmetterte Teile, ineinander verbogene und verfilzte technische Überbleibsel. Und es gab Strukturen, die erhalten geblieben waren und gerade dadurch grotesk wirkten. Ein Liftschacht, dessen hell schimmernde Röhre hoch in den Himmel stieß, fast senkrecht, als habe sie noch ein Ziel, zu dem Kabinen befördert werden müssten. Aber das obere Ende der Röhre war ein langsames Aufhören; Splitter, Spalten, Bruchstücke. Ein zuletzt nur handbreites Stück spießte hoch empor. Überraschenderweise ragte es nicht in die Wolken hinein, die nicht so tief hingen, wie es den Anschein hatte.

Eliza überlegte, wie groß dieses mit Schrott bedeckte Areal sein mochte. Die VILM VAN DER OOSTERBRIJK war ein mittelgroßer Weltenkreuzer gewesen, achteinhalb Kilometer im Durchmesser, die verschiedenen Aufbauten und nach Bedarf angekoppelten Module nicht eingerechnet. All das auf einer ebenen Fläche verteilt, musste eine Menge Platz in Anspruch nehmen. Kilometer um Kilometer eines schier unendlichen Trümmerfeldes; und dennoch, dachte Eliza, war dies nur ein kleiner Fleck auf einem Planeten, und der Planet nur einer unter mehreren in diesem System. Die Chance, dass jemand zufällig auf die Überreste der OOSTERBRIJK stieß, war verschwindend gering. Womöglich tauchte gerade in diesem Augenblick ein Raumschiff in der Nähe dieses Systems auf. Vielleicht machte jemand hier Station und dachte überhaupt nicht daran, eine Sekunde der Aufmerksamkeit einem der unbedeutenden, unbewohnten Planeten zu widmen, die es da gab. Und, dachte Eliza, während ich hier stehe, ist das Schiff wahrscheinlich längst wieder weg. Es dauert nur einige Minuten, die wichtigsten Referenzsterne auszumachen und sich zu vergewissern, dass sie in der richtigen Konstellation standen.

Sie starrte auf jene einsam in der Höhe hängende Wand mit offenstehenden Türen darin, die von nirgendwo nach nirgendwo führten. Der Wind schlug die Türen gegen die schiefen, verzogenen Füllungen oder die zernarbte Wand. Dieses leise Klappen war nicht das einzige Geräusch des Gebirges. Da war ein feines Singen zu hören; Luft strich an gespannten Drähten vorbei. Ein leises Ächzen, als läge ein Riese unterm Schutt und bewege sich langsam. Ein mattes Rattern irgendeiner Mechanik, die eine der zugeschlagenen Türen freigab, damit der Wind sie wieder zuschlagen konnte. Das war auch ein Alptraum, nur eine andere Art. Eliza dachte an die nachts immer wieder auftauchenden Bilder; an die Lichtblitze zwischen She Tsi und Lafayette; an die mit einem wutschäumenden Karnesen ringenden Sicherheitsleute; an regenbogenbunte Funken am blauschwarzen Himmel des Oniskus-Mondes; an verlöschende Lämpchen auf einer Konsole. Unter diesen verhassten Bildern gab es auch eine kleine Plastiktüte, die sechseinhalb Pfund feinen grauen Staub enthielt, und grünes Feuer, das Fleisch von Knochen fraß.

Eliza hockte sich hin und kramte in dem Zeug, das herumlag. Angesengte Mikrofilme, verglühte Elektronik, wie von einer Titanenfaust zerquetschtes Stahlblech, lose Buchseiten mit verwischten Diagrammen, Metallfetzen mit Anlaufspuren, ein zerdrücktes Fotokristallgerät. Das war alles unbrauchbar. Schrott. Aber sie sollte versuchen, näher heranzukommen. Sie wusste, dass sie es versuchen musste, obwohl die Chancen klein, sehr klein waren. Irgendwo waren rote Linien. Irgendwo konnte ein funktionierendes Netz in Reichweite sein. Irgendwo gab es für sie die Möglichkeit, den Kontakter zu benutzen. Sie wusste, dass ein Weltenkreuzer nicht stirbt. Er konnte vernichtet werden, verglühen in einer Sonne oder zerrissen werden von außer Kontrolle geratenen Reaktoren, aber er konnte nicht daliegen und nichts tun. Die anderen, die nicht zum Kreis der Zentrale gehörten, konnten nichts davon wissen. Nur Zentralier kannten die inneren Geheimnisse der Weltenkreuzer, kannten die Pläne der Selbst-Belebung. Eliza musste wissen, ob es funktionierte. Sie kletterte auf den ersten Schutthügel hinauf. Bis zum ersten kompletten Segment würde es eine mühselige Sache werden.

»He, du da!«, wurde sie von hinten angerufen. Sie drehte sich unter Schwierigkeiten um, beinah wäre sie ausgeglitten und gefallen.

»Was ist?«

»Komm da runter!« Das klang nicht wie eine Bitte. Das klang wie ein Befehl. Eliza war es nicht gewohnt, Befehle zu empfangen. Zentralier hatten das nicht nötig. Aber die Zentralier waren tot. Alle Zentralier außer ihr waren tot. Aber war auch die Zentrale tot?

Eliza kletterte folgsam hinunter und wurde von drei Männern in neutralen blauen Overalls in Empfang genommen. Alle drei machten Gesichter, als seien sie äußerst wichtig. »Dein Name ist Eliza Simms, Zentralierin von der OOSTERBRIJK?«, fragte der Älteste der drei, ohne sich oder die anderen vorzustellen. Offenbar war er der Anführer der merkwürdigen kleinen Delegation.

»Das ist mein Name«, antwortete Eliza.

»Du sollst zu Tina kommen.«

»Wer ist Tina?«, fragte Eliza.

Der Mann lächelte und gab den beiden anderen ein Zeichen. Sie nahmen Eliza in die Mitte. »Die Chefin hier«, antwortete der Mann und wandte sich zum Gehen. »Wirst sie noch kennenlernen.« Sie gingen zu viert über die Ebene, weg von den Trümmern. Unangenehm fand Eliza, dass sie von den Männern am Oberarm geführt wurde, sei es, um sie vor dem Ausgleiten auf dem schlüpfrigen Grund zu bewahren, sei es, um zu verhindern, dass sie weglief. Sie spürte nicht wenig Lust dazu, denn sie kam sich verhaftet und abgeführt vor. Sie hätte die Männer wahrscheinlich außer Gefecht setzen können – Zentralier waren geschult, stets trainiert und kannten meistens mehrere Arten der Selbstverteidigung. Und Eliza Simms wäre unter normalen Umständen ohne Training imstande gewesen, diese drei Typen auszuschalten. Sie war größer und knochiger, und sie hatte wahrscheinlich weniger Skrupel, diese Männer in ihre Weichteile zu treten, als die Hemmungen hatten, eine Frau zu schlagen, erst recht eine Zentralierin. Aber Eliza war nicht fit. Und es wäre ihr lächerlich vorgekommen. Immerhin bildete sie es sich wahrscheinlich nur ein, dass hier Feindseligkeit im Spiel war.

Man brachte sie zwischen die grob zusammengesetzten Bungalows, die bewohnt aussahen. Das große Zelt lag weiter weg von den Trümmern. Kinder schauten aus den wenigen Fenstern der Häuschen. Einer der Bungalows war halb in den Boden hineingebaut. An der Tür dieses bunkerähnlichen Gebäudes stand in sorgfältig gestanzten Buchstaben:

VILM – ADMINISTRATION

»Was bedeutet das«, fragte Eliza, »was heißt ‚Vilm'?«

Einer der Männer sagte mit unbewegter Miene: »So haben wir diesen Planeten getauft.«

4. Barbara und die Augen der Regendrachen

»Vliesenbrink an Dorand«, sagte Jonathan, »Vliesenbrink an Dorand, kannst du mich hören? Bitte gib Antwort.«

Es lag kein Segen auf dieser Mission, von Anfang an nicht. Ein Fehler, sich darauf einzulassen? Genug, dachte Barbara, das führt zu nichts. Sie schaute zu Jonathan hinüber. Der starrte nach wie vor auf den Schlund, der gerade ihren Kameraden verschluckt hatte. Die offene Feindseligkeit dieser Umgebung hatte ein Opfer gefordert. Eben hatte Dorand am Rand des Segments gestanden; im nächsten Augenblick verschwanden mehrere Quadratmeter Metall in der Tiefe. Dorand hatte kaum eine Chance gehabt. Wie viele Meter mochte es dort hinuntergehen, fragte sich Barbara, fünfzig, hundert, zweihundert? Die Sicherheitsleine von Dorand war da, der Wind bewegte sie locker hin und her, glatt abgeschert.

Es hatte fürchterlich gescheppert da unten, als reiße das abgebrochene Teil weitere Bruchstücke der instabilen Konstruktionen mit sich. Einen Schrei von Dorand hatten weder Barbara noch Jonathan gehört. Barbara griff nach ihrem Funkgerät, um mit Jonathan zu sprechen, aber sein Apparat war bereits in Betrieb.

»Vliesenbrink an Dorand«, klang seine Stimme aus dem kleinen Lautsprecher, »Vliesenbrink an Dorand, kannst du mich hören? Bitte gib Antwort.«

Natürlich kam keine Antwort. Dorand konnte diesen Absturz unmöglich überlebt haben. Nicht, wenn ein paar hundert Tonnen Stahl hinterherfielen.

»Vliesenbrink an Dorand«, sagte Jonathan, »Vliesenbrink an Dorand, kannst du mich hören? Bitte gib Antwort.«

Barbara schaltete sich auf dieselbe Frequenz. »Es ist hoffnungslos«, sagte sie, »er ist tot.«

Jonathan Vliesenbrink hob den Kopf und starrte sie an. Er war zwanzig Meter entfernt, und dennoch sah Barbara, dass nicht nur Regentropfen über sein Gesicht liefen. Er schüttelte den Kopf, sein Funkgerät schwieg jetzt.

»Ich gehe hinüber und schaue nach«, sagte sie und fragte sich, wieso sie etwas so offenkundig Sinnloses vorschlug; der Anblick eines weinenden Mannes konnte es wohl kaum sein. Aber gut, einer musste nachsehen, wenigstens das waren sie ihrem Kameraden schuldig. Und Jonathan konnte nicht hinübergehen. Für einen Dreieinhalb-Zentner-Kerl war dieser Weg zu gefährlich, erst recht nach diesem Unfall. Barbara leinte sich an und aktivierte die Notrückholung. Sollte sie fallen, würde die Leine sie abfangen und zurückholen. Ich bin leicht genug, dachte sie, für die Karnesen ist diese Technik einfach nicht gemacht. Dorand war mit genau solch einer Leine gesichert gewesen, und seine hundertsiebzig Kilo Lebendgewicht hatten das Ding hoffnungslos überfordert, und die Ausrüstung wog schließlich auch etwas. Die Figur eines muskelbepackten Kleiderschrankes hatte ihre Nachteile. Genau wegen der Körperkräfte der Karnesen hatte Tina die einzigen beiden Typen von Karna gefragt, ob sie das Risiko eingehen wollten, in den Überresten der Vilm van der Oosterbrijk auf Erkundung zu gehen. Karna war eine sehr kalte Welt, das Wetter Vilms machte diesen Jungs kaum etwas aus.

Vorsichtig ging sie, einen Fuß vor den anderen setzend, auf dem schmalen Träger zu der Plattform hinüber, von der jetzt das Drittel fehlte, auf dem Dorand gestanden hatte, als er ihnen aufgeregt irgendetwas zeigte. Jonathan hatte sich hingesetzt und beobachtete mit unbewegtem Gesicht, wie Barbara den Weg Dorands ging. Sie zwang sich, nicht unaufhörlich an Claudius Dorand zu denken, dessen Leiche womöglich dicht unter der Plattform lag. Sie konzentrierte sich darauf, auf dem regennassen

Metall nicht auszurutschen. Es regnete immer noch. Fast hatte es den Anschein, als wolle es niemals aufhören.

Einen knappen Meter vor der Bruchkante hielt sie inne und arretierte die Leine. Dann beugte sie sich vor, so weit es ging. Vorsichtig spähte sie in den Abgrund. Hier hatte es gebrannt, unter der Plattform war alles verkohlt, nur noch spillerige, brüchige Ruinen. Dorand hatte mit seinem Gewicht ein Kartenhaus zum Einsturz gebracht. Und er war tot. Da waren, überdeutlich in der Umgebung aus verkohltem Kunststoff, die Spuren seines Todes, die lebhaften Farben von Blut, menschlichem Fleisch und inneren Organen. Barbara Brewka, ermahnte sie sich selbst, bemühe dich, klar zu denken, du willst doch nicht auch so enden, oder? Sie löste ihren Blick von dem, was einmal ein lustiger, riesiger Mann gewesen war, und versuchte herauszufinden, was genau ihn dazu gebracht hatte, in der letzten Sekunde seines Lebens so aufgeregt zu winken. Sie bemerkte es sofort. Und sie verstand, warum Dorand ihnen gewinkt hatte: Da hinten lag ihre Rückfahrkarte. Sie turnte, so schnell sie es wagte, auf Jonathans Seite des Abgrunds zurück. Sie nahm seinen Kopf in die Arme und sagte, welchen Tod Dorand gefunden hatte. Jonathan nickte. Er hatte sich so etwas Ähnliches ausgemalt.

»Claudius ist nur der Erste von uns, der hier umkommt«, sagte er. »Vielleicht sollten wir einfach die Finger von diesem Friedhof lassen.«

»Wir wollten versuchen, etwas Brauchbares zu finden«, sagte Barbara, »und wir sollten versuchen, einen Hilferuf abzusenden. Wenn sich eine Gelegenheit dazu ergibt, hat Tina gesagt. Eventuell können wir das erledigen. Da unten, auf einer Art Lichtung mitten in den Trümmern, liegt ein beschädigtes Landeschiff. Beschädigt, nicht zertrümmert wie das andere.«

Jonathan sah Barbara hoffnungsvoll an; das erste Schiff dieser Art, das sie in den Resten des Weltenkreuzers gefunden hatten, war von den enormen Kräften des Absturzes zerquetscht und radioaktiv verseucht worden. Dieses Wrack hatte ihnen einen langen Umweg aufgezwungen, auf dem sie die Orientierung in dieser schier endlosen technischen Wüste verloren.

»Landeschiffe haben Flugzeuge und Gleiter an Bord«, sagte Barbara.

»Und sie verfügen über einen Landau-Modulator«, sagte Jonathan leise, »und ich könnte mit meinem Onkel auf Atibon Legba sprechen, als wäre er im Nebenzimmer.«

»Mit deinem Onkel?« Barbara verstand nicht.

»Mein Onkel ist Kapitän«, sagte Jonathan, »und wir Karnesen haben eine Menge Familienbindung, wenn auch nicht so schlimm wie die Serafimer. Wie ich meinen Onkel kenne, ist er wenige Tage später mit einem Rettungskommando hier und holt uns aus dieser Regenhölle heraus.« Er seufzte. »Es ist erst ein paar Monate her, da habe ich mit ihm gesprochen.«

Der Weg hinunter zu dem Landungsschiff dauerte zwei ganze Tage. Das ausgebrannte Segment war zu gefährlich, um sich außen daran abzuseilen; es hätte jeden Augenblick vollends zusammenbrechen können. Also mussten Barbara Brewka und Jonathan Vliesenbrink die verschlungenen Wege der letzten zwanzig Stunden wieder zurückgehen, um an jene Stelle zwischen den wie Hochhäuser emporragenden Segmenten zu gelangen, wo sie ihren Aufstieg zu dritt begonnen hatten. An derselben Stelle übernachteten sie, und ein Platz unter dem Überhang, der sie vor dem Regen schützte, blieb frei. Keiner der beiden verlor ein Wort darüber.

Der Weg zwischen den Trümmern hindurch zum Wrack des Landeschiffes war bei Weitem mühseliger, als sich durch das Gewirr der Segmente zu kämpfen. Die großen Teilstücke, in die sich der niedergehende Weltenkreuzer zerlegt hatte, waren mehr oder weniger gesteuert hinuntergegangen. Die meisten hatten über der Oberfläche abgebremst, ehe sie aufsetzten. Das war nicht immer sanft vonstatten gegangen, aber das Chaos in den Segmenten hielt sich in Grenzen. Zwischen den Blöcken allerdings türmten sich die Überreste jener Teile des Riesenraumschiffes, die nicht das Glück gehabt hatten, kontrolliert herabzukommen. Hier herrschte pure Zerstörung und ein Durcheinander, das von einem teuflischen, verdrehten Verstand eigens zu dem Zweck ersonnen schien, jeden in den Wahnsinn zu treiben, der es wagte, seinen Fuß in das Wirrwarr zu setzen. Und immer, wenn sie an Flecken der einheimischen Vegetation vorbeikamen, die das Inferno des Absturzes überstanden hatten, überkam Barbara das Gefühl, sie werde aus dem düsteren Gewirr von Ästen und krank aussehenden Blättern heraus angestarrt. Fast bildete sie sich eindringlich blickende Augen ein, und dann drängte sie den Karnesen zu größerer Eile, nur um von diesem idiotischen Angstgefühl wegzukommen.

Barbara und Jonathan waren zu einem Kurs voller Umwege gezwungen. Ohne Barbaras Erfahrungen aus mehreren Planetenerkundungen hätten sie die Orientierung bereits nach ein paar Stunden verloren. Und es fehlte ihnen Claudius – auf den Irrwegen der vergangenen Tage war es oft die pure Muskelkraft zweier Karnesen gewesen, die Hindernisse aus dem Weg geräumt hatte, die jetzt unüberwindlich waren. Jonathan versuchte nur ein einziges Mal, ein für ihn offensichtlich zu schweres Trümmerstück anzuheben. Sein Gesicht wurde tiefrot, und an den Schläfen traten die Venen hervor. Barbara schüttelte den Kopf, und langsam entspannte sich der Mann wieder. Es hatte keinen Sinn, seine Kräfte so zu verschwenden. Und noch weniger Sinn hatte es, Jonathan wegen des Versuchs Vorwürfe zu machen. Nach der Katastrophe der VILM VAN DER OOSTERBRIJK war Claudius sein Familienersatz gewesen, der einzige andere Karnese im Lager und alles, was ihn an Karna erinnern konnte.

An einer Stelle auf ihrem Pfad quoll ein weißer Gletscher aus geborstenen Containern; ein seltsamer Anblick in dem andauernden Regen. Barbara und Jonathan machten einen Umweg von wenigen Minuten, um das Phänomen zu studieren. Das Eis erwies sich als künstlich: Es war zerbrochenes Geschirr, Handelsware aus den berühmten serafimischen Porzellinen. Eine Flut Scherben rieselte aus den Behältern, der Boden in der Umgebung war vom feuchten Porzellanstaub hellgrau eingefärbt. Barbara steckte die Hand in den Haufen, in der unsinnigen Hoffnung, eine Tasse zu finden, die nicht zerbrochen war. Eine feine serafimische Kaffeetasse, schlank, dünnwandig und elegant. Aber der Gletscher gab kein Stück heraus, das größer als vier Zentimeter war.

»Schade um all die wunderbaren und teuren Services«, sagte Jonathan, und Barbara wunderte sich, sie hatte den Mann für weniger häuslich gehalten. »Schade eigentlich um alles hier«, antwortete sie.

Fünfzig Stunden nach dem unglücklichen Tod Dorands standen Barbara und Jonathan vor dem Landeschiff, und von Nahem sah es weit mitgenommener aus. Tiefe Schrammen waren in das als unzerstörbar geltende Material der Panzerung gegraben, und das Heck war zersplittert wie morsches Holz. Die Geigerzähler machten jedoch nicht mehr Aufruhr als sonst in der Trümmerwüste auch. Am wichtigsten war, dass sie keinen solchen Höllenlärm veranstalteten, wie sie es in der Nachbarschaft des anderen Landeschiffs getan hatten. Die Luke des schräg liegenden Schiffes stand offen. Als die Frau und der Karnese hindurchstiegen, verlor Jonathan in dem abschüssigen Gang sein Gleichgewicht und glitt aus. Er schlug schwer hin, schlitterte den Mittelflur hinunter und schrie auf, als er an der gegenüberliegenden Seite auftraf. Eine zerbrochene Wandtafel ließ ihre Splitter wie Krallen in den Gang ragen und hatte sich durch Jonathans Ärmel gespießt.

»Verdammt noch mal«, sagte Barbara und packte einen der wenigen Nothilfetornister aus, den die Überlebenden der VILM VAN DER OOSTERBRIJK besaßen, »kann denn nicht mal irgendetwas einfach nur funktionieren?«

Jonathan hielt die Augen geschlossen und bemühte sich, gleichmäßig zu atmen; den linken Arm hielt er vom Körper ab. Aus einem langen Riss im Stoff quoll langsam Blut. »Ich glaube, das ist mit einem Pflaster nicht erledigt«, sagte er, »aber solange ich reden kann, habe ich es besser erwischt als Claudius.«

Das ist eine andere Frage, dachte Barbara. Sie schnitt den Ärmel auf und legte einen langen hässlichen Schnitt frei, der sich über Jonathans Oberarm zog und tief ins Muskelfleisch reichte. Barbara hatte oft Gelegenheit gehabt, ihre Kenntnisse in Erster Hilfe anzuwenden. Das hier sah nicht nach Erster Hilfe aus. Das schrie nach einem Arzt oder zumindest nach einem funktionierenden Medlabor. Beides war weit entfernt, zu weit. Barbara stillte die Blutung und tackerte die Wundränder zusammen, so gut es eben ging. Jonathan zerbiss dabei den Kragen seiner Jacke. Als Barbara den Arm verband, musste sie daran denken, dass wegen dieser Wunde die dicken Muskelpakete des Karnesen wertlos geworden waren. Und sie dachte daran, dass alle möglichen Komplikationen vorprogrammiert waren, Infektionen, weitere Blutungen, Schock. Konnte der verdammte Riesenkerl sich nicht vorsehen?, dachte sie und bekam einen Schreck. Dieser Gedanke gehörte nicht in diese Situation. Er gehörte sich gar nicht.

Vorsichtig und Schritt für Schritt erkundeten sie das Landeschiff. Nach kurzer Zeit hatten sie entdeckt, dass der Landau-Modulator zu schwer beschädigt war, als dass sie ihn hätten in Betrieb setzen können. Energie war da, doch die Rechner forderten energisch, das gesamte Aggregat auszutauschen oder auf einer Werft gründlich zu reparieren.

»Können wir die dringendsten Arbeiten nicht doch selbst machen?«, fragte Jonathan. »Wir haben Zeit.«

»Du träumst, Vliesenbrink«, sagte Barbara und ließ eine detaillierte Aufstellung der wesentlichsten Schäden über den Bildschirm laufen. Es war hoffnungslos. Selbst eine voll ausgestattete Werft mit all ihrer Hochtechnologie und Hunderten von spezialisierten Technikern würde anderthalb Wochen für eine Instandsetzung benötigen.

»Und?«, fragte Jonathan, der sichtlich Schmerzen litt.

»Keine Chance«, sagte Barbara, »das Ding kriegen wir nie im Leben geregelt. Aber die Gleiter werden als weitgehend in Ordnung angezeigt. Das wäre doch was.«

»Einfach zurückfliegen? Ja, das könnte mir gefallen.«

Leider stellt sich heraus, dass die wenigen grünen Lichter auf der Konsole trogen. Die Systeme des Landeschiffes waren noch schwerer in Mitleidenschaft gezogen als vermutet. Barbara hatte den permanenten Regen im Verdacht, dafür verantwortlich zu sein. Überall sickerte Wasser durch Risse, plätscherte in Kabelschächten und gluckerte in Schränken. »Dieses Landeschiff ähnelt einem U-Boot«, sagte sie zu Jonathan, als es gelungen war, die große Lastenklappe des Hangars zu öffnen. Sturzbäche von angesammeltem Regen flossen über die lädierte Außenhaut des Schiffes. »Nur dass dies hier innen voller Wasser ist. Bei U-Booten ist es gewöhnlich außen.«

Jonathan lächelte schief. Sein Humor ging ihm zusehends verloren.

Gleiter Nummer sieben ließ sich am Kranarm aus dem Hangar bugsieren. Das erledigte Barbara per Fernsteuerung von außen, weil die Kameras zu unzuverlässig arbeiteten. Immer wieder musste sie dabei gegen das Gefühl ankämpfen, etwas oder jemand starre sie aus den merkwürdigen verfilzten Büschen an, die auf der Lichtung im Trümmergebirge standen. Beinah wäre der Gleiter hart auf den Boden aufgeschlagen, nur weil sie sich einbildete, aus den Augenwinkeln ein verrücktes Tier mit zwei Köpfen gesehen zu haben. Jonathan war keine Hilfe; er hatte Schweißperlen auf der Stirn und kämpfte mit Schmerzen in seinem Arm. Wahrscheinlich hatte er Fieber. Barbara schickte ihn in den Gleiter, kaum dass das Ding mehr schlecht als recht und ein bisschen schief draußen stand. Sie wollte nicht darüber nachdenken, wie sie allein einen ohnmächtigen Karnesen dort hineinbekommen sollte.

In den anderen Gleitern – bis auf den, der praktisch unter Wasser stand – sammelte sie alles ein, was nach Sanitätsausrüstung aussah. Dann pumpte sie Jonathan mit einem unausgewogenen Drogencocktail voll. Das Zeug dämpfte die Schmerzen, senkte das Fieber und machte ihn so weit ansprechbar, dass sie Jonathan als Hilfe bei dem folgenden Abenteuer gebrauchen konnte. Später würde der arme Kerl eine Woche lang Kopfschmerzen haben.

»Gesetzt den Fall, er überlebt diesen ganzen Irrsinn«, knurrte Barbara, während sie das Schiffslogbuch kopierte und die Dateien in den Gleiter übertrug. Als sie feststellte, dass in dem maroden System des Landeschiffes eine Menge von Daten aus den letzten Minuten des Weltenkreuzers existierte, sicherte sie auch diesen Kram im Rechner des kleinen Flugzeugs. Der geriet dadurch zwar an die Grenzen seiner Kapazität, aber für die wenigen Kilometer bis zum Lager sollte der Rest reichen.

Jeder Schritt vom Landeschiff bis zu Nummer sieben bereitete Barbara fast körperliche Schmerzen. Sie hätte geschworen, dass sie beobachtet wurde. Irgendetwas starrte aus den einheimischen Gewächsen herüber. Die Augen eines gigantischen Drachen musterten kühl die winzige menschliche Gestalt. Ein düsterer Verstand durchdachte Möglichkeiten ihrer Vernichtung. Mächte der Finsternis kicherten. Teuflische Gedanken wurden zu fliegenden Objekten und stießen aus dem regnerischen Himmel herab.

In einem Zustand flatternder Angst hieb Barbara auf Tasten und Schalter ein; mit quälender Langsamkeit schloss sich die Luke des Gleiters. Die Pfützen kräuselten sich unter der Maschine, als die Emittoren anliefen und das Ding in die Waagerechte brachten. Es handelte sich um einen schweren Gleiter mit mehrfacher Schallgeschwindigkeit, fähig, in höhere Schichten der Atmosphäre aufzusteigen. Er war geformt wie ein Teufelsrochen mit geblähtem Bauch, eine Unzahl von Antennen war auf den Rumpf gepflanzt worden. Nun summte der Apparat leise. Nummer sieben lief wie ein Uhrwerk und fragte nach dem Kurs. Barbara hatte nicht die geringste Ahnung. »In welche Richtung?«, fragte sie.

»Nach Hause«, sagte Jonathan.

»Sehr witzig.« Barbara drehte sich um und wollte eine spitze Bemerkung vom Stapel lassen, aber rechtzeitig bemerkte sie, wie elend der Karnese aussah. Sie erinnerte sich daran, dass der

Schnitt in seinem Arm zwischen all den Muskeln bis fast zum Knochen reichte; und sie erinnerte sich an die Farben von Blut, menschlichem Fleisch und inneren Organen, überdeutlich in einer rabenschwarzen Umgebung aus verglühtem Plast. Sie dachte an den beschleunigten Stoffwechsel der Schwerweltmenschen, der ihnen zu Hause das Überleben leichter machte. Sie erinnerte sich, welche Mengen an Nahrung Dorand und Vliesenbrink in sich hineingestopft hatten, unten im Lager. Was mochte in karnesischen Leibern bei einer Verletzung vorgehen? Wie viele Reserven hatte ein Karnese, der Blut verlor und nichts zu essen bekam? Sie hatte keine Ahnung.

»Nach Hause«, sagte Jonathan.

»Ja«, sagte Barbara. »Ich versuche es.« Sie berührte die Kontrollen der Maschine und ließ sie Höhe gewinnen. Nummer sieben reagierte sofort. Die unsichtbaren Augen blieben am Boden zurück. Alle Anzeigen waren im grünen Bereich. Barbara richtete die Sensoren zur Oberfläche, um auf diese Weise das Lager zu finden.

Jonathan ächzte vor Schmerz. Er rief mit geübten Handgriffen einige Monitore ins Leben zurück und gab etwas in den Bordrechner ein. »Kreisen«, sagte er dann, »wir sollten den Rand des Trümmerfeldes suchen und dann immer daran entlangfliegen. Da unser Lager am Rand liegt, müssten wir auf diese Weise früher oder später hinfinden. Schlimmstenfalls umrunden wir den ganzen Schrotthaufen einmal. Energie genug haben wir dafür.«

Barbara sah hinaus. Nummer sieben stieg weiterhin wie an einem unsichtbaren Draht. Die mit den Überresten der Vilm van der Oosterbrijk bedeckte Landschaft dehnte sich endlos in alle Himmelsrichtungen aus. Nur gelegentlich unterbrochen von Flecken der missfarbenen einheimischen Vegetation, waren die würfelförmigen Blöcke der Segmente wie von der Hand eines übelgelaunten Gottes über die Oberfläche verstreut. Hier und da lagen die Segmente nahe beisammen und teilweise sogar übereinander, während in anderen Bereichen ein einsamer Block über eine gewaltige leere Fläche herrschte. Das Ganze wirkte fremdartig und fehl am Platz. Barbara ließ weiterhin die Finger von der Steuerung und sah Jonathan an, der dem Panorama keinen Blick gönnte. Er hatte die Augen geschlossen und unterdrückte mit geringem Erfolg das Zittern seiner Hände. Der Mann braucht Beschäftigung, dachte Barbara. »Wie hoch kann dieses Ding steigen?«, fragte sie laut.

Jonathan öffnete die Augen und ließ seine riesigen Hände über die Tastatur wandern. »Das kann ich nicht ganz zuverlässig beantworten«, sagte er, »ich bekomme nicht alle Daten, die ich brauche. Aber ich denke, wir könnten gefahrlos bis weit in die Wolken aufsteigen, für kurze Zeit bis in höhere Schichten der Atmosphäre. Für einen Orbit reicht es sicherlich nicht.«

»Das wäre es doch«, sagte Barbara, und für einen kurzen Augenblick spürte sie einen leichten Schwindel.

»Was, zum Teufel?«, wollte Jonathan wissen.

»Was sagst du dazu: Wir jagen Nummer sieben so weit hinauf, wie es nur geht, und dann setzen wir einen Hilferuf ab. Mit aller Energie, die wir erübrigen können, und so lange, wie es nur geht.«

»Ziemlich witzlos. Du sprichst von schlichtem Funk, von elektromagnetischen Wellen. Die kriechen mit Lichtgeschwindigkeit dahin. Die Chancen, dass uns zu Lebzeiten jemand hört, sind nahe null.«

»Aber nicht gleich null.«

»Das nicht.«

»Ist eine kleine Chance nicht besser als gar keine?«

Jonathan blickte mit schmerzverzerrtem Gesicht zu Barbara hinüber; er dachte an Claudius und an die verdammt geringe Chance, die der gehabt hatte. Dann nickte er. »Wenn wir so etwas Verrücktes machen, dann möglichst so, dass etwas damit erreicht wird. Die Nachricht sollte in Richtung Atibon Legba abgestrahlt werden. Da ist die Wahrscheinlichkeit am größten, gehört zu werden.«

Barbara nickte; Jonathan arbeitete an einem Problem. Das würde ihn ablenken von dem grausamen Schnitt in seinem Arm. »Und woher«, fragte sie, »soll der Rechner wissen, wo sich A.L. befindet? Wir wissen nicht einmal genau, wo wir sind.«

Jonathan überlegte und klickte sich durch eine Unmenge von Darstellungen, während Nummer sieben weiter und weiter in den grauen Himmel stieg. Unter sich sah Barbara einen gigantischen, etwas schrägen Kreis aus buntem Schmutz, der in eine ebenmäßig gemusterte Fläche aus dunklem Grün hineingestanzt war. So sah die Katastrophe der VILM VAN DER OOSTERBRIJK aus einer Höhe von einigen Kilometern aus – nur ein unbedeutender Zwischenfall für einen Planeten. Und genau so, dachte Barbara, mochte das für die Menschen auf Atibon Legba aussehen. Ein weiterer Name auf der Liste verlorengegangener Raumschiffe. Eine Zwanzig-Sekunden-Nachricht im großen Netzwerk zwischen den Planeten. Eine Trauerminute auf Serafim, woher die meisten der Siedler an Bord der VILM VAN DER OOSTERBRIJK gekommen waren.

»Ich habe es«, sagte Jonathan. »Und es war so einfach.«

»Was war einfach?«

»Die Navigation. Du hast all diese Daten in den Speicher geladen, alle Daten aus den letzten zweiundzwanzig Minuten der VILM VAN DER OOSTERBRIJK. Die enthalten eine riesige Menge Information. Das kann ich unmöglich alles durchsehen und sortieren. Aber der Rechner kann die Navigationsdaten heraussieben. Und mit denen errechnen, in welcher Richtung genau Atibon Legba liegt. Allerdings gibt es da ein Problem.«

»Das klang bis eben ganz gut«, sagte Barbara und grinste. »Und wo genau ist das Problem?«

»Wir müssten hoch steigen. Hoch genug, um wenigstens die hellsten Sterne auszumachen, sodass Nummer sieben sich orientieren und die Antenne ausrichten kann.«

»Wo ist da ein Problem?«

»Ich habe meine Zweifel, dass dieser Gleiter so hoch kommt. Einige von diesen Anzeigen kommen mir merkwürdig vor. Kann es sein, dass diese Maschine auch ihr Teil Wasser da unten geschluckt hat?«

»Kann sein. Dürfte inzwischen aber keine Rolle mehr spielen. Wir sollten die Steiggeschwindigkeit erhöhen.« Barbara griff in die Kontrollen. In den weit ausladenden Schwingen des rochenförmigen Fluggeräts summten die Emittoren die Tonleiter hinauf. Nummer sieben reagierte so brav, als hätte er alle seine Routinekontrollen bekommen. Barbara hatte vor dem Start jene nervige Anzeige abgeschaltet, die darauf bestand, dass Nummer sieben aufgrund überschrittener Wartungsintervalle zum jetzigen Zeitpunkt nicht benutzt werden solle. Die Mechaniker waren entweder tot oder Lichtjahre weit entfernt. Unter der Flugmaschine, die jetzt in einem wahnwitzigen Tempo in den Himmel hineinstürmte, verschwand die Wunde, die der abgestürzte Weltenkreuzer in die Haut der verregneten Welt geschlagen hatte. Wolken umgaben Nummer sieben, und nur das gelegentliche Vorbeihuschen von dichteren Schichten in dem grauen Einerlei bewies, dass der Apparat weiterhin in die Höhe schoss.

Jonathan arbeitete daran, dem Rechner die richtigen Konstellationen dieser Gegend des Kosmos beizubringen, und er hatte dafür einige Minuten Zeit. Keiner der beiden wagte es, eine Andeutung zu machen, aber wenn zufälligerweise ein anderer Weltenkreuzer oder irgendein Schiff den Pausenpunkt in der Nähe des Systems benutzte, könnten sie gerettet werden. Verdammt, sie könnten heute Abend durch ein Panoramafenster auf diesen Planeten hinabsehen, Jonathan wäre aufs Beste verarztet, und in einigen Tagen wären sie auf Atibon Legba. Diesen Gedanken hatten beide, und sie sprachen ihn nicht aus.

Barbara war auf eine andere Idee gekommen: Wenn die letzten zweiundzwanzig Minuten der Vilm van der Oosterbrijk als gigantische Datenpakete in den Speichern dieses Flugzeuges abgelegt waren, dann steckte irgendwo in dem Datenwust die

Antwort auf die Frage, die sich bisher kaum jemand zu stellen gewagt hatte – warum nur war ein Weltenkreuzer abgestürzt, die fortgeschrittenste Art von Maschine, die von der raumfahrenden Menschheit bisher hervorgebracht worden war? Was war der Grund für dieses unerhörte Vorkommnis? In den bisher gefundenen Speicherbruchstücken war nur Datenmüll gewesen, geschmolzene Information, ungeordnete Haufen wirrer Zahlenfolgen. Hier hatte sie intakte Daten vor sich; intakt, aber nicht für einen einfachen Abruf vorbereitet. Alles, was sie wissen wollte, steckte darin. Barbara befand sich in der Lage eines Bibliothekars, dem die Kartei abhanden gekommen war: Alle Informationen waren da, versteckt in endlosen finsteren Gängen, deren Wände mit verstaubten Büchern ohne Titel und Verfasser vollgestellt waren. Hier aufs Geratewohl herumzusuchen, war eine Lebensaufgabe. Barbara suchte gezielt nach Befehlen, die den Segmenten des Weltenkreuzers befohlen hatten, sich voneinander zu lösen. Das mochte einen Anhaltspunkt liefern. Solche Befehle nach ihrem Ursprung auszuforschen, dürfte die eine oder andere Antwort liefern. Nummer sieben eilte empor, immer noch umgab weißgraues Wolkengewaber das Flugzeug.

»Wie kommst du voran?«, erkundigte sich Barbara bei Jonathan. Der grunzte. »Ich schaffe es, keine Sorge. Wann kommen wir über die Wolken?«

»Zwei Minuten, plus minus zehn Sekunden.«

»Das reicht.« Barbara schaute auf die Ergebnisse ihrer Suche in den Dateien, warf unwahrscheinliche Verbindungen weg, verknüpfte gewisse Vorgänge miteinander, zog Schlussfolgerungen und ließ sich von der Datenbank Vergleichsmaterial liefern. Langsam schälte sich eine Ursache der Katastrophe heraus. Es war verdammt noch mal unmöglich. Und doch war es geschehen: Ein massiver Eingriff von außen hatte die Vilm van der Oosterbrijk in einen Haufen Schrott verwandelt. Jemand oder etwas war wie ein tödlicher Strahl schwarzen Lichts in die innersten und wichtigsten Funktionen des Schiffes gedrungen; danach hatte jeder einzelne Rechner des unendlich komplizierten Netzes im Schiff sich wie ein Berserker benommen. Dem logischen und informatorischen Zerfall des Weltenkreuzers war der physische Zerfall zwangsläufig gefolgt. Ein Ameisenhaufen, in dem ein grausamer Gott jeder Ameise befiehlt, gegen alle anderen zugleich zu kämpfen. Doch woher war jener zerstörerische Impuls gekommen, was genau war die Ursache von so viel Tod und Vernichtung? Und wem sollte all das nützen? Barbara gab dem Rechner auf, den ursprünglichen Impuls und von da aus seinen Urheber aufzuspüren, und schaute aus den Fenstern. Wolkenfetzen rasten vorbei, und ein tintiger Himmel schimmerte zwischen ihnen hindurch, von Sternen besetzt.

»Bist du so weit, Jonathan?«

Der Karnese war leichenblass, aber er schien sich wohl zu fühlen. Seine Empfindungen waren durch die Drogen in seinem Kreislauf gedämpft, wusste Barbara. Jonathan nickte ihr zu. »Sobald die Bezugssterne einwandfrei identifiziert sind«, sagte er, »richtet Nummer sieben die Antennen aus und beginnt mit dem Hilferuf. Ich habe die Energie der Hilfsaggregate dafür freigegeben, das Hauptnetz wird nicht belastet.«

»Gut.« Barbaras Auftrag lastete die Kapazität des Rechners aus, forderte ständig mehr Arbeitsspeicher an und bekam ihn nicht; Jonathans Navigation fraß eine Menge der begrenzten Ressourcen. Barbara schaute aus dem Fenster. Der Himmel war schwarzblau. Die Emittoren jammerten derart schrill, dass ihr Echo in Barbaras Ohren nachklingelte. Die Steiggeschwindigkeit verringerte sich. Weiter hinaus ins All ging es nicht mehr.

Endlich hatte Nummer sieben die richtigen Sterne gefunden, schwenkte die Richtantennen herum und jagte den Hilferuf in den Kosmos hinaus. Im selben Augenblick verschwanden Jonathans Programme aus dem Arbeitsspeicher, sie hatten ihren Job erledigt. Mit der zusätzlichen Rechenleistung entwickelte Barbaras Suchprogramm eine ganz neue Geschwindigkeit. Da blieb sogar etwas übrig, um den Himmel nach einem Raumschiff abzusuchen. Natürlich war da nichts. Jonathan und Barbara taten so, als hätten sie genau das und nichts anderes erwartet. Und als der Hilferuf das siebte Mal von den Richtantennen hinausgejagt wurde, bemerkte Barbara etwas. Etwas Bestürzendes.

Derselbe Code, der die VILM VAN DER OOSTERBRIJK in einen Schrotthaufen verwandelt hatte, stieß Nummer sieben den elektronischen Dolch ins Herz. Glücklicherweise war diese tödliche Waffe für einen Gleiter etwas überdimensioniert, und Nummer sieben flog nicht sofort auseinander wie der Weltenkreuzer. Die Emittoren in den Flügeln verstummten.

»Was ist denn nun los«, sagte Jonathan, als die Lichter erloschen. Der Notruf wurde weiter ausgesandt, seine Energie stammte aus den Hilfsaggregaten. Alles andere stellte seine Dienste ein. Nummer sieben ergab sich der Schwerkraft des verregneten Planeten und begann zu fallen. Barbara und Jonathan wurden schwerelos; nur die Gurte hielten sie in ihren Sitzen.

»Meine Anzeigen sind tot«, sagte Jonathan. »Kannst du daran irgendetwas ändern?«

»Ich weiß es nicht«, sagte Barbara. »Ich arbeite daran.«

Wahrscheinlich, dachte Barbara, ist dieser Hilferuf alles, was von uns übrig bleibt, ein paar Pakete elektromagnetischer Strahlung, die unsere Namen durchs All tragen. Ein Hilferuf, unterschrieben von Barbara Brewka, Claudius Dorand und Jonathan Vliesenbrink. Dann dachte sie an die regenfeuchte nasse Welt dort unten, und an Tina, der sie versprochen hatte wiederzukommen. Und sie dachte daran, wie Tina in scherzhaftem Ton gesagt hatte, sie solle die beiden großen Jungs heil zurückbringen. Barbara Brewka hat keine Lust, dachte sie, in diesen Matsch da unten einzuschlagen wie eine Bombe. Sie beugte sich hinunter. Da war jener Schalter, den sie einem irgendwann während der Ausbildung zeigten und der niemals betätigt werden durfte. Niemals diese Abdeckung öffnen! Und schon gar nicht, wenn man in der Luft ist! Nie, nie darf man diesen Griff herumdrehen, sodass er in waagerechter Position einrastet! Niemals darf man die Warnung überhören, die der kleine Chip plärrt! Und schon gar nicht darf man den Griff dann fünf Sekunden lang herunterdrücken, bis die kleine Lampe aufglimmt! Das tut man nicht!

Barbara tat es.

Die Rechnersysteme des Gleiters wurden für Augenblicke total abgeschaltet. Alle Arbeitsspeicher wurden geleert, alle Programme abrupt beendet. Auch der Hilferuf brach mitten im Satz ab. Selbst die letzten Notlichter gingen aus.

»Was hast du getan?«, fragte Jonathan.

»Ich habe das Ding zurückgesetzt«, erwiderte Barbara, »wir hatten da ein Signal im System, das uns umgebracht hätte.« Jonathan sah sie nur an, leichenblass und mit aufgerissenen Augen. »Dasselbe Signal«, erklärte Barbara, »das die Vilm van der Oosterbrijk erwischt hat. Es war in diesen Datenpaketen enthalten, die wir aus dem Landeschiff kopiert haben. Der Absturz war kein Unfall. Und das eben auch nicht.«

Jonathan nickte, als habe er sich genau das schon immer gedacht. Dann fragte er, wer für das alles verantwortlich war. Barbara verzog das Gesicht, weil Nummer sieben in eine übelkeiterregende Torkelbewegung geriet.

»Nach der Signatur des Signals gibt es keinen Urheber; aber die Machart, die absolute Perfektion, die pure Bosheit darin hat einen. Es gibt nur eine Macht im bewohnten Kosmos, die sich die unglaublichen Kosten einer derart perfekten Piratenarbeit leisten kann. Diese verdammten verdrahteten Maden.«

»Ich konnte die Bruderschaft noch nie leiden.«

»Ich auch nicht. Allerdings frage ich mich, welchen Vorteil sich die Goldenen davon versprechen – und eins steht fest: Diese Typen tun nur etwas, das sich für sie in Heller und Pfennig auszahlt.«

Ein Summen erfüllte das Cockpit, irgendwelche Aggregate schalteten sich geräuschvoll ein. »Was passiert jetzt?«

»Wenn wir Glück haben«, sagte Barbara, »fährt das System wieder hoch, als wäre nichts geschehen, und wir können Nummer sieben über der Oberfläche abfangen.«

»Unter der Oberfläche wäre nicht so gut.«

»Wer dumme Witze machen kann, der lebt noch.« Sie grinsten einander gequält an, während das Licht wieder anging und die ersten Anzeigen auf den Konsolen zurückkehrten. Nummer sieben lud alle Betriebssysteme neu und orientierte sich. Ein Lebewesen hätte einen Schreck bekommen, aufzuwachen und sich im freien Fall durch die Wolken eines unbekannten Planeten wiederzufinden. Den Rechnern war das egal. Sie waren nicht dafür gebaut, schreckhaft zu sein. Nummer sieben stabilisierte sich und begann, den freien Fall abzubremsen. Die Emittoren jaulten unter der Überlastung. Dann wollte der Gleiter wissen, wo er war und wohin es gehen sollte. Barbara wurde es plötzlich ganz kalt. Der Rechner griff auf die Dateien aus dem Landeschiff zu. Irgendwo da drin steckte das Killersignal. Was, wenn Nummer sieben ein weiteres Mal paralysiert wurde? Sie rechnete nach, um wie viel sie gefallen waren, und schüttelte den Kopf. Einen weiteren Neustart der Systeme würden sie kaum überleben.

»Jonathan«, sagte sie, »bitte isoliere die Datenbanken aus dem Landeschiff. Je mehr davon blockiert ist, desto besser.«

»In Ordnung«, brummte er, »aber das wird nicht lange funktionieren. Was hast du vor?«

»Ich? Gar nichts. Aber der Rechner hier in Nummer sieben hat vor, die Daten aus dem Landeschiff einzulesen. Und da drin steckt irgendwo das Ungeheuer, das die VILM VAN DER OOSTERBRIJK erledigt hat. Das Ungeheuer, das auch uns beinahe erledigt hätte.«

»Oh«, sagte Jonathan. Dann begann er, auf die Tastatur einzuhämmern; glücklicherweise behinderte ihn der aufgeschlitzte Arm dabei nicht. Barbara zeichnete auf, was passiert war, und deponierte es in einem besonders geschützten Speicher. Sie dachte nach und legte zusätzlich eine Kopie im Flugschreiber ab. Das sollte als Sicherheit genügen. Es war ihr vollkommen egal, dass das Speichern fremder Datenpakete im Flugschreiber verboten war. Den konnte man nämlich nicht löschen. Hoffentlich kann man das nicht, dachte sie. Nummer sieben tauchte wieder aus den Wolken herunter, heulend und mit zu hoher Geschwindigkeit. Seitlich und tief unten konnte Barbara die Trümmerwüste sehen. Irgendwo in der Nähe befand sich das Lager, in dem Tina sicherlich seit Tagen nicht mehr an die Rückkehr des Erkundungstrupps glaubte.

»Scheiße«, stellte Jonathan trocken fest. »In diesem System stimmt irgendetwas nicht. Wir sollten landen. Je eher, desto besser.«

Barbara wollte ihm eine schroffe Antwort geben, als das Durcheinander im Rechnersystem über Jonathans Versuche, Ordnung zu schaffen, siegte. Ein Feuerwerk von widersinnigen Impulsen jagte durch die Steuerung. Nummer sieben bockte, rüttelte und aktivierte plötzlich die Triebwerke. Als trudelndes Geschoss ging der Gleiter ab und bohrte sich in die Wolken.

»Verdammt«, fauchte Barbara und versuchte, die Maschine wieder unter Kontrolle zu bekommen. Das erwies sich als schwierig – zwar konnte sie die Steuerung benutzen, aber die Impulse wurden verzerrt und verfälscht. Der Gleiter beschrieb eine enge Korkenzieherspirale, kippte jäh auf die Seite und beschleunigte rasant in Richtung Planetenoberfläche.

»Ich kopple Speicherbänke ab«, rief Jonathan, »halt bitte das verflixte Ding ruhig. Wenigstens ein bisschen.« Er begann, seine Sicherheitsgurte zu lösen.

»Bist du verrückt? Was hast du vor?«

Jonathan gab keine Antwort, und Barbara wusste auch warum. Der Karnese hangelte sich nach hinten, und er musste sich mächtig anstrengen, im Cockpit des bockenden Fluggeräts nicht umhergeworfen zu werden. Auf die Wunde nahm er dabei keine Rücksicht. Er musste sich mit beiden Händen festklammern und die Füße feststemmen wie ein Bergsteiger. Seine Absicht war klar – wenn das Rechnersystem den Befehl nicht akzeptieren konnte, auf einen Großteil der verseuchten Speicherbänke zu verzichten, so musste der Stecker gezogen werden, um die physische Verbindung zwischen dem Rechner und den verdächtigen Speichern zu unterbrechen.

Barbara verwandelte den Sturzflug von Nummer sieben in eine lange, krampfgeschüttelte Kurve, und Jonathan drückte die Platte beiseite, hinter der sich ein Großteil der Elektronik befand. Er ächzte dabei, und Barbara sah, dass hellrotes Blut den Verband durchtränkte und dem Karnesen vom Arm tropfte. Dann nahm Jonathan einen Kristall nach dem anderen aus dem Gitter. Jedes Mal verschwand eine Menge Speicher aus der elektronischen Welt des Rechners; zugleich verminderten sich die Chancen des zerstörerischen Signals, den Gleiter nochmals lahmzulegen. Barbara konnte die Absturzstelle der VILM VAN DER OOSTERBRIJK nicht mehr sehen, und sie hatte keine Zeit, danach zu suchen. Sie mühte sich damit ab, die Kontrolle über Nummer sieben zu bekommen. Kurz erschien es ihr, als rage am Horizont eine Pflanze von den Dimensionen eines Gebirgszuges auf, bis in die Wolken empor. Das war natürlich unmöglich. Für einen zweiten Blick gab es keine Gelegenheit. Jetzt kam es darauf an, das wildgewordene Flugzeug halbwegs sanft auf die Oberfläche hinunterzubringen. Barbara schaute auf die Geschwindigkeitsanzeige und fluchte. Zu schnell, verdammt zu schnell.

Jonathan entfernte einen Speicherblock, der besser dageblieben wäre, und Nummer sieben tauchte kopfüber ab. Mühsam brachte Barbara das Ding wieder unter ihre Gewalt. Vegetation huschte vorbei. Die linke Seite des Gleiters erhielt einen schweren Schlag, und Nummer sieben stürzte seitlich ab. Der harte Aufprall schleuderte den Körper des Karnesen quer durch das Cockpit; Vliesenbrink schlug in der Seitenwand ein wie ein Geschoss. Barbara blieb die Luft weg, und ein spitzer Schmerz in ihrem Inneren ließ Übelkeit aufsteigen. Notabschaltungen legten die Maschinen still, und das heisere Summen der Technik verstummte. Es war so leise, dass man den Regen auf den Gleiter trommeln hörte und das Rauschen des Wassers: Das Fenster des Cockpits war zersplittert.

»Gleiter Nummer sieben sollte aufgrund überschrittener Wartungsintervalle zum jetzigen Zeitpunkt nicht benutzt werden«, sagte eine freundliche Stimme, und eine zweite, die genau wie die erste aus irgendeinem Chip stammte, begann flüsternd die Schäden aufzuzählen, die Nummer sieben hatte.

Barbara öffnete die Augen, hob mühselig die Hand und löste ihre Sicherheitsgurte. »Jonathan?« Sie schleppte sich zu dem Karnesen hinüber und starrte in sein fahles Gesicht. »Was ist los?«

»Schlecht«, flüsterte er. »Ganz schlecht. Mein Bein. Gebrochen, denke ich. Nicht nur einmal.« Jonathans linkes Bein war verdreht, der Fuß zeigte in eine falsche Richtung, und von der Hüfte abwärts war seine Montur zerschnitten. Er hatte einen furchtbaren Schlag abbekommen.

»Gleiter Nummer sieben sollte aufgrund überschrittener Wartungsintervalle zum jetzigen Zeitpunkt nicht benutzt werden«, sagte die freundliche Stimme, und gleichzeitig sagte dieselbe Stimme irgendetwas von der Gefahr eines Brandes und warnte das Personal, vor Abschaltung des beschädigten Energiesystems in die Nähe der Maschine zu kommen.

»Wir müssen hinaus«, rief Barbara, »ich habe keine Lust, hier drin getoastet zu werden. Ich helfe dir.« Jonathan schaute sie nur gequält an, und als sie anpackte und ihn in Richtung des zerbrochenen Fensters zerrte, verlor er für ein paar Sekunden das Bewusstsein. In Barbaras Innerem meldete sich wieder jener bohrende Schmerz und ließ sie japsen. Jonathan wurde wach und war grau im Gesicht.

»Bitte nicht anfassen«, murmelte er. »Hilf mir nur, auf der rechten Seite liegen zu bleiben.« Ganz langsam kroch er, das verletzte Bein möglichst nicht bewegend, mit Barbaras Hilfe aus dem havarierten Gleiter, dessen Stimme darauf beharrte, er solle aufgrund überschrittener Wartungsintervalle zum jetzigen Zeitpunkt nicht benutzt werden. Fünfzehn Meter von Nummer sieben entfernt hörte Jonathan auf zu kriechen. »Das sollte reichen, wenn das Ding abbrennt«, sagte er mühsam, »und wenn nicht, ist es auch egal.«

Barbara hatte dem Karnesen geholfen, so gut sie konnte. Viel war es nicht gewesen. Der Kerl war so schwer, und das unheimliche bohrende Gefühl in ihrem Brustkorb hatte sie davor zurückzucken lassen, sich richtig anzustrengen. Am wenigsten schmerzhaft war es, flach zu atmen und sich gemächlich zu bewegen. Jetzt stand sie langsam auf und schaute sich um. Von den Überresten der VILM VAN DER OOSTERBRIJK war natürlich nichts zu sehen; die waren etliche Kilometer entfernt. Der Gleiter lag schräg, das Cockpit nach unten, zwischen den einheimischen Gewächsen – ein Teufelsrochen, der das Fliegen verlernt hatte. An der linken Schwinge klaffte eine hässliche Wunde. Adieu, Nummer sieben. Leise plapperten die warnenden Stimmen. Wenn es nicht in der nächsten halben Stunde brennt, dann gar nicht mehr, entschied Barbara. Dann gehe ich hinüber und hole Verbandszeug für Jonathan.

Der Karnese verlor immer wieder das Bewusstsein, und als Barbara ihn untersuchte, fürchtete sie, bald allein hier zu sein. Jonathan atmete gepresst, halb gegen einen dieser wirren Sträucher gelehnt. Die linke Seite seiner Montur war blutgetränkt.

»Verdammt, Vliesenbrink«, sagte sie, »du kannst mir doch nicht einfach wegsterben.«

Er öffnete die Augen. »Keine Chance«, entgegnete er leise, »ich will dir später meine ... meine Meinung sagen. Das war echt eine lausige Landung ... Ich weiß, wovon ich rede ... Ich habe selbst schon einige miese Flüge gemacht. Kümmere dich ... kümmere dich doch mal um den Kollegen da ...« Er hustete trocken, und Blutströpfchen sprühten von seinen Lippen.

Barbara schaute nach, was er meinte. Der Kollege, von dem Jonathan gesprochen hatte, war ein einheimisches Tier, das von der Druckwelle des abstürzenden Gleiters getötet worden war. Ein merkwürdiges Vieh, hochbeinig wie ein Reh, jedoch gedrungen wie ein Hausschwein, und es hatte zwei Köpfe. Barbara musste zweimal hinsehen, aber es stimmte. Das Tier hatte kein Vorn und kein Hinten, nur zweimal Vorn. Barbara wollte zu Jonathan zurückkehren, als eine Bewegung ihre Aufmerksamkeit erregte. War das seltsame Wesen nicht so tot, wie sie geglaubt hatte? Sie ging einen Schritt heran.

Sie hatte sich nicht geirrt. Das fremdartige Tier war zweifellos tot, und doch bewegte es sich: Haarige Finger aus der feuchten Erde griffen nach ihm und zupften an den langen schlanken Läufen, krochen um den Leib des Tieres herum, bewegten den Boden, sodass der Kadaver langsam nach unten gezogen wurde. Ehe Barbara sich angewidert abwandte, hörte sie ein feucht schmatzendes Geräusch, als die Aasfresser das Fell des toten Tieres zerrissen.

Barbara ging langsam zu Jonathan zurück, der still dalag, die Augen geschlossen, und stoßweise atmete. Zweimal drehte sie sich ruckartig um – eine Bewegung, die an ihrem Innern zerrte –, weil sie sich wieder einbildete, etwas oder jemand starre sie aus den Pflanzen heraus an. Natürlich war da nichts, nur Nässe und Schlamm und diese Gewächse, die aussahen wie riesige Wattebäusche, die ein verspielter Gott auf der Oberfläche dieses Planeten ausgestreut hatte. Nur war Watte weiß und wuschlig und trocken, während diese Dinger hier finster, stachlig und feucht waren.

Sie setzte sich neben Jonathan. Hoffentlich, dachte sie, findet irgendeiner Nummer sieben und liest die Flugschreiber. Und hoffentlich hat derjenige kein Edelmetall um den Hals. Ein Schwindel ergriff sie, und ihre Zähne klapperten. Etwas brannte in den Augen; kalter Schweiß lief ihr übers Gesicht. Sie streichelte Jonathan, dessen Atemzüge kaum hörbar waren. Seine Kleidung hatte sich vor geronnenem Blut schwarz verfärbt. Schade, dachte sie, unter anderen Umständen hätte manches anders kommen können. Die ersten Karnesen, die ich treffe, sind so patente Kerle, und beide müssen ins Gras beißen. Ach, Jonathan Vliesenbrink, es ist erst ein paar Tage her, da habe ich darüber nachgedacht, ob ich dich je ins Bett kriege.

Jonathan Vliesenbrink schlug die Augen auf, und sein verschleierter Blick fixierte etwas hinter Barbaras Rücken. Dann hörte sein Atem auf, und Barbara war allein. Oder doch nicht? Was hatte Jonathan da angeschaut? Barbara beschloss, nicht gleich hinzusehen. Erst griff sie dem Karnesen ins Gesicht und drückte die Lider herunter. Der Regen hatte begonnen, ihm in die offenen Augen zu fallen. Dann drehte sich Barbara um, und etwas, das bei ihrer lausigen Landung kaputtgegangen war, protestierte in ihrem Leib energisch gegen diese Bewegung.

Auf der Lichtung standen ein paar Hunde. Spielten ihr die Augen einen Streich, oder sahen diese Hunde nicht sehr merkwürdig aus? Ein bisschen wie das tote Vieh dort drüben, das mittlerweile von den vielbeinigen Wesen fast völlig unter die Erde gezogen worden war. Barbara schüttelte den Kopf, und fast hatte sie den Eindruck, die Welt würde ein Stückchen nachkreiseln. Sinnestäuschungen, dachte sie, verdammt noch mal, ich habe innere Blutungen, mit mir geht es zu Ende, und obendrein habe ich Halluzinationen. Jonathan, was wird Tina böse sein auf uns, wenn wir so spät kommen. Jonathan, was ist mit dir, was sind das für Tiere, die sich da an deinem Bein zu schaffen machen? Nicht drangehen, das ist sein schlimmes Bein, das tut ihm weh ...

Taumelnd kam sie auf die Beine, und ihr Kopf klärte sich wieder, wenn ihr auch der scharfe Schmerz hinter den Rippen die Tränen in die Augen trieb. Die Tiere kamen langsam näher, und sie hatte keine Angst vor ihnen. Angst hatte sie nur vor diesen widerlichen Kreaturen, von denen sie nicht gefressen werden wollte, vor allem nicht bei lebendigem Leibe.

Die hundeartigen Wesen hatten nur ein Gesicht, keine zwei gleichen Köpfe, und in den Augen dieser Wesen sah Barbara etwas wie Neugier, Wissen, Freundlichkeit. Es war, als ob sie sich mit ihnen verständigen könnte, auf einer Ebene, die sie nicht verstand. Plötzlich wusste sie, wer oder was sie angeschaut hatte aus dem nässetriefenden Gebüsch. Diese Tiere konnten das Gewürm aus dem Untergrund auch nicht ausstehen, erkannte sie, und vielleicht konnten sie ihr helfen. Ja, dachte Barbara, helft mir, bitte. Ihre Beine gaben unter ihr nach, und sie setzte sich schwer. Da wurde sie von den Tieren umringt. Sie sah die Augen der hundeartigen Geschöpfe von Nahem, und es war eine fremdartige Intelligenz, die sie sah. Geradezu schmerzhaft rastete in diesem Augenblick so etwas wie ein Kontakt ein, und sie sah sich selbst mit den Augen dieser Wesen, eine verheulte kleine Frau, schneeweiß im Gesicht, Blut lief aus dem Mundwinkel, die Hände zitterten. Sie wandte sich ab, der Anblick war nicht schön, und sie hatte heute bereits jemanden sterben sehen, den sie gut gekannt hatte. Sie sah zum Himmel auf, und der war nicht mehr grau und eintönig und verregnet – in den phantastischen Wolkenformationen war Licht und Farbe, ein verrücktes Spiel von sich ständig verändernden Formen. Für einen Augenblick meinte sie, ein gigantisches Tier schwebe durch die Luft. Es war regenbogenfarben, seine Schwingen reichten von Horizont zu Horizont, und es lächelte freundlich aus der Höhe des Zenits herunter, während es näher kam. Barbara freute sich über den Anblick, den ersten Regendrachen ihres Lebens; nie hätte sie gedacht, etwas so Schönes je zu Gesicht zu bekommen.

Solange die seltsamen Tiere um Barbara Brewkas Körper herum saßen, trauten sich die Kreaturen, die das gestorbene Vieh auf der anderen Seite der Lichtung verzehrt hatten, nicht an die beiden Menschen heran; stattdessen versuchten sie in stumpfsinniger Beharrlichkeit, Nummer sieben zu fressen. Der Gleiter sank tiefer und tiefer, und um ihn herum schien die Erde zu brodeln. Nach einigen Stunden war die Maschine gänzlich verschwunden. Einen Tag später sah die Lichtung so aus, wie sie immer ausgesehen hatte.

5. Fremdkörper

So, so. Vilm sollte diese Welt heißen. Ihr Name sollte nicht eine Zahlenkombination sein, die auf die Koordinaten eines leeren Punktes im All verweist. Eines Punktes, den man lediglich als Wegmarke benutzte. Eliza erschein es seltsam, dieser Welt überhaupt einen Namen zu geben, und die Namensgebung nach dem Vornamen des ollen Oosterbrijk war albern. Sie empfand das immer noch als lustig, als sie sich in einem überraschend großen Raum wiederfand, einem gewaltigen zusammengestückelten Schaltpult gegenüber, an dem niemand saß. Der größte Teil der Anzeigen war tot, und wo Bildflächen gewesen waren, funkelten Splitterreste. Auf jedem verfügbaren Platz waren zusätzliche Geräte aufgestellt, provisorisch durch allerlei Kabel und Strippen miteinander verbunden. Diese behelfsmäßigen Installationen funktionierten. Da blinkten Lämpchen, leuchteten Signale auf – und unter dem Pult hockte wie ein verwundetes Krokodil ein Rechner, dessen Anzeigen intensive Nutzung bewiesen. In der Ecke des Raumes waren verschiedenartigste Stühle und Sessel um einen mächtigen runden Tisch gestellt, dessen Platte von einem schmalen gezackten Riss geteilt wurde. Ein gutes Dutzend Leute saß dort. Alle trugen Kleidung ohne Namensschildchen, aus einem Weltenkreuzer-Vorrat, der den Absturz überstanden hatte. Eine Versammlung von Namenlosen auf einem frisch benannten Planeten. Unter den leeren Feldern auf Brust und Ärmel prangten die Logos der Oosterbrijk. Wie Zuchtvieh, dachte Eliza, das den Stempel des Stalls trägt.

Man winkte sie dazu. Auf jedem Platz stand eine mit dampfendem Kaffee gefüllte Tasse, und keine der Tassen passte zu irgendeiner anderen. Eliza erkannte sofort jene Frau, die sich damals mit Schwester Gerda um die Spritze gestritten hatte. Sie war offenbar ebenjene Chefin, von der die Rede gegangen war.

»Ich glaube«, sagte Tina, »wir müssen dir einiges, hm, erklären. Wir sind in einer Ausnahmesituation, kann man sagen, und wahrscheinlich müssen wir uns lange, sehr lange, auf dieser Welt durchschlagen. Die Hoffnung auf eine schnelle oder wenigstens baldige Rettung hast du ja gründlich zerstört, wie mir berichtet wurde.«

Ein Raunen ging durch die Runde. Eliza sah sich um. Männer und Frauen waren da, alle in die einheitliche Kluft der Siedler gekleidet, blaue Overalls aus einem unverwüstlichen Material, das Wind und Wetter für Jahrzehnte trotzen konnte. Die meisten nippten gierig an ihrem heißen Kaffee, als wäre dies eine der wenigen Gelegenheiten dazu. Später erfuhr Eliza, dass es tatsächlich so war. Später erfuhr Eliza auch, dass es hier unmöglich war, einen Äthyltee zu bekommen.

»Zur Sache«, sagte Tina, »wir sind wahrscheinlich, sagt jedenfalls unser Gast, wahrscheinlich mehr als fünfzehnhundert Lichtjahre von Engambosch entfernt, und, logischerweise, von allen anderen bewohnten Planeten einschließlich Serafim noch weiter. Wirklich eine wertvolle Information, die uns da so ganz zufällig über den Weg gelaufen ist.« Sie wies auf Eliza; es war die Geste eines Zauberers, der sein Kaninchen zeigt, allerdings ohne Lächeln. Unter den Leuten am Tisch entstand Unruhe.

»Woher will sie das wissen?«

»Sie ist eine Zentralierin, oder besser gesagt, sie war eine Zentralierin, wenn ihr wisst, was das bedeutet, beziehungsweise früher bedeutete.«

»Ach so.«

»Unseren Informationen zufolge«, sagte Tina, »zählt sie zu den wenigen Personen, denen die Ehre zuteil geworden ist, zum epsilonischen Raumschiff reisen zu dürfen. Wir haben es also nicht mit irgendeiner Zentralierin zu tun, denke ich. Diese Frau ist, um es mal vorsichtig auszudrücken, etwas Besonderes.« Sie machte eine Pause und sah jetzt Eliza zum ersten Mal an. Ihr Gesicht war blass und verspannt. »Ist das so richtig?«, fragte sie.

Eliza nickte. Sie war tatsächlich einmal zum epsilonischen Raumschiff gereist, und das war sehr beeindruckend gewesen. Nicht wegen des gigantischen Artefaktes, das unzugänglich und stumm vor sich hin schwebte, sondern wegen des Ausblicks auf den kleinen blauen Planeten, von dem alles irdische Leben abstammte, und der sich seit tausend Jahren von der Außenwelt abkapselte. Eliza hatte damals stundenlang diese unscheinbare Welt betrachtet und sich dabei wieder und wieder die Nachricht angehört, die im Jahre 1047 das letzte von dort gekommene Lebenszeichen gewesen war. Wenn sie richtig verstand, hielt man ihr jetzt diesen Ausflug vor. War es verwerflich, das epsilonische Raumschiff gesehen zu haben?

»Wir haben hier, wie du wohl bemerkst, so etwas wie eine, nun ja, Regierung gebildet«, fuhr Tina fort und starrte finster in ihren Kaffee, als erwartete sie Widerspruch, »und damit gleich und von Anfang an Klarheit herrscht: Wir lassen uns von euch, den Zentraliern unseligen Angedenkens, nicht mehr reinreden, denn diese Zeiten sind vorbei, endgültig, möchte ich sagen.«

Eliza sah sie fragend an.

»Die hohen Herren und Damen aus der Zentrale haben uns schließlich reingeritten, ja, in diesen Schlamassel. Meinst du ernsthaft, dass irgendeiner von uns, uns allen, noch Vertrauen hat zu euch, nach allem, was passiert ist?«

»Ich bin allein«, sagte Eliza, »und ob die Ursache des Unglücks menschliches Versagen war, steht nicht fest, und ...«

»So ein Quatsch«, unterbrach ein bärtiger Typ.

»Unglück! Unglück nennt sie es«, bemerkte ein anderer kopfschüttelnd. Löffel und Tassen klapperten.

Tina fuhr fort, als hätte es weder Antwort noch Unterbrechung gegeben: »Wir müssen uns hier, auf dieser Welt, einrichten, für länger, womöglich sogar für immer, wer weiß. Da brauchen wir jeden, jeden Einzelnen, ohne Unterschiede. Du bist allen anderen, die hier sind, gleichgestellt, damit das klar ist, von vornherein.«

Eliza musste lächeln.

»Und wir brauchen, dringend sogar, dein Wissen«, setzte Tina ihre offensichtlich vorher sorgfältig überlegte Rede fort. »Du bist sicher in so allerlei Dinge eingeweiht, ehemalige Geheimnisse, die uns nützen können, ja müssen. Raus damit, sage ich dir, und denk dabei daran, dass es sich jetzt anders verhält als bisher, es gibt keine Teilung mehr, wie früher, in Zentralier, Besatzung und Passagiere, das ist vorbei, und zwar endgültig. Wir sind jetzt aufeinander angewiesen, auf diesem regnerischen Planeten, sind sozusagen Schiffbrüchige.« Tina hatte ihre Rede beendet, ergriff ihre Tasse und goss das inzwischen kalt gewordene Getränk hinunter, als wäre es Wasser.

Eliza holte Luft, um zu erwidern, sie war scharfe Diskussionen gewöhnt. Die Zentralier waren geschickt bei spitzfindigen Gesprächen, Wortgefechte auf des Messers Schneide waren eins ihrer beliebtesten Spiele. Standpunkte oder Argumente austauschen, die Gründe des Gegners solange wenden, bis es eigene Waffen geworden waren. Alle diese Tricks kannte sie, und entschiedene Widerworte gegen Tina sollten ihr nicht schwerfallen. Sie, Eliza, war eben »besonders« behandelt worden, »bevorzugt«. Diskriminiert, nur des in ihren Arm eingepflanzten Kontakters wegen, vor diese lächerliche Regierung gestellt wie eine entmachtete Hexe vors Tribunal der Magier. Man hielt ihr vor, sie sei zum epsilonischen Raumschiff gereist. Wie sah es da mit der Gleichheit aller aus ...? Und hatte niemand bemerkt, dass es zwar eine Menge der verschiedensten Trinkgefäße auf dem großen Tisch gab, nur keines für Eliza?

Aber in dem Augenblick, da Eliza loslegen wollte, sah sie, dass da auch Schwester Gerda saß. Sie machte Eliza ein Zeichen, eine abwehrende Handbewegung. Eliza sah ein leichtes Kopfschütteln der in dieser Runde so unscheinbaren Frau, da war etwas Bittendes in ihrem Blick. Eliza zögerte, und ehe sie sich fassen konnte, wurde sie am Arm ergriffen und weggeführt. Verblüfft ließ Eliza das geschehen – die sonderbare Versammlung setzte die Sitzung fort, als habe keiner damit gerechnet, die Zentralierin könne noch etwas sagen wollen. Man fuhr in der Tagesordnung fort. Wenn sie richtig gehört hatte, ging es um die Auffindung und Ingangsetzung eines automatischen Arztes, eines Medlabors, in den Trümmern.

Ich bin entlassen. Ich war bloß ein Punkt unter »ferner liefen«, dachte Eliza, und sie dachte es mit Wut. Im Eingang begegnete sie dem Sommersprossigen und Marek, die den unauffälligen jungen Mann aus dem Funkerzelt zwischen sich führten. Der Junge war sehr blass und trug Verbände an den Handgelenken. Die Verbände sahen schludrig aus. Die hatte jemand angelegt, der ebenso große Eile gehabt hatte wie kaum eine Ahnung von medizinischer Erstversorgung. Der Junge wurde wortlos in Empfang genommen, die Tür schloss sich. Marek lehnte sich an einen Bungalow und ließ sich feinen Regen ins Gesicht wehen. Die anderen stellten sich unter und redeten leise. Keiner sah Eliza an. Man beachtete sie nicht. Sie stand allein, im Regen, und fror. Man behandelte sie wie einen Fremdkörper.

Ich verstehe es nicht, dachte Eliza. Ich verstehe es nicht. Sie betrachtete ihre Hände. In der Fläche der linken Hand schimmerte das silbrige Muster der Kontaktstellen. Darunter schien dunkel der eingepflanzte Chip durch die Haut. Feine weiße Linien, die von der Operation stammten, zogen sich vom Handgelenk bis zum Ellbogen hoch. Dort waren die Umsetzer eingepflanzt worden. Eliza wusste nicht genau über die Funktion der einzelnen Teile Bescheid, sie kannte nur die Namen. Und natürlich wusste sie eine Menge darüber, wie es war: die Berührung jener roten Linie, die Verschmelzung des Netzes mit dem eigenen Bewusstsein.

Als sie ging, hielt sie ihren linken Arm vom Körper ab, als wäre er ein Fremdkörper. Sie dachte an den Jungen, der zu Tina geschafft worden war. Ein Suizidversuch? Weil sie seine Hoffnungen unüberlegt zerstört hatte? Ihre Gedanken irrten ab und kehrten immer wieder zur »Regierung« zurück. Das war etwas, was sie nicht begriff. Normal und den Gepflogenheiten entsprechend wäre gewesen, sie als Mitglied der Schiffsführung hätte die Befehlsgewalt übertragen bekommen; normalerweise hätten sich alle darauf verlassen, dass es die von da oben richten würden. So, wie sich die Passagiere und Besatzung immer darauf verließen, dass für jegliches Problem ein Zentralier die Lösung finden würde. Das epsilonische Raumschiff schien ihr näher und freundlicher als diese Leute. Seine geruhsame und unüberwindliche Abwehr war unpersönlich und absolut. Die dort wollten verletzen. Leider war ihnen das gelungen. Eliza dachte an Lafayette. Grégoire hätte diese Leute einfach weggefegt und die Ordnung hergestellt. Ohne Zögern. Der hätte längst eine aktive rote Linie gefunden und die Selbst-Belebung in die richtigen Bahnen gesteuert. Oder etwas anderes, etwas Entscheidendes, unternommen. Er hätte das alles nicht geschehen lassen, nicht er, mit all seinem Training der Auswahl, seinen Psycho-Schulungen und den unsichtbaren Handgriffen, mit denen er erwachsene Männer winseln lassen konnte. Ach, Lafayette, warum warst du nicht hier. Warum konntest du nicht zufällig im Außensektor sein, als ... als das hereinbrach, was der Vilm van der Oosterbrijk zugestoßen war, was es auch immer gewesen sein mochte. Die Zentralier waren alle tot. Eliza wusste es. Andernfalls hätte sich etwas getan. Zumindest wären die Schiffbrüchigen versorgt worden, und es stünde früher als gedacht ein Landungsschiff da.

Schwester Gerda war trüber Stimmung, als Eliza nach Stunden völlig durchnässt ankam. »Wieder einer, der Schluss machen wollte«, sagte sie traurig.

»Ich weiß«, antwortete Eliza und suchte nach einem richtig guten Satz, den sie sagen könnte, fand jedoch keinen.

»Bloß gut, dass mein Julian in Sicherheit ist«, meinte Gerda, »den haben sie erst vor ein paar Monaten auf ein andres Schiff geschickt.«

»Ja?« Eliza sagte es ungläubig. Davon wusste sie nichts. Ein anderes Schiff?

»Die brauchten dort ganz auf die Schnelle einen Reparaturtrupp, und da ist Julians Team abgegeben worden.«

Eliza hatte sich nie darum gekümmert, was den Angehörigen der in jener Kammer Zerstrahlten gesagt worden war. Dass es so plumpe Lügen waren, fand sie schlecht. Was hatte man sich davon versprochen? Irgendwann hätte man sowieso mit der Wahrheit herauskommen müssen. Jetzt saß sie da: Sollte Gerda die Wahrheit erfahren? Wem wäre damit geholfen? Also schwieg sie. Jonathan Vliesenbrink hatte auch stillgehalten und nichts über kleine gemeine Gehirnparasiten ausgeplaudert.

Gerda erzählte weiter; sie blühte auf beim Gedanken an Julian, der auf der Suche nach ihr sei. Eliza verdrängte die jäh in ihr aufsteigende Vorstellung: Wie der Klang der anlaufenden Maschinen den Männern in der Kammer ihr Ende ankündigte und zugleich ihre Schreie übertönte, ehe aus ihren Körpern Staub wurde. Das geht doch nicht, dachte Eliza, alles verheimlicht, bis auf das zerstörte Landungsschiff, das war im allgemeinen Kanal gezeigt worden und kaum totzuschweigen. Aber weder von She Tsi noch von dem eingeschlossenen Trupp noch von den Gleitern weiß hier jemand etwas – außer mir ... Sie sah Lafayettes Gesicht vor sich und jene kleine Plastiktüte, die sechseinhalb Pfund feinen grauen Staub enthielt.

»Warum hast du mir vorhin dieses Zeichen gemacht?«, fragte Eliza mit mühsam beherrschter Stimme.

»Was für ein Zeichen?« Gerda schreckte aus ihren Tagträumen um ihren Julian auf.

»Als man mich vor diese Versammlung ... na gut, diese Regierung geschleppt hatte.«

Gerda sah die Zentralierin erstaunt an. »Du wolltest doch irgendwas sagen. Ich hab es dir angesehen. Das wollte ich verhindern.«

»Aber warum?«

»Weil du mir leid tust.«

Eliza, völlig verdutzt, starrte Gerda an und war zu keiner Entgegnung fähig. Eben waren ihre Gedanken abgeschweift: die verlockende Vorstellung einer heißen, dampfenden Tasse des guten serafimischen Kaffees. Sie hätte sich gern mit den anderen an einen Tisch gesetzt.

»Du kommst mir vor«, sagte Schwester Gerda, »wie so eine Art von ... Dinosaurier. Deine Artgenossen sind ausgestorben, die Bedingungen haben sich verändert, und du schaffst es nicht, auf die veränderte Welt einzugehen. Du bist nach wie vor die Zentralierin, die Inversfeldtechnikerin, und dabei haben beide Begriffe ihre Bedeutung verloren, weißt du. Die Zentrale ist Schrott. Inversfeldtechnik gibt es auf diesem Planeten nicht. Auch diese rote Linie, auf die ihr immer so scharf gewesen seid, hat ihre Bedeutung verloren.« Schwester Gerda lächelte entschuldigend, als wolle sie die Härte ihrer Worte mildern. »Du trittst auf, als hättest du das Vortrittsrecht, wie du es im Schiff hattest. Das verletzt die anderen und bringt sie gegen dich auf. Dein Problem ist nicht, dass es eine Regierung gibt, die dir den Posten verweigert, der dir nach dem Reglement zustünde. Dein Problem ist ein Überlebensproblem.«

Eliza beobachtete stumm einige Minuten lang, wie Gerda mit ihren Kisten und Schachteln voller Medikamente hantierte. Wie, dachte Eliza, kommt die Frau darauf? Sie verletzen die Ordnung, halten die Vorschriften nicht ein, missachten die Rangfolgen, spielen eine fade Bounty-Komödie. Und sie sagt, ich hätte ein Überlebensproblem ... Wenn ich über die roten Linien mit der Selbst-Belebung Kontakt habe, geht das hier anders herum.

»Morgen früh«, sagte Gerda nach einer Weile, »wollen die Jungs eine Expedition ins Gebirge machen. Einer ist jetzt ausgefallen. Und sie könnten jemanden brauchen, der sich richtig auskennt mit der Oosterbrijk – wir sind Siedler, die paar Leute von der ehemaligen Besatzung lassen sich an einer Hand abzählen.

Die meisten Leute in diesem Lager haben nicht den blassesten Schimmer von Raumschifftechnik.«

»Ich weiß nicht«, sagte Eliza unschlüssig.

»Es wäre wichtig für uns. Sehr wichtig, bestimmte Dinge dort herauszuholen«, setzte Schwester Gerda hinzu, »und für dich wäre es wichtig. Dein Ansehen ist nicht besonders gut, weißt du.«

»Ja. Ich glaube, ich gehe mit.« Elizas Beweggründe blieben Gerda verborgen. Sie konnte kaum ahnen, welche Art von Sorgen sich die Frau mit der Elektronik im Arm machte. Sie konnte nicht wissen, dass sich Eliza fühlte wie das epsilonische Raumschiff, das bettelnd und klagend einen fernen blauen Planeten umkreiste, und niemals Antwort bekam. Kein freundliches Wort, kein scherzhaftes Stupsen mit dem Finger, kein Gelächter.

Am Abend gab es ein Fest, dessen Anlass Eliza nicht herausfinden konnte. Die Leute saßen beim »Regierungsgebäude« zusammen, aßen und tranken und begrüßten, dass Eliza sich am Gang ins Gebirge beteiligen wollte. Den Eindruck, es handle sich um eine Abschiedsfeier, verdrängte Eliza. Abschied, ohne Hoffnung auf Wiedersehen, nein danke. Mancher, der zur Zentralierin hinübernickte, ließ einen Unterton von Schadenfreude spüren. Anderen, die sachlich und freundlich die »Jungs« verabschiedeten, merkte sie pure Angst an. Angst vor dem Gebirge, vor einem grandiosen Haufen Schrott. Wieder andere stellten ihr zögernd Fragen nach dem epsilonischen Raumschiff und ob sie wirklich die Erde mit eigenen Augen gesehen habe. Eliza lernte die »Jungs« kennen. Marek war dabei, auch der stämmige Sommersprossige und einer aus der Eskorte von heute Vormittag, der sich als Joern vorstellte – mit o und mit e und nicht einfach nur mit ö, wie er betonte. Die Namen der anderen konnte Eliza sich nicht merken. Sie würde nichts mit ihnen zu tun haben, die zweite Gruppe sollte auf der von Elizas Team gebahnten Marschroute folgen. Es ging um Medikamente und einige Geräte, vor allem um die Erkundung zugänglicher Segmente, in die Menschen umziehen könnten. Möglicherweise, und das erwähnte Tina nur am Rande, gelang es diesen beiden Gruppen, Spuren vom ersten Dreier-Team zu finden, von dem man nie wieder gehört hatte. Eliza horchte auf, als sie die Namen zweier Karnesen hörte – ob es sich bei jenem Jonathan Vliesenbrink um denselben handelte, der sich damals so furchtbar mit Grégoire gestritten hatte? Sie wagte es nicht, danach zu fragen.

Tina hatte erklärt, es gebe Anzeichen für eine planetare Fauna, der man aus dem Wege gehen wolle. Noch wurde die Absturzstelle von Tieren gemieden, noch wirkte der Schock. Hier musste die Hölle gewesen sein, als die Masse der VILM VAN DER OOSTERBRIJK vom Himmel fiel. Der Durchmesser des Ruinenfeldes belief sich grob geschätzt auf über vierzig Kilometer, eine durchschnittliche Höhe des Gebirges von zweihundert Metern vorausgesetzt. Sinnlose Berechnungen, die niemand bestätigen oder widerlegen konnte. Es war ohne Weiteres möglich, dass die von hier aus kompakt wirkende Masse von Lichtungen und Inseln durchsetzt war. Keiner konnte sicher sein, ob die herabstürzenden Teile des Weltenkreuzers sich über einen Kontinent verteilt hatten oder nahe beieinander aufgetroffen waren. Solange niemand wusste, aus welchem Grund sich das Schiff zerlegt hatte, waren solche Spekulationen müßig. Nichtsdestotrotz erfreuten sie sich großer Beliebtheit.

Als der Abend fortgeschritten war, gab es einen kleinen, bezeichnenden Zwischenfall. Eliza hatte im Gespräch mit Marek, der sich als heller Kopf erwies, eine Bemerkung gemacht über das unglaubliche Glück, dass es überhaupt Überlebende bei der Katastrophe der VILM VAN DER OOSTERBRIJK gegeben habe. Es wurde schlagartig still.

»Glück?«, sagte Tina scharf, »Glück nennst du das also, einfach nur Glück? Du erlaubst, dass ich das einschränke, wenigstens ein bisschen. Für uns ist es, in der Tat, ein ungeheuerlicher Zufall, dass wir leben, während es für tausende andere ein viel ungeheuerlicherer Zufall ist, tot zu sein. Für dich, gut behütete Zentralierin, dürfte es eher normal sein, am Leben und gerettet ein solches Desaster zu überstehen. Es wird irgendein Computer, irgendwo, geschaltet haben, kleines Sonderprogramm für die Leute aus der Zentrale. Prallkissen womöglich oder eine Schaumstoffeinbettung, irgendwas, da bin ich mir sicher. Eine kleine Kissenschlacht aus lauter Airbags, die sich schützend um die Zentralier legen, während ein paar Meter weiter Körper zerplatzen wie reife Melonen, die vom Balkon fallen. Man kann, versteht sich, das Fußvolk nicht ohne die Aufsicht lassen, derer es so dringend bedarf. Man muss doch die gewohnte Ordnung einhalten, nicht wahr. Man muss doch, versteht sich, unterscheiden: auf der einen Seite die wertvollen Menschen, die wichtigen, fest gespeichert in den Zugriffskatalogen der Zentrale, und auf der anderen das gemeine Volk, die ohne Zugriffsnummern, ohne eigene Rechnerüberwachung, ohne tatsächliche Bedeutung. Man hat das, so oder so, doch immer gemacht, oder?«

»Das stimmt nicht, Tina«, versuchte Eliza, die Sache geradezubiegen, aber Tina hatte sich in Wut geredet. Oder eine verborgene Wut war plötzlich zum Vorschein gekommen.

»Wo normale Sterbliche, so was wie wir, warten müssen, bis die Steinzeit wiederkehrt, da kommt der Zentralier, so was wie du, und geht an uns vorbei, ganz so, als wären wir gar nicht da. Unsereins stapelt sich fast in Wartezimmern, da kommt einer mit weißem Leuchtstreifen auf dem Ärmel, kontaktiert einmal einen dieser verdammten Rechner, mit dieser verdammten roten Linie, und geht an uns vorbei und sieht uns nicht einmal an. Wir warten auf ein Mobil, als es so was noch gab, der Zentralier hatte eben eins, wenn er es brauchte. Und wer, bittschön, hat die teuren Medlabors, ganztags nur darauf wartend, sich ihrer zu bedienen? Und wer, bittschön, hat sich, im Gegensatz dazu, gefälligst anzumelden und zu warten? Und wer hat, bittschön, das Recht, andere anzuschnauzen? Hast es wohl schon, ziemlich schnell, finde ich, vergessen, Marek?«

Eliza hatte fassungslos zugehört. Da schlug ihr Hass entgegen, und sie hatte nichts, was sie hätte erwidern können. Schwer wog ihr Wissen: She Tsi. Der Reparaturtrupp. Die Gleiter. Selbst-Belebung. Eine giftiggrüne Feuerwand, die Menschen das Fleisch von den Knochen riss, ehe ein gnädiges Systemversagen – zu spät – den Zuschauern alle weiteren Bilder ersparte. Eliza wusste, dass sie das für sich behalten musste. Genauso, wie auch Vliesenbrink offenbar für sich behalten hatte, was er gewusst hatte.

Völlige Stille herrschte. Niemand widersprach. Die meisten nickten. Eliza sah niemanden, der protestieren oder etwas entgegnen wollte. Schwester Gerda schaute traurig zu ihr herüber, Marek betrachtete den Boden, und der Sommersprossige war ein Stück weggerückt. Joern war verschwunden. Tina starrte die Zentralierin an, als hätte sie die Macht, sie mit Blicken zu verbrennen.

Eliza stand auf und ging. Wie betäubt stiefelte sie in Richtung Gebirge, durchquerte den Matsch und stand zornbebend im Regen. Was sollte sie tun? Alles sagen, die letzten Geheimnisse der Zentrale verraten? All das Zeug, das Lafayette, seine Auswahlkumpane und die anderen mit ins Grab genommen hatten? Ein Grab aus Schrott, dutzende Meilen groß ... Und unerweckte Ungeheuer darin. Es konnte nicht ungefährlich sein zwischen den Überresten des Weltenkreuzers, wenn sogar Karnesen wie Jonathan Vliesenbrink von einer Expedition in die Trümmer nicht zurückkehrten. Die Wahrheit sagen? Würde sie damit nicht noch mehr Hass und Zorn auf sich ziehen? Hatte deshalb Jonathan geschwiegen? Oder hatte der Karnese keine Verbindung gesehen zwischen der Katastrophe der OOSTERBRIJK und dem widerlichen Ding in She Tsis Schädel? Der immerwährende Regen dieser Welt hatte Eliza völlig durchnässt, als sie beschloss, dass aus all diesem Gegrübel nichts Gescheites herauskäme.

»Weißt du, warum wir gefeiert haben?«, fragte Gerda eine Stunde später, als sie sich schlafen legten.

»Sicher nicht, um mir eine Freude zu machen«, antwortete Eliza verbittert. »Das wäre mir aufgefallen.«

»Nein, sah nicht so aus«, meinte Gerda, »du musst das nicht so ernst nehmen, bitte.«

»Nicht ernst nehmen?« Eliza schüttelte den Kopf. »Alle haben zugehört, keiner hat ein Wort dagegen gesagt, gegen diese ... Schimpftirade. Ist es denn wirklich so schlimm? Dabei ...« Dabei wisst ihr längst nicht alles, hätte Eliza beinahe hinzugesetzt. Die schlimmsten Dinge wisst ihr nicht. Das Schlimmste, Gerda, weißt du nicht. Von wegen anderes Schiff. Von wegen, dein Julian sucht dich. Sie zog die Decken fester um sich; sie fror nachts auf dieser Welt und jetzt war ihr kalt, noch ehe die nächtlichen kalten Regengüsse eingesetzt hatten.

»Du wirst sehen«, sagte Gerda, »dass nicht alle so denken wie Tina. Und du musst Tina verstehen. Sie hatte ihre komplette Familie auf der OOSTERBRIJK. Jetzt ist sie allein. Ihre Eltern, ihr Kind, ihre Großeltern, ihre Geschwister, ihre Onkel und Tanten, ihre Nichten und Neffen, von ihren Freunden ganz zu schweigen: Alle waren auf der OOSTERBRIJK. Sechsundvierzig Menschen, die ganze Familie, groß wie alle Familien von Serafim, und genauso familienbewusst. Alles, was ihr etwas bedeutet hat, war auf dem verfluchten Weltenkreuzer. Und dort ist es immer noch, oder das, was davon übrig ist.« Eliza war sprachlos. Gerda wandte sich ab und sah die Zentralierin nicht mehr an. »Man hat dich übrigens tatsächlich in den Resten eines Prallkissens gefunden, Eliza, ganz aus der Luft gegriffen ist das alles also nicht. Tina weiß nichts davon, sonst wäre es noch schlimmer gewesen ... Und dieses Fest: Es war ein Abschiedsfest. Ihr seid schließlich die zweite Expedition ins Gebirge. Die erste kam nie zurück. Das ist auch Bestandteil eures Auftrages, die zu suchen, herauszufinden, was passiert ist. Das wird nur keiner laut aussprechen. Die anderen könnten ja noch leben. So, das musste ich dir sagen.« Gerda drehte sich um und murmelte etwas vor sich hin, Eliza solle sie heute möglichst nicht mehr ansprechen, dann ging sie eilig ins Bett.

Eliza lag lange wach und versuchte vergeblich einzuschlafen. Sie musste an das epsilonische Raumschiff denken und an den ebenso faszinierenden wie erbärmlichen Anblick, den die alte Erde aus dem hohen Orbit des Artefakts bot. Vielleicht bin ich dem verdammten uralten Ding näher verwandt, als ich denke, sagte sie sich. Wir umkreisen die anderen, und der gewaltige kalte Abstand wird und wird nicht geringer. Immer bleiben wir außen vor. Niemand findet einen Weg, die Isolation zu durchbrechen. Eliza konnte nicht einschlafen. Es lag nicht an der Kälte, an dem eisigen Regen, der auf das Zeltdach trommelte und die Luft drinnen abkühlte. Die alten Alpträume Elizas – She Tsi, die Gleiter, das Schiff, der Trupp – wurden ergänzt von einem neuen. Und der war unerträglicher als die anderen. Er war ungewiss. Und er konnte Wirklichkeit werden, wenn sie nicht aufpasste. Wahrscheinlich war es bereits zu spät, und sie konnte nichts verhindern.

»Gerda?«

»Ja?«

»Als ihr euch gestritten habt, Tina und du, hier an meinem Bett, als ich krank war – da wollte sie nicht, dass ich dieses Medikament bekomme, oder?«

Kurzes Schweigen. »Ja. Es war die allerletzte Ampulle.«

6. In die zerbrochene Stadt

Heftig atmend, standen sie zu viert auf einem Podest in luftiger Höhe, von dem herab sie einen weiten Blick hatten. Viel hatte nicht gefehlt, und sie wären nur noch zu dritt gewesen. Hinter ihnen lag ein Weg, der am Anfang einfach ausgesehen hatte.

Ein Treppenschacht mit abgerissenem Geländer und teilweise fehlenden Stufen – aber er wirkte verheißungsvoll, als sie von unten hineingeblickt hatten. Ein Weg, der hinaufführte. Und hinauf hatten sie gewollt. Es nützte nichts, in den Schluchten zwischen den durcheinandergewürfelten Segmenten des Weltenkreuzers umherzuirren. Dort unten waren alle Luken ins Innere der stahlbewehrten Blöcke hoffnungslos verkeilt – falls es überhaupt welche gab. Also war der von der Vilmregierung ausgeschickte Trupp diesen Schacht emporgeklettert. Wie hätten sie ahnen können, dass die oberen zwei Drittel seiner Länge frei in die dunstverhangene Luft ragten? Dass sie im Innern eines Strohhalms kletterten? Unter einem Windstoß oder einem zu heftigen Schritt begann das Ding zu schwanken, wobei überlastete Spanten grell quietschten. Joern hatte mit blitzschnellem Ruck am Seil den Sommersprossigen aus der Knickzone gebracht, eine halbe Sekunde, ehe dort die Wände dröhnend aneinanderkrachten, den Rückweg versperrend und das Seil glatt abscherend.

Ein paar Minuten klammerten sie sich schweigend aneinander, während die Röhre, in der sie steckten, sich kreischend neigte und schließlich zur Ruhe kam. Sie wussten nicht, ob der abgeknickte Teil des Treppenschachtes irgendwo auflag oder weiter hinauf in die Luft ragte. Sie wussten nicht, ob das Ding stärker abknicken und sie abstürzen lassen würde, wenn sie weitergingen. Der Sommersprossige zitterte am ganzen Leib und betrachtete wie gelähmt die Knickspalte, die ihn beinah gefressen hätte. Dann stiegen sie, weil ihnen nichts anderes übrig blieb, die jetzt sanft geneigte Röhre hinauf – sehr, sehr vorsichtig – und kamen auf diesem einsamen Podest heraus, das den Gipfel eines großen Segmentes bildete und windschief über der Kante hing. Eliza bot sich ein weiter Blick über die Trümmerlandschaft der Absturzstelle: Im Norden türmten sich komplette, zerdrückte und zerrissene Schiffssegmente als bizarre Formen übereinander, die aussahen, als genüge ein leichter Anstoß, um furchtbare Lawinen auszulösen. Östlich sahen die vier den erbarmungslos zerknüllten Rumpf eines Landungsschiffes. Die von diesem Wrack ausgehende Radioaktivität hatte ihnen den besten Fußweg ins Innere des Gebirges verwehrt. Offensichtlich waren die Hilfsreaktoren des Schiffes zerstört worden, obwohl das unmöglich sein sollte. Im Westen zog sich eine Wüstenei ausgebrannter Technik hin. Dort nach Brauchbarem zu suchen, war wenig sinnvoll. Trotz des auf dieser Welt herrschenden Dauerregens hatten in diesem Bereich stundenlang Brände gewütet. Das Ganze sah aus wie eine Spielzeugstadt, unachtsam in eine Kiste gepackt, sodann ausgeschüttet und wild mit Hämmern bearbeitet. Eine Riesenkiste mit Riesenspielzeug. Und es war zerbrochen. Die Autobahnen verdreht und zersplittert, die Türme geborsten, die Bäume verkohlt, die Häuser selbst in Platten, Kuben, Pyramiden zerbrochen. Und wir, dachte Eliza, sind die Ameisen, die im zerbrochenen Spielzeug, in einer zerbrochenen Stadt herumkriechen.

Sie ließen sich auf das Dach des Segmentes hinunter und rasteten. Über den Rückweg mochten sie sich keine Gedanken machen, noch nicht. Der Weg, auf dem sie gekommen waren, war ihnen sowieso versperrt. Eliza bekam per Funk keine Verbindung mit dem Lager. Das war völlig hoffnungslos inmitten dieser Metallmassen. Also schossen sie drei Leuchtraketen in den Himmel: Orange für »Rückweg abgeschnitten, alles in Ordnung«; Gelb für »Gruppen getrennt« und Grün für »wir haben was gefunden«.

Die dunkleren Farben waren für schlechtere Nachrichten vorgesehen.

»Ist das nicht ein bisschen voreilig?«, fragte Marek. »Noch haben wir gar nichts gefunden.«

»Dann sieh mal«, sagte Eliza und zeigte den anderen das Schott, das unauffällig ins Segment eingelassen war. Die Orientierung war schwierig, weil die Trennung von den benachbarten Segmenten auf recht rabiate Weise durch eine Reihe von Sprengungen erfolgt war; überall gab es zerfetzte Wände und die oft scharfkantigen Spuren einst hier montierter Aggregate. Manchmal fühlten sich die vier wie von gezückten Messern bedroht. Eliza schaute aus nach roten Linien; noch hatte sie keine entdeckt. Als sie das Schott öffnete, hörte sie etwas wie Schreie und ein giftiges Zischen, heftig und kurz. Aber nirgendwo war etwas zu sehen, auch von der zweiten Gruppe nicht.

»Die haben sicher einen anderen Weg genommen«, sagte Joern. »Das da könnte ein Tier gewesen sein oder der Wind in den morschen Konstruktionen.«

Sie hatten selbst gehört, wie der Schacht beim Abknicken geschrien hatte, als sie hindurchgeklettert waren, deswegen kümmerten sie sich nicht um die Geräusche und drangen in das Segment ein: eine Enttäuschung für Eliza. Alles dunkel und tot. Keine Energie. Eine rote Linie, ja; aber keine Möglichkeit zu kontaktieren. Zu gefährlich, wenn die Linie ohne Strom war. In einem gewissen Sinne lebte der eingepflanzte Mikrocomputer in ihrem Arm, und Eliza wollte nicht wissen, was geschah, wenn sie diese Art Leben mit einer Art Tod koppelte. Und sie wollte nicht erfahren, was mit ihrem Hirn passierte, wenn sie etwas so Verrücktes versuchte.

Mit Stromausfällen hatte man gerechnet, und es war vorgesorgt. Der Sommersprossige schleppte auf seinem Rücken einen ergiebigen Speicher mit, einen Kondensatriden. Für die Belebung von ein paar Räumen mochte der Vorrat reichen. Es reichte auch für das gesamte Segment, allerdings in diesem Fall nur für Sekunden.

Im Licht der Handlampen gingen sie einen düsteren Gang hinunter. Das Segment lag zufälligerweise richtig herum – die Türen waren an den Seiten und der rutschfeste Fußbodenbelag unten. Seltsames Gefühl, die vertraute Umgebung unter so dramatisch veränderten Umständen wiederzusehen. Seltsam, einen so ebenen Boden unter den Füßen zu spüren. Ob irgendeine Vorrichtung dieses Segment bei der Landung gesteuert hatte?, fragte sich Eliza.

»Hier«, sagte Marek, »hier können wir den Kondensatriden anschließen.« Es war eine kleine Unterstation, von der aus sie eine Flucht von Zimmern zum Leben erweckten. Irgendwo erwachten summend Aggregate, Pumpen liefen an, Türen öffneten sich, chipgenerierte Stimmen verkündeten die Funktionsbereitschaft irgendwelcher Installationen in soundsoviel Sekunden und zählten rückwärts. Dieses Durcheinander wispernder Stimmen war gespenstisch und ließ die vier Eindringlinge verstummen. Erst als nach und nach die Beleuchtung ansprang und die Gänge und Zimmer in freundliche, dem irdischen Sonnenschein angeglichene Helligkeit tauchte, wurden Joern und der sommersprossige Kerl wieder gesprächig. Die fast vergessenen Kitschfarben, in denen das gesamte Innere der OOSTERBRIJK gehalten gewesen war, kamen ihnen fremd und vertraut zugleich vor. Es war ein bisschen wie eine Heimkehr. Fast fühlten sich die vier als Forscher, die nach tagelangem Herumirren in den widersinnig verschachtelten Gängen und Schächten des epsilonischen Raumschiffs endlich wieder in ihre Forschungsstation zurückgekehrt waren.

Auch die rote Linie leuchtete auf. Marek stieß die Zentralierin an und nickte aufmunternd. Eliza zögerte, dachte an Lafayette, fürchtete sich vor dem, was sie vorfinden würde. Albernes Weib, sagte sie sich dann, genau deswegen bist du dabei. Sie kontaktierte die leuchtende rote Linie, ihr Bewusstsein strömte in das Netz – und spürte wenig mehr als Stumpfsinn. Sie hatten einen primitiven Klimaregulator zum Leben erweckt, der in Ermangelung weiterer Einheiten die Steuerung hier übernommen hatte. Verbindungen zu anderen Rechnern gab es nicht, von anderen Segmenten ganz zu schweigen. Die Blödigkeit dieses Rechners wirkte auf Eliza, als habe sie ihren Kopf in einen Eimer gesteckt. Der Unterschied zu der glitzernden Welt eines kompletten IN-Netzes hätte größer kaum sein können. Hier konnte sie ihren Geist weder schweben noch durch die Strukturen eines unfassbaren Verstandes schweifen lassen. Wahrscheinlich war allein die Elektronik in Elizas Arm intelligenter als diese Maschine. Eliza zog sich wieder zurück und streifte ihren Handschuh über. Sie sagte den anderen, dass es nur eine Verbindung mit einem ziemlich nutzlosen Rechner sei; sie erwähnte nichts von der stumpfen Enttäuschung der Maschine, die einige dutzendmal pro Zehntelsekunde versuchte, Kontakt zum zentralen Netz zu bekommen. Natürlich gelang das dem Rechner nicht, und dennoch verschwendete er einen erheblichen Teil seiner nicht gerade üppigen Reserven auf immer wieder neue Versuche. Eine Ratte im Labyrinth, die ständig gegen ein und dieselbe Wand rannte. Wäre es nicht ein so primitiver Apparat gewesen, hätte Eliza von Verzweiflung gesprochen.

Joern und der Sommersprossige verschwanden nach unten, in die tieferen Gefilde des Segments, wo sie Geräte und Ersatzteile holen wollten. Da unten musste es Lager geben; Eliza hatte beschrieben, wo genau sie suchen sollten. Schutzmaskenbewehrt und luftflaschenbestückt marschierten die beiden davon, in den Brusttaschen mehrfach gefaltete Listen der benötigten Dinge, Wunschzettel aus dem Lager.

»Ich fühle mich, als wäre nie etwas passiert«, sagte Marek, als sie zu zweit die lindgrünen und zartrosa Zimmer durchstreiften. Gut, es lagen ein paar Bücher herum und anderes Kleinzeug.

Hier und da hatten Schubladen ihren Inhalt über den Fußboden ergossen. Aber es gab kein Chaos, keine Vernichtung, keine toten Körper. Hier war niemand gewesen, als die VILM VAN DER OOSTERBRIJK vom Himmel fiel. An den Wänden hingen in fast jedem Raum riesige Poster, die die zwar gutgemeinten, aber letzten Endes nervigen Farben des Interieurs verdecken sollten. Eine Luftaufnahme der cartagenischen Achterbahn bei Nacht, der merkwürdig plattgedrückte Globus von Karna, die geheimnisvoll gemusterte Oberfläche des epsilonischen Raumschiffs, der sonnenlichtübergossene Strand von Bahia de Janeiro auf Penta V, eine Landkarte der verschwundenen Doppelplaneten Orsini und Bomarzo, die Paläste von Sanctuarium und sogar eine der unheimlichen Städte von Utragenorius. Alles war als Wandschmuck geeignet, um nicht immerzu auf diese bonbonfarbenen Flächen blicken zu müssen.

»Eine Dusche!« Marek probierte, kaum hatte er sie gefunden, die Bereitschaftstaste – das grüne Licht glomm. Der Rechner, der für diesen Abschnitt verantwortlich war, mochte dumm sein, aber er war nicht faul. Eine Minute später stand Marek nackt unter der Brause und aalte sich in den heißen Strahlen, Eliza zurufend, ob sie nicht endlich mal wieder, es wäre herrlich. Eliza nickte und betrachtete Marek, der nicht daran gedacht hatte, den Vorhang zuzuziehen. Sie konnte die Augen nicht von diesem Körper wenden, und sie sah sich den Jungen – wie sie ihn in Gedanken beharrlich nannte – genau an. Etwas genauer, als gut für sie sein konnte. Marek war kleiner als sie, und bei Weitem nicht so ein Brocken wie Grégoire Lafayette. Er war nicht durchtrainiert wie ein Zehnkämpfer mit breitem Brustkasten und dicker Wolle darauf, aber er war nicht schlecht beisammen. Eliza wurde rot, als sie merkte, dass sie Mareks Geschlechtsteil anstarrte, stand schnell auf und warf den Overall ab. Wenige Augenblicke später stand sie neben Marek und spürte fast schmerzhaft, dass sie Verlangen nach dem Jungen hatte. Marek bat sie, ihm den Rücken einzuseifen. Sie tat es, wie in Trance. Das war zwischen Grégoire und ihr eine Art von Liebesritual gewesen – zusammen duschen und dann ab ins Bett. Oder es gleich unter der Dusche tun. Doch Marek war nicht Lafayette. Eliza unterdrückte das Verlangen, Mareks Körper an sich zu drücken und ihre Hände nach vorn gleiten zu lassen, und weiter, ihn in die Hand zu nehmen ...

Aber Marek würde es vermutlich völlig daneben finden, wenn sie ihn anfasste, auf diese Weise. Sie dachte daran, wie sie ihm zuerst begegnet war. Sie dachte an Mareks Freund, der vor wenigen Monaten umgekommen war, nicht weit von hier entfernt. Ihr fielen die Toten ein, die im Umkreis einiger hundert Meter liegen mussten, als Mareks freundliche Hände ihr den Rücken einseiften. Fast wurde ihr schlecht, und sie war sehr schnell mit dem Duschen fertig. Aus dem Ventilatorschacht kam nur eiskalte und modrig stinkende Luft, so trockneten sie sich gegenseitig mit Tüchern ab. Eliza war blass, als sie wieder in ihre Overalls gestiegen waren.

Dann füllten sie die mitgebrachten Rucksäcke. Eliza auf der einen, Marek auf der anderen Seite, grasten sie Zimmer für Zimmer ab, sammelten den Inhalt der Arzneikästen ein und schauten in den Möbeln nach, wo sich manch teures Präparat auflesen ließ. Sie hätten das Geld einsammeln können, das sie in Schubladen entdeckten, aber auf Vilm galt keinerlei Währung. Und es war zu bezweifeln, ob die Ära des Geldes für diesen Planeten je anbrechen würde. Am unbeleuchteten Ende des Ganges fanden sie Notfallcontainer mit hochwirksamen Medikamenten darin: Kreislaufkomplexmittel, Antibiotika, Zytostatika, Hormonpräparate, Hypnosomatika. Sie leerten die Rücksäcke aus und füllten sie mit den wertvolleren Mitteln. Die Allerweltspräparate stapelten Eliza und Marek in einer Badewanne, damit spätere Trupps das Zeug abholen konnten. Sie bereiteten sich ein richtiges Essen zu, wie in Zeiten, da das Schiff noch existierte, und warteten auf Joern und den Sommersprossigen.

Im Treppenschacht erschien erst ein prallvoller Tornister, ein fahler Joern folgte und ein bleicher Begleiter, auf dessen Gesicht die Sommersprossen wie Blutflecke wirkten.

Joern starrte angewidert auf die bereitstehende Mahlzeit. »Ich verstehe nicht, wie ihr an Essen auch nur denken ...« Er gab sich einen Ruck. »Da unten, da sind Menschen ... massenhaft Leute, und sie sind alle tot. Sie liegen zu Dutzenden – und sie sind nicht beim Absturz umgekommen ...«

Der andere ergänzte: »Sie sind alle erstickt. Es muss lange gedauert haben. Tage. Wochen. Die haben da unten im Dunkeln auf das Ende gewartet. Ich habe Fotos gemacht ...« Und er holte die Aufnahmen heraus. Marek und Eliza schreckten zurück.

»Seht es euch an!«, schrie Joern. »Seht es euch an!«

Sie sahen sich die Bilder an.

Düstere Gänge voller toter Menschen, die Körper akkurat aufgereiht, die Füße in der Mitte, sodass ein Pfad freiblieb ... Für wen? Wer hatte die Leichen geordnet? Verzerrte Gesichtszüge, nachgedunkelte Haut. Die Luft war trocken gewesen und keimfrei. Mumienluft. Die meisten Körper kaum verändert, die Gesichter gespenstisch, die Lippen geschrumpft, die Gebisse in schwarzem Zahnfleisch gebleckt. Die Augäpfel vertrocknet, grauenvolle schwarze Murmeln, von ledrigen Lidern kaum bedeckt. Ein Raum voller Selbstmörder, die Köpfe von Werferentladungen zerschossen. Nur einer hatte die Waffe noch in der Faust. Die Leute hatten das Ding herumgehen lassen ... Eliza spürte, wie sich die aufdringliche Freundlichkeit dieser nett gefärbten Gänge verfinsterte. Ein unsichtbares und leider wirkliches Gespenst warf einen grimmigen Schatten; es stand hinter ihr und schaute ihr über die Schulter. Ein Stilleben: Taschenlampe, Eisspray, Injektionsspritzen. Leere Ampullen, tödliche Substanzen. Glückliches Lächeln auf verrunzelten Gesichtern. Ewiger Drogentraum. Eine verkrampfte Hand auf einer Rechnertastatur. Eliza legte das Foto mit der Hand beiseite und sah sich, die Zähne zusammengebissen, den Rest der Bilder an. Es waren noch schlimmere Aufnahmen dabei. Marek ging den Flur hinunter, betrat das am weitesten entfernte Zimmer und kotzte.

Später, als die Lichter matt geworden waren und sie das Segment schweigend verließen, fragte Joern, warum sie ausgerechnet das Foto mit dieser Hand auf dem Manual behalten habe.

»Es ist ein Beweis«, sagte Eliza und dachte an den dummen Rechner, der jetzt, da der Kondensatride sich erschöpft hatte, zum zweiten Mal einen elektronischen Tod starb und nicht mehr einige dutzendmal pro Zehntelsekunde versuchte, Kontakt zum zentralen Netz zu bekommen. Die Ratte im Labyrinth hörte auf, immer wieder gegen ein und dieselbe Wand zu rennen. Das unsichtbare Gespenst war entkommen und tanzte gefährlich und tödlich irgendwo da draußen herum.

»Es ist ein Beweis?«, fragte Joern verständnislos zurück. »Ein Beweis wofür?«

Eliza atmete tief durch und beobachtete, wie Marek und der Sommersprossige das Schott provisorisch verschlossen, so sorgfältig, als sei es ein Grab. »Der Strom ist hier nicht beim Absturz weggeblieben«, sagte sie. »Das Segment ist abgeschaltet worden. Später.«

»Wer sollte so etwas tun, um Himmels willen?«

»Woher willst du das wissen?«

»Ist es auf dem Foto zu sehen?«

Eliza zeigte es ihnen. Zeigte ihnen, dass da der Kennzahlenschlüssel eingesteckt und herumgedreht worden war, im Schloss für das SOS-Regime, das nur zugänglich wurde, wenn über die Tastatur der Befehl dazu eingegeben wurde. Es war SOS gemeldet worden, über die Dringlichkeitsleitung vermutlich und allen Regeln entsprechend. Und als Antwort auf den Notruf war der Strom versiegt. Die Männer starrten die hagere große Frau an, als wäre sie ein außerirdisches Monstrum mit wirren blonden Haaren, das vor ihren Augen aus einem unglaublichen Raumschiff gestiegen war. Jetzt, dachte Eliza, können sie das Gespenst auch sehen.

Um zum Lager zurückzukehren, mussten sich die vier außen an dem unglückseligen Segment abseilen und alle Gedanken daran verdrängen, was hinter der unbeteiligt aufragenden Wand geschehen war. Schweigend trotteten sie zurück zum Lager, schwer beladen mit Rucksäcken voller Medikamente. Sie fanden keine Spuren der zweiten Gruppe, sie achteten auch nicht darauf. Ihre Gedanken suchten nach einer plausiblen Erklärung. Eliza war wie betäubt. Sie konnte sich eine Erklärung denken, aber sie sträubte sich gegen diese Möglichkeit.

Als die vier den letzten Grat überschritten, der das innere Gebirge gegen die Ebene hin abschloss, drehte sich Eliza um. Auf dem Gipfel der Trümmer bewegte sich etwas.

»Komm doch!«, rief Joern.

Eliza starrte zurück, gelähmt vor Entsetzen. Dort oben sah sie eine Bewegung, etwas Großes regte sich da. Die Luft war, abgesehen von dem üblichen Nieselregen, ungewöhnlich klar; das war keine Täuschung, was sie da sah. Eine panische Sekunde lang glaubte sie, das beinerne faulende Gesicht des Herrn der Fliegen zu erkennen, ehe ihr Verstand siegte und ihr eine Reihe logischer Erklärungen lieferte. Immer noch klamm vor Angst, stieg sie den anderen hinterher. Sie hatte es nicht gesehen, aber es war da. Sie wusste es.

7. Karambolage

Lafayette hatte schon einiges erlebt, so etwas noch nicht. Der Weltenkreuzer Vilm van der Oosterbrijk benahm sich seltsam. Irgendetwas stimmte nicht, etwas Dramatisches. Kontrollen flackerten und erloschen, Alarmsignale übertönten einander, ganze Segmente des Riesenraumschiffes verschwanden für Sekunden aus den Statistiken und tauchten wieder auf. So etwas konnte im Grunde genommen überhaupt nicht vorkommen. Lafayette versuchte, sich ins Netz einzuklinken, und wurde brutal abgewiesen; das Computersystem war zu einer finsteren Masse geworden, die keine Menschen hineinließ.

»Das reicht jetzt«, sagte die Frau wütend, mit der er sich so fruchtlos gestritten hatte. Lafayette starrte sie an. Die Dame begriff offensichtlich nicht im Geringsten, was vor sich ging. Das Raumschiff wurde von einer endlosen Kette von Missgeschicken heimgesucht, dies hier grenzte an eine Katastrophe, und die da machte sich Sorgen um Geheimhaltung und um den Auftrag, den die Auswahl hatte. Als ob Lafayette je auf den Gedanken kommen könnte, Eliza ein Wort zu viel zu verraten.

»Wir haben hier ein schlimmeres Problem als das«, sagte er und meldete sich ein weiteres Mal an. Zum ersten Mal seit mehreren Jahrzehnten benutzte er dabei seinen vollen Namen. Er mochte seinen zweiten Vornamen nicht, aber das System kannte ihn natürlich. Nicht einmal auf diese Art wurde er eingelassen. Lafayette fluchte, nur bei sich, leise, einen lästerlichen Fluch, für den er auf Offord ernsthafte Schwierigkeiten bekommen hätte. Für den Fall, dass diese Funktionsstörung nur eine vorübergehende Unpässlichkeit des Systems war, hinterließ Lafayette eine Nachricht für Eliza. Wenn die wieder im Netz nachsah, würde ihr die Botschaft zugestellt werden.

»Sogar jetzt«, zeterte die Dame, »versuchen Sie, mit dieser Frau zu sprechen. Eben gerade habe ich Sie angewiesen, endlich diese Beziehung zu beenden. Ein Offizier der Auswahl und eine Zentralierin! Sie wissen doch, dass das nicht gutgehen kann.«

Lafayette probierte ein drittes Mal, Zugang zu den Rechnern zu erlangen, und wurde abermals von einer schwarzen Wand zurückgeworfen. Es war, als hätte jemand all die fürsorglichen Systeme einfach abgeschaltet. Das konnte nicht sein. Niemand konnte das alles ausknipsen wie eine Nachttischlampe. Ebenso gut hätte man versuchen können, alle Antilopen der Savanne in ein und dieselbe Richtung laufen zu lassen. Lafayette machte die Augen wieder auf und stellte den Versuch, direkten Kontakt zum inneren Kern zu bekommen, fürs Erste zurück. Er fluchte nochmals, diesmal laut und so deftig, dass die schimpfende Dame blass wurde und verstummte. Nun ja, es hat alles sein Gutes, dachte Lafayette. Was ging es diesen Anstandswauwau an, ob er mit einer Zentralierin zusammen war oder nicht? Das sagte er laut, und es kam, wie es kommen musste: Die Dame drehte sich auf den hohen Absätzen um und stelzte zum Ausgang; er werde sehen, was er davon habe, und dass es die Auswahl sehr wohl etwas anginge, und ob er seine Karriere in der besten Elitetruppe des bewohnten Kosmos für eine schlichte Zentralierin aufs Spiel setzen wolle. Und so weiter und so fort.

In der geöffneten Tür blieb sie stehen und drehte sich um. »Ich kann dafür sorgen, dass Sie eher heute als morgen abberufen werden«, schrie sie und warf ihm einen triumphierenden Blick zu. Sie hatte recht, und sie war außer Reichweite, und sie wusste beides. Die Tür glitt zu und verriegelte sich klackend.

Ging denn alles schief auf dieser verdammten Mission? Wurden sie wirklich vom Unglück verfolgt, seit sie Atibon Legba verlassen hatten? Würde er den Dienst in der Auswahl quittieren müssen? Die Fragen in seinem Kopf drehten sich um sich selbst, und er brachte sie zur Ruhe. Das Psycho-Training der Auswahl machte so etwas möglich. Er atmete tief durch. Lafayette konnte in diesem Moment nicht wissen, dass er lediglich noch einige Minuten Leben übrig hatte. Er hielt die Störungen für reparabel. »Lafayette an Zentrale«, meldete er sich laut und wartete auf das Bereitschaftssignal der eigens für solche Notfälle gedachten Datenleitung. Nichts geschah, außer dass ein Gewitter lautloser Lichter über die Konsolen huschte und große Teile der Triebwerkskontrollen auslöschte. Das sah schlimm aus. Er betätigte die Taste, die in solchen Notfällen eine Sprechverbindung herstellen sollte. Zwar glomm das Bereitschaftslämpchen, aus dem Lautsprecher quoll jedoch nur höllischer Lärm – das Heulen aller Furien der Unterwelt, das Kreischen ihrer Opfer, das Stampfen von Maschinen, die Häuserzeilen unter ihren stählernen Füßen zermahlen. Bevor Lafayette das Ding wieder abschaltete, glaubte er mitten in dem Tumult Stimmen zu hören, menschliche Schreie, die Mühe hatten, durch das Getöse zu dringen. Ihm wurde kalt. Er konnte sich nicht daran erinnern, an Bord dieses Schiffes jemals so gefroren zu haben. Lafayette schüttelte den Kopf und stand auf, um sich auf den Weg in die Zentrale zu machen. Hier stimmte etwas absolut nicht, und seine Anwesenheit dort war dringend erforderlich. Womöglich hatte er von der Zentrale aus eine Möglichkeit, Eliza zu erreichen.

Er hatte kaum ein paar Schritte getan, als das Zittern unter seinen Füßen ihn vor Entsetzen hochspringen ließ. Lafayette starrte auf die Kaffeetasse, die sich drehte und vom Tisch fiel. Das feine, durchscheinende Porzellan von Serafim ging in tausend Stücke, der Kaffee breitete sich als kleine braune Lache auf dem Boden aus. Dieses Schiff konnte von keiner Macht erschüttert werden, die es nicht augenblicklich zerstören würde. Dennoch hatte es zweifelsfrei gezittert. Die Tasse ist entzwei, dachte Lafayette, und er spürte, wie sich seine kurzgeschnittenen Haare aufstellten. Die Wärme im Raum wurde abgesaugt und wich einer grimmigen Kälte. Die Pfütze lauwarmen Kaffees dampfte.

Wenn jemand es darauf angelegt hätte, dieses gigantische Raumfahrzeug zu vernichten, dann hätte er es besser kaum anfangen können, dachte Lafayette. Zuerst die Verständigung der zahlreichen zusammengekoppelten Segmente untereinander unterbinden, danach jedes Segment einzeln mit Fehlinformationen füttern. Beispielsweise die Kontrollen des Klimas durcheinanderbringen. Danach alle anderen. Lafayette hatte keine Ahnung, wie man einen solchen Wahnsinn bewerkstelligen konnte, und er wollte sich nicht den Kopf darüber zerbrechen, welche Verrückten ein Interesse daran haben konnten, der VILM VAN DER OOSTERBRIJK etwas Derartiges anzutun. Aber was der Bildschirm da anzeigte, dieses Gewirr von einander widersprechenden Befehlen, das sah nicht wie eine Fehlfunktion aus. Das war eine Einmischung, ein wohlgeplantes Eindringen in die wichtigsten und vitalsten Funktionen des Schiffs. Ein Angriff. Das würde die Auswahl sicherlich sehr interessieren. Lafayette schüttelte den Kopf und beschleunigte seine Schritte. Wenige Meter vor der Tür blieb er stehen. Die Tür öffnete sich nicht. Etwas stimmte nicht. Eben war die nervtötende Dame hindurchgegangen. Neben der Tür glomm ein Warnsignal, zwinkerte, ging aus und an und verlosch wieder. Das Licht behauptete, hinter der Tür wäre luftleerer Raum. Schwere Funktionsstörung, dachte Lafayette, muss unbedingt repariert werden. Oder dieser Angriff ist tatsächlich ernst, hat bereits Erfolg, zerlegt den Weltenkreuzer in seine Bestandteile. Eine beunruhigende Vorstellung, dachte Lafayette. Wenn diese Anzeige richtig ist, hat das Vakuum vor wenigen Sekunden meinen Quälgeist getötet. Er dachte kurz über diese Vorstellung nach. Obwohl er die Frau nicht ausstehen konnte, machte ihm der Gedanke an ihren Tod keinen Spaß. So weit alles in Ordnung mit mir, dachte Lafayette.

Dann drehte er sich um. Zuerst erblickte er die Scherben der Tasse. Sie ragten aus einer glitzernden, schmutzigen Fläche; der Kaffee war gefroren. Erst jetzt nahm Lafayette wahr, dass alles im Raum von einem klirrenden Frost mit funkelnden Kristallen übersät worden war.

Er starrte auf die etwa fünfzig Meter entfernte Seitenwand des Saales, in dem er an einer Simulation gearbeitet hatte, bis der Streit losgegangen war. Diese Wand schwankte und bog sich. Sanfte Wellen liefen über das Metall, ein armdickes Panzermaterial. Eis rieselte herab. Lafayette traute seinen Augen kaum – hinter dieser Wand durfte sich jedes menschliche Wesen so sicher fühlen wie in Abrahams Schoß. Von einer plötzlich einsetzenden Kraft wurde das Zeug zerknüllt wie Papier; eine breite Spalte klaffte auf. Lafayette wurde von einem heftigen Stoß umgeworfen und rutschte bis an die Wand neben der störrischen Tür. Er blickte weiter auf dieses grauenhafte Loch: Dort konnte er beobachten, wie vorübergleitende Wände und Installationen Menschen und Möbel zerquetschten. Maschinen zerplatzten und verstreuten ihre Innereien kaum weniger farbig als die Leute, die eben noch an ihnen gearbeitet hatten und nun in Sekundenschnelle einen unbegreiflichen Tod starben.

Das geschah in etwa einer halben Sekunde; dann spürte Lafayette einen schneidend kalten Luftzug und stand auf. Dabei bemerkte er, dass er die Hände auf die Ohren gepresst hielt und aus Leibeskräften schrie. Er hörte damit auf, nahm die Hände herunter und schaute auf seine Finger. Jeder einzelne Muskel schmerzte, und er hörte nichts als das Rauschen des Blutes in den Ohren. Der Fußboden des Saales begann, langsam zu schwingen, und warf einige der Apparaturen um, die an den Wänden aufgereiht standen. Die Bildwände gaben fraktales Geflimmer von sich und gingen aus. Erstaunt nahm Lafayette wahr, wie sich die aufgemalten Streifen unter seinen Füßen langsam verbreiterten; etwas zerrte am Metall, aus dem das alles gebaut war. Natürlich, fiel es Lafayette ein, natürlich gab es eine Möglichkeit, alle Antilopen der Savanne in ein und dieselbe Richtung laufen zu lassen. Man musste nur einen Brand legen, der groß genug war. Man musste nur an der richtigen Stelle angreifen.

Dann blickte Lafayette hoch und sah einen stählernen Träger auf sich zurasen, zwei Meter breit und einen halben Meter hoch. Das Ding durchschlug seinen Körper, als wäre er nur ein Blatt Papier, und bohrte sich in die Wand hinter ihm. Lafayette schaute an sich herab. Unterhalb des Bauchnabels gab es ihn nicht mehr. Da war nur kalter grauer Stahl, der sacht vibrierte. Seltsamerweise spürte Lafayette keinerlei Schmerz, außer in den Armen. Erst in diesem Augenblick, kurz ehe sein Denken aufhörte, begriff Lafayette, dass er sterben würde, dass sein Leben beendet war, jäh abgeschnitten durch einen heimtückischen Angriff. Er würde genauso sterben wie die Frau, mit der er sich vor wenigen Minuten gestritten hatte. Er würde genauso sterben wie die Frau, die er liebte. Seine Nachricht würde sie nie erreichen, würde eingefroren bleiben in irgendeinem Speicher und verglühen beim Eintritt in irgendeine Atmophäre. Beim Gedanken an Eliza spürte er Bedauern.

Er blickte auf. Dieser Raum war aufgeschlitzt worden wie eine Konservendose, und seine Wände klafften weit auseinander. Lafayette sah den Planeten. Eine wolkenverhüllte Kugel schwebte majestätisch und geheimnisvoll vor Sternbildern, die er nie gesehen hatte. Beinahe hätte er gedacht, durch ein riesiges Fenster direkt ins Weltall zu blicken. Aber da war kein Fenster.

Das nahm Lafayette noch wahr, ehe der Dauerfrost des Alls seinen verbliebenen Körper in Eis verwandelte. Zu schnell, als dass Lafayette die Augen schließen konnte. Sie gefroren so, wie sie waren. Zwar wurden seine Pupillen in der Kälte des absoluten Nullpunkts stumpf, das Licht der Sterne schimmerte dennoch matt in ihnen wider.

8. Schrott

»Sprich«, sagte Tina kühl und gab das letzte der Fotos an ihren Nachbarn weiter. Die Regierung war versammelt, schockiert von den Bildern. Der Tisch war leer, keine Kaffeetassen von Serafim, keine Unordnung. Aufklärung wurde erwartet. Die Freude über die Beute aus dem Gebirge war gering, zumal nach wie vor die Rückkehr der zweiten Gruppe ausstand.

»Für den unwahrscheinlichen Fall«, sagte Eliza, »dass ein Weltenkreuzer so stark beschädigt wird, dass kein Mensch darin mehr lebt, gibt es ein Programm im Schiffshirn – und damit in sämtlichen Rechnern, die zum Inneren Netz gehören –, das, einmal gestartet, alle anderen Programme dominiert. Dieses Programm heißt Selbst-Belebung und zielt, vereinfacht gesagt, auf den Bau eines neuen Schiffes ab. Selbst wenn nur ein einziger Roboter übrig ist: Er setzt einen zweiten instand, diese zwei jeder weitere drei oder vier, dann machen sie einen IN-Rechner arbeitsfähig. Der leitet fortan gemäß Programm die Roboter an, und der Wiederaufbau greift auf diese Weise um sich wie, ja, wie ein Virus. Es mag Jahrzehnte oder länger dauern, ehe die Vilm van der Oosterbrijk wieder flugfähig ist, aber sie wird es wieder sein. Irgendwann.« Stille im Raum. Ungläubige Blicke. Schulterzucken. Diese Leute waren Siedler, keine Techniker. Diese Leute stammten von Serafim, wo Familie und Landwirtschaft das Wichtigste waren. Computerspezialisten stammten meistens von anderen Welten; oder sie waren die schwarzen Schafe ihrer Sippe. Die Zentralierin bemühte sich sehr, es so einfach wie möglich auszudrücken. »Das Elend hier ist«, sprach Eliza weiter, »dass die Selbst-Belebung sich ohne Anlass aktiviert hat. Es lebten ja noch Menschen an Bord. Und als die im Segment Eingeschlossenen ihr SOS-Signal abschickten, war das für das bereits laufende

Programm nurmehr eine Störung. Wie gesagt, alle anderen Programme werden dominiert. Die Störung wurde durch die Abschaltung des Segmentes beseitigt.«

Tina hatte als Erste weitergedacht: »Ich verstehe dich richtig, hoffe ich: Irgendwo da draußen, in diesem Trümmerhaufen, diesem Gebirge, steckt also ein funktionierender Rechner oder ein Netz von solchen Dingern – und die bringen Menschen einfach um, wenn sie sich gestört fühlen, ja?«

Eliza verzog das Gesicht; das war so stark vereinfacht, dass es fast wehtat. Das raffinierte Konzept vernetzter quasiholografischer Programmstrukturen mit selbstorganisierenden Modulen war eins der Lieblingskinder der Zentralier. Es war ein so schönes, so kristallin reines Konzept. »Ganz grob ausgedrückt, ja«, sagte Eliza dennoch.

»Und was soll das?«

Eliza schaute den Fragesteller überrascht an. Eine derart dumme Frage hatte sie nicht erwartet. Dann fiel ihr wieder ein, dass sie es hier mit serafimischen Siedlern zu tun hatte, nicht mit Zentraliern. Das waren nicht einmal Raumfahrer. Diese Leute waren nur aus einem Grund in ein Raumschiff gestiegen: Um den Rest ihres Lebens auf einem anderen Planeten zu verbringen. Sie waren nicht interessiert an interplanetarer Politik. Das Einzige, was sie an Politik je interessiert hatte, war die Tatsache, dass es auf Serafim immer weniger Land für immer mehr Menschen gab – und dass andere Welten dankbar waren für jede Familie, die übersiedeln wollte.

»So ein Weltenkreuzer«, sagte Eliza, »hat das Flottenkommando einen gewaltigen Batzen Geld gekostet. Natürlich wollen sie so viel wie nur möglich davon wiedersehen, zumal ihnen das meiste von dem Geld gar nicht selbst gehört. Weiß das Papst, wessen Geld da drinsteckt. Also repariert sich das Schiff selbst und kommt zurück, nicht heute und nicht morgen, aber irgendwann bestimmt.«

»Abschalten das Ding!«, rief jemand.

»Dieses Programm kann man nicht abbrechen«, präzisierte Eliza das Problem; sie hatte gedacht, dass sie das bereits erwähnt hätte. »Dieses Programm ist für den Fall der Abwesenheit von Menschen gedacht, warum sollte also eine Abschaltmöglichkeit existieren?«

»Möglicherweise kann man den Rechner zerstören?«

»Das, du Flachkopf, glaubst du doch selber nicht!« Der Widerspruch kam von Tina, und sie erklärte, ohne um das System zu wissen, das tatsächlich dahintersteckte, dass die Rechner des Inneren Netzes eines Weltenkreuzers sich kaum einfach vernichten lassen dürften. Eliza grauste es; das klang, als ginge es darum, einen Kasten mit elektronischen Innereien zu zertrümmern, und flugs wäre das Problem aus der Welt. Die Vernichtung irgendwelcher Hardware würde nicht das Geringste ändern. Aber wie sollte sie das einer Runde von Serafimern erklären?

»Die Sache ist noch komplizierter«, sagte Eliza in Tinas Erklärungen hinein, »die Selbst-Belebung hat sich ohne Anlass aktiviert, und viel zu schnell nach dem Absturz, also ist da etwas defekt. Und wer weiß, was außerdem ... Jedenfalls ist das Gebirge für uns eine tödliche Falle geworden. Wohl nicht überall, jetzt noch nicht, jedoch das Problem wird um sich greifen.« Alle schwiegen, dachten an den ersten Suchtrupp – Barbara Brewka, Jonathan Vliesenbrink und Claudius Dorand –, der kurze Zeit nach dem Absturz in die Trümmer gegangen war und von dem man nie wieder etwas gehört hatte; und man dachte an die zweite Gruppe, die wenige Stunden nach Elizas Trupp gegangen war. Weder die einen noch die anderen hatte man bislang wiedergesehen. Die serafimischen Siedler schätzten Karnesen sehr, die Namen von Dorand und Vliesenbrink wurden, wenn überhaupt, nur mit aller Hochachtung erwähnt.

»Wir werden uns, alle zusammen, überlegen müssen, ob es einen Ausweg, besser eine Lösung des Problems, gibt und wie das aussehen soll«, sagte Tina, »und uns beeilen, so schnell wie nur möglich so viel Verwertbares wie nur möglich aus dem verflixten Gebirge zu holen, ehe dieser ausgeflippte Rechner oder dieses wahnsinnig gewordene IN-Netz die Kontrolle darüber übernommen hat, einverstanden?«

»Wie sind wie Robinson«, sagte einer, »der das Wrack mit den Vorräten vor der Nase hat, und jetzt kann das Schiff jeden Tag versinken.«

»Schön gesagt«, stellte Tina fest. Zustimmendes Gemurmel.

»Eliza und diejenigen von uns, die etwas davon verstehen – ich hoffe, wir finden ein paar Leute –, sollten versuchen, diese Selbst-Belebung zu stoppen, aufzuhalten, umzuprogrammieren, was weiß denn ich. Es muss doch, verflixt noch mal, eine Möglichkeit geben, den Ablauf eines Programms in einem Rechner zu stören!«

Eliza wurde nicht gefragt, ob sie mittun wollte. Das kannte sie: Die Regierung ordnete an. Sie ging, sie war entlassen. Ihre Gedanken kreisten sinnlos um das, was da in den Trümmern hauste, letzter funktionierender Rest einer Maschinerie, die kein Mensch je konstruiert hatte, die von anderen Maschinen entwickelt und gebaut worden war. Die Zeiten, in denen Weltenkreuzer tatsächlich Menschenwerk waren, lagen lange zurück. Hoffentlich, dachte Eliza, erinnert sich jetzt niemand daran, was aus den ersten Weltenkreuzern damals geworden ist. Die hatten so etwas wie eigenen Willen entwickelt, was unter anderem zu einem neuen Asteroidensystem bei Geronimo geführt hatte und einem Rätsel, das heute noch um den Neptun kreiste.

Tagelang wurde Eliza verwirrt von widerstreitenden Gefühlen: auf der einen Seite die Trauer um die verschollenen Gruppen, von denen keine Nachricht kam und wohl auch nie eine kommen würde, und Wut – hilflose Wut – auf die bedrohlichen Maschinen, die da irgendwo arbeiteten. Das unsichtbare Ungeheuer hatte jetzt einen Namen. Es verlor jedoch dadurch kein einziges Haar aus seinem undurchdringlichen Pelz. Es blieb eine grausige Vorstellung, eine vollkommen von menschlichen Rücksichten und Sicherungen befreite Technologie. Das war Angst, die Eliza spürte. Und es gab ihre hilflose Wut auf die Serafimer. Jeder Versuch Elizas, ihr Wissen und ihre Fähigkeiten anzubieten, wurde mit höflicher und entschiedener Ablehnung beantwortet. Sie gehörte eben nicht zur Familie.

Auf der anderen Seite hatte sie als willkommene Ablenkung die atemlose Hektik und Eile, mit der alles, was erreichbar und beweglich war, aus dem Bereich des Gebirges herausgeholt wurde. Die Überlebenden planten nicht mehr die Eroberung einzelner Segmente; dafür, ahnten sie, war keine Zeit mehr. Es wurde alles ins Lager geschleppt, buchstäblich alles, was nur beweglich war. Irgendwie konnte man es sicher einmal gebrauchen. Und wenn nicht – egal. Verschlossene Container, in denen nachzusehen sich niemand Zeit nahm. Kraftstationen. Ersatzteillager. Möbel. Stapel von Baumaterial. Allerlei medizinische Ausrüstung bis hin zu einem kompletten Medlabor – die einzige Maschine, die sie demontierten. Solch ein automatischer Arzt war einfach zu wichtig. Das Lager der Schiffbrüchigen, eine ehemals klägliche Anhäufung von Zelten und windschiefen Bungalows, verwandelte sich in eine verrückte Stadt aus Rohprodukten und Fertigteilen, seltsame Architektur unter großen Schutzhüllen, aufgehäufte Technik; alles geordnet in Blöcken abgelegt, zwischen denen sich Wege bildeten. Bald sprach man von einer Hauptstraße, die vom sogenannten Regierungsgebäude zum Vorgebirge führte, von einem Spiegelweg, der wegen der dort gestapelten blanken Metallteile so hieß, und von der Kühlen Gasse, in der es Kältemaschinen gab und die Vorratscontainer für Lebensmittel. Jener Bungalow, in dem Schwester Gerda und ihre Helfer die essbaren Dinge verwalteten, erhielt von irgendeinem Witzbold den Namen »Markthalle« – und dieser Begriff bezeichnete bald die ganze Gegend, in der die sich anhäufenden Mengen verschiedenster Konserven gelagert wurden. Besonders begehrt war Kaffee. Der serafimische Kaffee war berühmt für sein Aroma, seinen unvergleichlichen Geschmack und seinen hohen Koffeingehalt; und hartnäckig hielt sich die Legende, nur der auf Serafim angebaute

Strauch könne die Qualität der irdischen Frucht erreichen. Diese Legende war kaum nachprüfbar, schließlich war es einige Jahrhunderte her, seit zum letzten Mal eine auf der Erde angebaute Kaffeebohne auf Atibon Legba gemahlen worden war. Die Serafimer selbst gingen davon aus, dass ihre Heimat den besten Kaffee hervorbrachte, den man in diesem Universum je hatte bekommen können. Jede Packung Serafim-Kaffee wurde gehütet wie ein Schatz. Schwester Gerda hatte auf diese Weise eine neue Verwendung für den riesenhaften Tresor gefunden, der ihr aus dem Gebirge gebracht worden war. Sie bewahrte die Kaffeevorräte darin auf. Im Lauf der Zeit verschwand der Stahlschrank fast zwischen all den gestapelten Konserven.

Zwar gab es reichlich davon, doch befasste man sich vorsorglich mit der Frage, ob irgendetwas von den Früchten Vilms essbar sein mochte. Dabei taten sich einige Kinder hervor, die einfach das aßen, was sie die einheimischen Tiere, die sich manchmal bis in Sichtweite heranwagten, von den wirren Pflanzen dieser Welt fressen sahen. Da gab es eine besonders drollige Art, die man wegen der langen Beine und des merkwürdigen Aussehens ihrer beiden spiegelgleichen Köpfe Rehschweine nannte. Diese Tiere machten den Kindern das vor, was rasch mit der netten Formulierung »von den Früchten naschen« belegt wurde. Schwester Gerda behandelte die daraus resultierenden Magenverstimmungen und Darmkrämpfe mit derselben Schafsgeduld, mit der sie die gebrochenen Finger, geprellten Füße und schmerzenden Rücken der Trümmersucher verarztete. Allerdings versah sie jeden, der ihr Zelt betrat, neben medizinischer Fürsorge mit einer derartigen Fülle von Ratschlägen, dass den meisten ihrer Patienten nach der Behandlung der Kopf schwirrte. Das trug besser als die Androhung von Strafe dazu bei, dass die Leute sich etwas vorsahen.

Eliza tat mit bei den Beutezügen ins Gebirge, und wenn sie zusammen mit anderen verschlossene Luken aufbrach, vollgestopfte Tornister ins Lager schleppte und halb zertrümmerte Vorratsräume leerte, vergaß sie die gespannte Lage, in der sie sich befand. Man nahm die große blonde Frau gern als Verstärkung mit, denn sie konnte mehr schleppen als mancher Mann. Und die Ablenkung, die der abgestürzte Weltenkreuzer bot, war von einer Art, die einem bis in die Träume von She Tsi und Lafayette nachkroch. Stillleben aus Trümmern und menschlichen Überresten nisteten sich in Elizas Alp ein, und sie wusste, dass es den anderen genauso ging. Nach jedem Gang ins Gebirge wachten irgendwelche Leute schreiend auf, und einmal erwischten wachsame Menschen im letzten Moment eine brave serafimische Frau, die in Trance und mit fest geschlossenen Augen in Richtung Süden marschierte. Eliza half mit, die Verwirrte, die wie wild kämpfte, zurückzuhalten; man habe sie nach Süden gerufen, schrie die Frau, immer wieder, und sie müsse gehen, man würde auf sie warten. Danach beruhigten sich alle gegenseitig und versuchten weiterzuschlafen, so eng aneinander gedrückt, wie die Leute es auf dem völlig übervölkerten Planetoiden Offord angeblich jede Nacht taten.

Aber jedes Mal, wenn einer der häufigen Regenstürme die Arbeit unterbrach, wenn man sich, meist im großen Zelt, zusammensetzte, dann bildete sich leerer Raum um Eliza. Sie konnte sich zu den anderen setzen, ja; doch innerhalb kürzester Zeit waren die Plätze rechts und links von ihr leer. Sie versuchte, mit den Menschen zu reden. Die Gespräche waren jedoch wenig ergiebig.

»Wie heißt du eigentlich?«

»Interessiert dich das wirklich, ja ...?« Und die Angesprochene warf Eliza einen Blick zu, unter dem sie fror, und stand auf. Ging einfach weg.

Eins der Regierungsmitglieder kam und sagte ihr, dass es Schwierigkeiten mit dem Rechner gebe und der Beginn der Arbeit am Stopp-Projekt um eine Woche verschoben worden sei.

»Kann ich euch helfen?«

Ein kühler Blick, wieder einmal, ein Blick, der Eliza von oben nach unten abzutasten schien. Ablehnung im Ton der größten Selbstverständlichkeit. »Ich glaube nicht, nein.«

Solche Erlebnisse waren wie kalte Duschen. Oder jener eine Tag, da die Sonne durch die ewige Wolkendecke brach und in aller Herrgottsfrühe die Straßen voller Menschen waren, die den seltenen Anblick genossen ... Da hatte so ein Steppke von fünf Jahren geweint, weil er das schöne große Himmelslicht nicht sehen konnte vor lauter Erwachsenenbeinen. An die warme sanfte Sonne, um die seine Heimatwelt Serafim kreiste, konnte er sich natürlich kaum erinnern. Eliza hatte ihn hochgenommen und sich auf die Schultern gesetzt. Wie der Kleine jauchzte, als er das wärmende Licht spürte und den gleißenden Ball am Himmel sah – an einem tintig dunkelblauen Himmel, den er nur durch ein Loch in mattgrauen Wolken sah, das sich in wenigen Augenblicken wieder schließen würde. Sie hatte sich mit dem Kind unterhalten, erfahren, dass es Tom hieß und ein großer Junge war, zwei Geschwister hatte und eine Mama und meistens im Spiegelweg spielte. Für eine oder zwei Minuten fühlte sich Eliza wieder unbeschwert. Die Bedrückung fiel von ihr ab, weggewaschen von der Sonne. Der Planet Vilm kam ihr schön vor, alles glänzte regennass und sah aus wie frisch gewaschen. Eine Frau kam und nahm Eliza barsch das Kind ab. Im Weggehen herrschte sie den Kleinen an: »Ich hab dir gesagt, dass du mit der da ...« Mehr verstand Eliza nicht. In diesem Moment schoben sich die Wolken wieder zu, das strahlende Sonnenlicht verlosch, alles überzog sich mit einer Schicht stumpfen Graus; im einsetzenden Regen fiel es niemandem auf, dass die Zentralierin auf der Straße stand und weinte.

Wirklich reden konnte sie nur mit wenigen Menschen. Da war erstens Schwester Gerda, die hatte allerdings meistens keine Zeit, weil die fremde Welt die ersten fremden Krankheiten hervorzubringen begann.

Da war zweitens eine schweigsame Frau, die überall, wo sie ging und stand, ein Bündel mit sich trug, den irgendwie während des Absturzes zur Welt gekommenen Sdevan. Das Baby war schwach und hatte kaum Überlebenschancen, nicht hier. Dass sein Name bei einer hastigen Zeremonie falsch geschrieben worden war, schien seine Zukunftsaussichten nicht zu verbessern. Seine Sippe war wie die seiner Pflegerin beim Absturz umgekommen. Die beiden klammerten sich aneinander; sie gehörten zu keiner Familie. Und da keiner der serafimischen Clans die beiden als Mitglieder betrachtete, war die Lage der beiden alles andere als rosig. Sdevans fast stumme Ziehmutter hörte sich an, was Eliza sagte, gab aber nie Antwort. Gerda hingegen redete unaufhörlich, was Eliza kaum ertragen konnte. Außerdem war da Elizas Wissen, dass Julian, von dem zu reden Gerda über kurz oder lang anfing, nie zurückkehren würde, dass es ihn vor langen Monaten pulverisiert hatte, dass es nicht einmal etwas gab, das man bestatten könnte. Eliza ertrug es nicht, sich Gerdas Träumereien von Julian anzuhören. Ihr die Wahrheit zu sagen, wagte sie nicht. Sie wusste nicht, was Lafayette mit jener Plastiktüte grauen Staubs gemacht hatte. Und sie wollte nicht eine der wenigen Personen verlieren, von denen sie halbwegs normal behandelt wurde.

Dann waren da die drei Männer, mit denen sie das gemeinsame Erlebnis im Trümmergebirge verband. Der Sommersprossige hatte irgendwann das Gespräch mit der Zentralierin gesucht und ihr endlich seinen Namen verraten. Heyner Caans war als Siedler auf die VILM VAN DER OOSTERBRIJK gekommen und hatte ungeachtet seiner Jugend bereits ein bewegtes Leben hinter sich. Im Gegensatz zu den meisten anderen Siedlern stammte er offensichtlich nicht von Serafim. Letzten Endes war Caans eine Enttäuschung gewesen, denn es stellte sich heraus, dass der Typ nur mit Eliza ins Bett gewollt hatte, als sie mit ihm zu reden versuchte. Zumindest hatte Eliza ihn barsch darauf hingewiesen, dass sie mit ihrer hageren Figur wohl kaum der Traum aller männlichen Wesen sein könne, und Heyner Caans meinte, das sei so nicht ganz richtig, zumindest seitdem sie oben herum so schön zugenommen habe. Sie hatte ihm, obwohl er recht hatte, eine gescheuert. Er war ihr einfach zuwider. Und die Geschichten über seine Herkunft, das spürte sie, hatten mit der Wahrheit nichts gemein.

Joern wiederum sprach zwar gelegentlich mit Eliza, blieb jedoch auf Abstand. Wahrscheinlich nahm er Rücksicht auf seine Familie. Die übersah sehr betont und etwas angestrengt, wie die meisten, die Zentralierin. Dann war da Marek, in den sie sich – wie sie sich nach etlichen Tagen eingestand – ein bisschen verliebt hatte. Sie wusste, dass sich Hoffnungsloseres kaum denken ließ. Trotzdem versuchte sie, mit ihm zu reden, sooft es ging, auch wenn es wehtat. Aber Marek steckte tief in dem Rechnerprojekt, und bockige Hardware nahm seine Zeit und seine Gedanken in Anspruch.

Also war Eliza allein. Nicht nur allein inmitten von mehr als vierhundert Menschen – um sie herum gab es einen luftleeren und tödlich kalten Raum. Sie ging weit vors Lager, zwischen die düsteren Gewächse dieser Welt, und dort saß sie manchmal stundenlang auf einem mitgebrachten Faltstuhl. Rehschweine streunten vorbei, schlangenähnliche Blattwürmer krochen über ihre Füße, und manchmal wurde sie von den Geräuschen aus ihren Gedanken gerissen, die jene abscheulichen Kreaturen verursachten, die Stiefel und Stuhl für Aas hielten, das sie fressen konnten. Hin und wieder zermalmte sie einige seesternförmige Wesen unter den Sohlen und betrachtete mit kalter Faszination, wie eine quarkähnliche, zähe Substanz aus den Körpern der sterbenden Tiere drang. Dann fingen die lebenden Viecher an, die verletzten Artgenossen aufzufressen, und Eliza floh zurück zu den anderen Menschen. Ihre Seele kreiste in diesem Kosmos wie das epsilonische Raumschiff auf seinem einsiedlerischen Orbit, seit anderthalbtausend Jahren auf ein Wort wartend, das nie kam. Um diesen Zustand quälender Einsamkeit zu vergessen, stürzte Eliza sich wie eine Besessene auf jede Arbeit in Sichtweite. Aus diesem Grund war sie häufig im Gebirge, sehr häufig sogar, und darum erlebte sie mit, als das von allen Befürchtete eintrat.

Das unsichtbare Ungeheuer zeigte sich, und das Gespenst gewann greifbare Realität. Es war nicht besonders dramatisch.

Plötzlich strahlten grelle Lampen von mehreren Segmenten herunter, allerlei Maschinen erwachten summend, und flinke Roboter fingen an, verkeilte Geräte freizuschweißen. Auf einmal regneten grelle Funken in Sturzbächen von den Trümmern herab, und das Ächzen von Metall erfüllte die feuchte Luft. In den Tiefen des Gebirges polterten irgendwelche großen Teile gegeneinander. Viele dieser Aktivitäten hörten nach und nach auf, als der irgendwo in dem Durcheinander verborgene Rechner seine Prioritäten setzte und Unwichtiges hintanstellte. Aber die Lichter und das stets präsente Grummeln und Summen automatischer Tätigkeit waren bedrohlich genug. Etwas hatte da drin zu arbeiten begonnen, und Eliza war dafür dankbar, dass die Überlebenden ihr geglaubt hatten, dass sich wegen ihrer Warnungen jetzt kein einziger Mensch mehr dort befand. Das Sammelgebiet der Schiffbrüchigen war jetzt höchst gefährliches Gelände, und die Regierung verbot jedem das Betreten des Gebirges, solange dort die tote Intelligenz herrschte. Das Verbot wäre nicht nötig gewesen; niemand verspürte die geringste Lust, sich mit dem unbekannten Dämon anzulegen, der in den Überbleibseln des Weltenkreuzers hauste.

Marek und die Seinen bastelten unverdrossen weiter an dem kläglichen Versuch einer Rettung.

9. Unterbrochener Kontakt

Drei Wochen danach standen Marek und Eliza in einer Luftschleuse und starrten einen Raumanzug an, in dem ein verwester menschlicher Körper steckte. Der Mann war beim Absturz mit elementarer Wucht gegen die Wand geworfen worden, wie die unnatürliche Körperhaltung bewies. Die vilmsche Biologie hatte den Platz hinter der zersplitterten Helmscheibe mit weißlichem Bewuchs gefüllt. Eliza wusste nicht, ob ihr von dem Anblick des Helminhalts schlecht werden würde oder ob sie froh darüber sein sollte, dass ihr das verfaulte Gesicht auf diese Weise erspart blieb. Auch aus den Rissen des Raumanzugs und dort, wo ein Fuß fehlte, drang das Zeug hervor. Der Anzug selbst war von den Mikroben verschmäht worden. Wie zum Hohn war das Logo der Oosterbrijk kaum verwittert. Die Farben leuchteten frisch und neu, wie eben erst aufgeprägt.

Marek und Eliza waren fremd hier, und so fühlten sie sich auch. In dieser Umgebung aus perfekter, wenn auch weitgehend zerstörter Technik waren sie unpassend in ihren ausgeblichenen Overalls, die das Waschen nicht vertrugen und mit Flicken übersät waren. Vor allem passten sie nicht hierher, weil dies nicht mehr ihre Welt war, sondern die der unermüdlich arbeitenden Maschinen. Nie hörten die Geräusche der Schweißbrenner und Krane auf, wenn die Arbeit selbst auch höchst selten zu sehen war. Überall huschten spinnenbeinige Apparate, die sich hin und wieder aufrichteten und ihren bizarren Kopf drehten, Objektive und Sensoren ausgefahren. Das waren die Vermessungsroboter, die Bilder und Messwerte an den Rechner weitergaben, der irgendwo die Arbeiten leitete. Dass der unbarmherzige Dämon sich um Menschen nicht scherte, war bewiesen. Die seinerzeit verschollene zweite Gruppe hatte man entdeckt: niedergewalzt von einem automatischen Fahrzeug. Wahrscheinlich hatten sie nach alter Gewohnheit darauf vertraut, dass es anhalten würde, wenn menschliche Wesen seinen Kurs blockierten.

Eliza trug wieder einen isolierenden Handschuh, damit sie auch aus Versehen nicht mit einer roten Linie in Berührung kam. Das könnte gefährlich sein, denn die Kontakter-Anpassungsprogramme waren wahrscheinlich nicht aktiv – logisch, weil es für den Rechner in den Ruinen keine Menschen gab. Wozu sollte er Speicherplatz für Befehle freihalten, die nicht kommen konnten? Und Eliza konnte nichts darüber sagen, was passierte, wenn sie sich über den Kontakter in ein System vorwagte, das auf menschliche Gäste nicht vorbereitet war. Dem Rechnernetz würde nichts geschehen; was mit ihrem Bewusstsein in dieser vollkommen fremden Welt vor sich gehen würde, wollte sie lieber nicht ausprobieren.

Marek hatte ein Testbesteck bei sich und eine Liste der Bauteile, die sie für ihren eigenen Rechner dringend benötigten. Eliza hatte zwar gewisse Zweifel, ob die Strapaze einen Sinn, ihr Störprogramm eine Chance hatte, aber es gab Gründe, zusammen mit Marek – und gegen den Willen der Regierung – ins Gebirge zu gehen. Zum einen hatte die kleine Gemeinschaft der Gestrandeten jeden denkbaren Anlass, gegen das Ding im Schrott vorzugehen: Der eigene Rechner war die einzige Möglichkeit, die Selbst-Belebung aufzuhalten. Niemand von den Schiffbrüchigen würde die automatische Fertigstellung der zweiten VILM VAN DER OOSTERBRIJK je erleben. Auf siebzig Jahre schätzte man das irrwitzige Vorhaben. Dem Netz von Maschinen, das die Arbeiten leitete, war das völlig egal, für die Gestrandeten war es verheerend.

Zum anderen wurden neuerdings öfter Tiere in der Nähe des Lagers gesichtet. Und sie waren nicht so harmlos, wie sie anfangs gewirkt hatten. Ein Kind, das in Richtung Süden gehend zuletzt gesehen worden war, blieb spurlos verschwunden. Die fremde Welt ging daran, sich verlorenes Terrain Stück für Stück zurückzuholen. Man brauchte so viel Technologie, wie man kriegen konnte, um die Siedlung abzusichern. Merkwürdige struppige Triebe tauchten aus dem Boden auf, unterirdisch ausgeschickt von den knäuelartigen Pflanzen außerhalb des Lagers. Die Wurzeln waren äußerst zäh und mehrere hundert Meter lang. Die Vorräte, die man aus dem Schrottgebirge herausgeschleppt hatte, gingen schneller zur Neige als vermutet – schließlich waren über vierhundert Personen zu versorgen. Und als wären das nicht Sorgen genug, kamen Babys zur Welt. Kleine Menschen mit einem wohlüberlegten elterlichen Timing, darauf abgestimmt, kurze Zeit nach der Ankunft auf einer neuen Welt das Licht einer neuen Sonne zu erblicken. Stattdessen erblickten die kleinen Kerle das graue Licht einer ewig wolkenverhangenen Welt, die keine Menschenseele je für eine Besiedlung in die nähere Wahl gezogen hätte. Und alle hatten Appetit, und all die Kalorien, die im Lager verzehrt wurden, ließen die Vorräte schmelzen. Bei den Berechnungen war Tina ein simpler Fehler unterlaufen: Sie hatte nicht bedacht, dass auf Vilm der menschliche Körper im Ruhezustand mehr Kalorien verbrauchte, als in den Standard-Dateien angegeben war. Der Regen, der täglich fiel, forderte seinen Tribut, ebenso die niedrige Temperatur.

Elizas wichtigster Grund, bei dem Unternehmen mitzumachen, war persönlich und egoistisch. Womöglich konnte sie wenigstens Mareks Freundschaft gewinnen, dachte sie, oder sich zumindest mal an Marek festklammern, wenn Gefahr war. Oder auch, wenn keine Gefahr drohte. Einfach in seiner Nähe sein ... Nur Joern wusste von dieser heimlichen Aktion und würde – wenn sie nicht zurückkehren sollten – bei Tina beichten gehen.

Tina ... Die einst so selbstsichere Chefin war stark abgemagert. Seit die Hoffnungen auf ein erträgliches Überleben auf Kosten der Trümmer sich zerschlagen hatten, verwandelte sie sich zusehends in ein mürrisches Nervenbündel. Sie hatte ein straffes Rationierungssystem eingeführt, gegen den Willen der restlichen Regierung. Die Erwachsenen lebten von Minimalportionen, und trotzdem schwanden die Vorräte beängstigend rasch dahin. Man konnte ja schlecht stillende Mütter auf Diät setzen. Es musste etwas geschehen. Also waren Marek und Eliza bei Nacht und Nebel – und das im wörtlichen Sinne – losgezogen, die benötigten Teile aus dem Gebirge zu holen. Sie waren in eine Trümmertransportlinie geraten und hatten sich nur mit Mühe vor den teilnahmslos dahinrollenden Fahrzeugen retten können. Dann mussten sie einem Plasmaschweißapparat ausweichen, der seine Umgebung rücksichtslos auf über zweitausend Grad aufheizte und so den Panzerplatten zu Leibe rückte. Auch dieser Automat, gesteuert von dem herzlosen Gespenst in den Ruinen, nahm keinerlei Notiz von ihnen. Bei der Flucht vor diesem Inferno waren die beiden Schatzsucher gezwungen gewesen, in ein fast völlig zerstörtes Segment einzusteigen. Der bedenkenlos feuernde Schweißapparat hatte ihnen den Rückweg für immer versperrt, mit höllischer Hitze und geschmolzenem Metall. So mussten sie durch die absolute Finsternis eines zerdrückten und verzogenen Segmentes hindurch.

Es war eine eigene kleine vertrackte Welt der Sackgassen, wie absichtlich aufgestellt. Ein Liftschacht endete nur wenige Meter vor dem ersehnten Ende – Eliza und Marek sahen bereits das trübe Licht der Regenwelt Vilm –, aber ein großes verkantetes Aggregat versperrte ihnen den Durchschlupf. Marek war zwar sportlich gebaut, jedoch weit von der Körperkraft eines Karnesen entfernt. Er konnte solche Hindernisse nicht aus dem Weg schaffen. Auch zusammen mit der alles andere als schwächlichen Eliza hatte er in solchen Fällen keine Chance. Ein ehemaliges Biolabor konnten sie nicht durchqueren, weil alles mit rasiermesserscharfen Splittern gespickt war. Und immer wieder gab es Türen, die sie mit dem Werfer aufschießen mussten und hinter denen sich meterbreite Spalten auftaten oder undurchdringliche Trümmer stapelten. Das Segment, in dem Eliza und Marek umherirrten, war nach seiner unsanften Landung von einem zweiten Segment der VILM VAN DER OOSTERBRIJK getroffen und teilweise zermalmt worden; zwei gigantische, aufgeschlitzte und vielfach aufgebrochene Quader steckten ineinander. Das machte in diesen beiden Segmenten alle Wege, die Eliza finden konnte, unpassierbar, wie Marek zahllose Male feststellen musste.

Immer wieder kehrten Elizas Gedanken zu einer bestimmten Stelle auf ihrer Wanderung zurück. Da war ein weißer Gletscher aus geborstenen Containern gequollen; ein seltsamer Anblick mitten im Regen. Bei näherem Hinsehen erwies sich das Eis als künstlich: Es war zerbrochenes Geschirr, Handelsware aus den berühmten serafimischen Porzellinen. Eine wahre Scherbenflut rieselte aus den Behältern, der Boden in der Umgebung war vom feuchten Porzellanstaub hellgrau eingefärbt. Eliza war auf die Knie gegangen und hatte die Hand in den Haufen gesteckt, in der unsinnigen Hoffnung, eine Tasse zu finden, die nicht zerbrochen war. Eine feine serafimische Kaffeetasse, schlank, dünnwandig und elegant. Eine Tasse, die sie mitnehmen konnte und auf jenen Tisch stellen, damit eingegossen werden konnte. Aussichtslos. Der hell schimmernde Gletscher gab kein Stück heraus, das größer als vier Zentimeter war. Marek sagte etwas, wie schade es sei um all die wunderbaren und teuren Services. Eliza gab ihm recht, und dann waren sie weitergegangen. Die beiden fühlten sich wie Ratten, die ein unbarmherziger Wärter in einen unlösbaren dreidimensionalen Irrgarten gesetzt hatte. Und sie befürchteten, dass es für alle Mühe nicht einmal eine Belohnung gab. Manche Segmente waren nach dem Absturz von Bränden verheert worden, und unter einer hoch oben ruhenden Plattform war alles zu spillerigen, brüchigen Ruinen verkohlt. Die Landeschiffe der VILM VAN DER OOSTERBRIJK lagen in dem Tohuwabohu herum, verstrahlten die Umgebung mit ihren geborstenen Reaktoren oder standen unbegreiflicherweise mit weit offener Hangarluke herum, als hätte ein Gespenst nach der Katastrophe das Weite gesucht.

Nach zwei Tagen war es geschafft. Sie standen in der offenen Luftschleuse, in den oberen, nahezu unzerstörten Bereichen des Segmentes. Und in diesem Augenblick, da sie nahe daran waren, sich über ihr Entkommen aus dem Labyrinth zu freuen, hatten sie diesen Toten gefunden, zu einem Zeitpunkt, da sie auf so etwas nicht gefasst waren. Die Außentür der Schleuse war weggerissen worden, man konnte den grauen, verhangenen Himmel sehen und die typische Luft Vilms riechen: frisch und feucht und mit einem kaum spürbaren Aroma, als wäre gerade ein Raubtier vorbeigetrottet. Der Kadaver des armen unbekannten Kerls, dachte Eliza, sollte uns nur warnen. Uns nicht übermütig werden lassen. Geblendet nach der Dunkelheit zweier Tage, traten sie hinaus und machten einen vorsichtigen Bogen um den Leichnam des unglücklichen Mannes, der beim Absturz zermalmt worden war. Sie standen auf einer leicht geneigten Fläche – eine Landeplattform für Planetengleiter, erstaunlich unbeschädigt, wenn man die Panzerplatten am Rand außer Acht ließ. Die waren bizarr zerrissenes Metall. Das Gros der Installationen war im Regen ergraut, aber weitgehend intakt. Sogar die Schaltpulte waren heil. Und es gab Energie. Elizas linke Hand zuckte unwillkürlich. Die roten Linien glommen: Bereit zur Befehlseingabe! Kontaktiere mich!

Eliza erinnerte sich an den selbstverständlichen Reflex der Zentralier. Hin und wieder, alle paar Minuten, pflegte ein Zentralier die rote Linie zu berühren, und teilte durch einen kurzen Kontakt mit, wo er war, wie es ihm ging, welche Probleme es gab und welche neuen Ideen. Gleichzeitig übermittelte das Schiffshirn Mitteilungen über den Zustand jenes Bereiches, für den der jeweilige Zentralier verantwortlich war, und einen Statusbericht des Weltenkreuzers. Wer wollte, konnte auf diese Weise Botschaften hinterlassen, die dem Adressaten beim nächsten Kontakt ins Bewusstsein projiziert wurden. Grégoire B. Lafayette beispielsweise deponierte auf diese Weise die eine oder andere unanständige Mitteilung im Netz. Manchmal adressierte er das absichtlich so ungenau, dass die halbe Zentrale rote Ohren kriegte, weil alle mitbekamen, was zwischen Lafayette und Eliza Simms abging. Solche Mitteilungen hatten eigentlich im Netz nichts zu suchen. Es war für die Kommunikation da.

Kommunikation ist das falsche Wort, dachte Eliza, die wie gebannt die roten Linien ansah, es war eher das Gefühl tiefer Ruhe: Alles in Ordnung, der Laden läuft, es geht seinen Gang, keine Sorge, wir denken an dich, auch Grégoire, das alte Ferkel, das liebe. Man fühlte sich behaust und behütet in der beliebig abrufbaren Gegenwart jenes kühlen, klaren und großen Geistes, als der sich das Schiffshirn im Bewusstsein eines Zentraliers darstellte und der auf eine schwer erklärbare Art alle anderen Zentralier – oder zumindest ihre Botschaften und Gedanken – enthielt. Wahrscheinlich, dachte Eliza, sind wir deswegen immer so ausgeglichen gewesen; so sehr, dass wir den anderen unnahbar und fremd erscheinen mussten. Damit war Eliza wieder bei ihrem Problem angekommen, und sie wollte nicht daran denken. Lieber erinnerte sie sich an die Nacht in der Finsternis, als sie beide – Marek und sie – inmitten des zertrümmerten Segmentes schlafen mussten. Sie hatten nur einen Schlafsack mit, und auch den bloß zufällig ... Ehrlich gesagt, hatte Eliza ein bisschen bei diesem Zufall nachgeholfen. Marek schlief wie ein Kind, tief und sorglos und heiß und alle viere von sich gestreckt, und Eliza hatte es genossen, sich an seinen Körper zu schmiegen und auf seinen Atem zu hören, das einzige Geräusch der Welt. Es war kalt gewesen, und sie hatten einander gewärmt. Marek war nicht zu vergleichen mit dem haarigen Bär, der Lafayette gewesen war, und dennoch hatte sich Eliza im Halbschlaf ertappt, wie sie alten Gewohnheiten folgend zugegriffen hatte, nur für ein paar Minuten. Sie hatte es genossen, sein Glied in der Hand zu haben, und als sie ganz munter geworden war, hatte sie es langsam losgelassen, ganz so, als wäre nichts gewesen. Ob Marek sich Gedanken macht darum, fragte sich Eliza und beobachtete den Jungen, der wohl im Schlaf gar nichts gemerkt hatte. Er war, wie sie inzwischen wusste, zweiundzwanzig, aber er blieb für sie »der Junge«. Er saß über einen Bildschirm gebeugt und schlug in einem Katalog nach, ob diese Pulte hier benötigte Teile enthielten. »Was schaust du mich so an?«, fragte Marek belustigt.

»Ach nichts ... Ich war in Gedanken, entschuldige.«

»Hast du gesehen, dass die roten Linien hier überall intakt sind?«

»Natürlich.«

»Wahrscheinlich hat unser mörderischer Freund hier seine Spuren hinterlassen und die Linien wiederbelebt.«

»Das ist durchaus möglich«, sagte Eliza.

»Warum versuchst du es nicht einmal mit einem Befehl?«

Die Zentralierin zuckte zusammen. »Weil es möglich ist, dass ich das nicht überlebe. Niemand weiß, wo ich hineingeraten würde.«

Marek überlegte. »Oder«, sagte er zögernd, »weil, sei mir nicht böse ... hm, die meisten denken das, keiner sagt dir etwas. Ich finde das unfair, aber einer muss es dir ja mal sagen.«

»Was denn, Marek?«

»Die Leute meinen, du könntest sehr wohl über deinen Kontakter dieses Programm stoppen. Wenn du nur wolltest.«

Eliza war es, als zöge ihr jemand den Boden unter den Füßen weg. »Warum, zum Teufel, sollte ich es dann nicht machen? Was denken die sich eigentlich?«

»Sie sagen, du hättest Angst, dass dein Kontakter zerstört wird, dass du dann keine Zentralierin mehr wärst.«

»Das ist ja ...« Eliza blieb vor Wut die Luft weg. Ein bläulicher Glanz irrlichterte über die Plattform, und beide sahen sie zum Nachbarsegment hinüber, das achtzig Meter entfernt war und mehrere Etagen tiefer lag als diese Plattform. Dort ragte eine dreieckig gezackte Klippe empor, ein Stück zerbrochene Panzerung. Mehrere Schweißaggregate waren dabei, die riesige Platte abzuschneiden, die mit mächtigem Donner in die Ebene stürzen würde. Wie üblich gab es keinerlei Sicherheitsvorkehrungen. Lange Funkenketten sprühten in die Tiefe hinunter. »Das ist einfach hirnverbrannt«, sagte Eliza, »ich begehe doch keinen Selbstmord als Beweis für die Leute, dass ich ihnen helfen will. Sie haben keinerlei Ahnung davon, wie das ist, einen IN-Rechner zu kontaktieren ...«

»Wie sollten sie auch«, bemerkte Marek trocken, »das können ja nur Zentralier.«

Eliza wandte sich erstaunt um. Der Junge hatte sich im Schneidersitz vor einem der Pulte niedergelassen und bastelte in ihm herum. Er sah Eliza nicht an. »Ihr seid doch die Götter mit den weißen Ärmelstreifen. Die nicht auf ihre Umgebung achten, wenn sie außerhalb ihrer Burg, ihrer Zentrale sind. Die herabsteigen und loben oder strafen. Die mit verträumtem Gesicht ihre roten Linien berühren und gar nicht da sind ...«

Das alles hatte sich Eliza so ähnlich längst selbst gesagt oder es sich von Schwester Gerda anhören müssen. Dass es von Marek kam, tat weh, ausgerechnet von Marek. »Das ist doch alles vorbei«, sagte sie matt, »die Zentrale existiert nicht mehr; ich habe zwar noch den Kontakter in der Hand, aber darf ihn nicht benutzen. Ich habe das große Universum eingetauscht gegen ein kleineres, gegen Vilm. Wie ihr alle auch.«

»Den Weg zurück in die Zentrale hast du dir freigehalten.« Marek sah sie an, zweifelnd. So sieht ein Kind seine Spielzeugstadt an, ob sie endgültig zerbrochen ist oder ob man sie richten kann.

Eliza zog den Handschuh von der Linken und starrte das silbrige Muster in ihrer Handfläche an. Marek hatte sich seiner Bastelei zugewandt und schwieg. Der Kontakt mit einem intakten Netz war erholsam wie ein Laken aus kühler Seide und suchtbildend wie ein leichter Rausch, weil ausgeklügelte Software dafür sorgte, dass jedes Bewusstsein in seiner eigenen Schutzglocke durch die elektronische Welt schwebte. Ein IN-Rechner ohne ein für Menschen, na gut, ohne ein für Zentralier zurechtgeschneidertes Interface wäre im Vergleich dazu ein Bad in siedendem Blei. Statt alle Informationen sorgsam gefiltert serviert zu bekommen, würden sich Datenbündel wie Lanzen in den Verstand des Wahnsinnigen bohren, der sich da hineinwagte. Eliza erinnerte sich an die stupide elektronische Verzweiflung des Rechners, mit dem sie in jenem Unglückssegment Kontakt aufgenommen hatte.

Das war grob und schwer zu ertragen gewesen – und der blöde Kasten hatte seine Interfaces noch besessen. Eliza ging auf und ab, sah zu den stiebenden Funken hinüber, die von den Schweißaggregaten drüben herabsprühten. Wenn dort unten in der Ebene jemand wäre, dachte sie, irgendjemand, auf den diese Platte herabzustürzen droht, sagen wir, ein spielendes Kind, der kleine Tom etwa, oder auch Tina, ganz egal, ich würde einen Grund haben, einen guten Grund, ich könnte sofort die rote Linie ausprobieren, und die Folgen könnten mir – so oder so – völlig gleich sein. Ich hätte einen guten Grund, diesem Ungeheuer entgegenzutreten. Aber da unten sind keine Leute. Das monströse Ding wird niemandem auf den Kopf fallen. Da ist keine Menschenseele zu retten. Da ist kein Grund. Keiner außer mir. Keine Vorwände. »Ich habe mir keinen Rückweg freigehalten«, sagte Eliza lahm. »Wohin denn überhaupt?«

»Wenn du ehrlich bist, denkst du doch nach wie vor an die von draußen, wenn du von uns sprichst, die wir keine Zentralier sind, oder?«

»Das sind so Gewohnheiten, Marek, verstehst du das nicht? Nur Gewohnheiten.«

»Gewohnheiten ... Verstehst du die Gewohnheiten der Leute aus diesem Draußen? Sie haben sich nicht geändert, sage ich dir.«

»Und du?«

»Ich ...« Marek stand auf; Eliza ertappte sich dabei, dass sie in einem entfernten Winkel ihrer Gedanken erfreut feststellte, wie überaus elegant er das machte, und schämte sich dafür.

»Eliza, du bist die Letzte außer mir, die ihn lebend gesehen hat, und das ändert – irgendwie – alles. Verstehst du mich?«

Langsam begriff sie, was er meinte. Es war ihm schwergefallen, den anderen überhaupt zu erwähnen; und Eliza erinnerte sich daran, dass sie niemandem seit dem Absturz auch nur ein einziges Wort über Lafayette gesagt hatte. Sie hatte nicht einmal den Namen laut ausgesprochen.

»Und ich möchte darüber nicht weiter reden«, sagte Marek mühsam. Einen Augenblick lang war er still, ehe er sich wieder an die Arbeit machte. Eliza beobachtete ihn dabei, und es war kein Gedanke in ihr, nichts, völlig leer. Schließlich schritt sie an die rote Linie heran und presste die Handfläche darauf, ohne nachzudenken, wie sie es so oft getan hatte, als ihre Welt noch nicht zerbrochen war. Sie gab keinen Laut von sich. Dennoch schrie sie das Wort mit aller Kraft heraus, wie einen Notfall-Befehl, den alle im Netz hören sollten und der das Netz selbst zur Vernunft bringen sollte. Da war jedoch kein Netz, und wenn doch, dann war es ein grauenhaft leeres.

»Aufhören!«

Für den Bruchteil einer Sekunde spürte Eliza das Schiffshirn, oder das, was daraus geworden war. Eine klirrend kalte Intelligenz war das, gebildet aus einem abartigen Netz von Rechnern. Elizas Bewusstsein fühlte einen gigantischen Kristall, dessen mit blitzenden Klingen besetzte Kanten knirschend kalte Funken fallen ließen und sich in jeden Gedanken schnitten, den Eliza denken wollte. Der Kristall war glänzend, hell, mit so scharfen Umgrenzungen, dass sein Anblick wehtat. Eliza hätte gern die Augen geschlossen, aber im Netz besaß sie keine Augen, obwohl und weil sie mehr sah, als nötig wäre. »Aufhören!« Ein Schmerz wie glühendes Eisen fuhr in ihren Arm, als Tausende Kristalle sich in Bewegung setzten, sich verschränkten und verwandelten. Was eben als arktische Kälte erschien, wurde übergangslos sengende Hitze. Eliza taumelte zurück und sah schmutzigen Rauch aus einer zerrissenen Hand hochwirbeln. Sie hörte eine unheimliche Stille sich über das Gebirge senken: Hatte sie die Maschinen tatsächlich gestoppt, oder war es die Ohnmacht oder gar der Tod? Marek erreichte sie nicht mehr, ehe sie umfiel und dabei das Gefühl hatte, irgendetwas oder irgendjemand wäre dabei, sie langsam und entschlossen zu zerreißen.

10. Die Geschichte von Mechin und Will

Mechin, der Arzt, dachte oft, wenn er allein in seiner winzigen Unterkunft lag, an die Legenden und bedrohlichen Geschichten, die über die Vilm van der Oosterbrijk erzählt werden mochten. Der Regen gurgelte durch die Ruinen, und jeder Tag sah genauso bleischwer aus wie der andere, aber anderswo ging das Leben schließlich weiter. Wahrscheinlich bekam jeder Raumfahrer auf Atibon Legba in der Ausbildung die wildesten Märchen zu hören, jedem unachtsamen Piloten, jedem oberflächlichen Techniker, allen schlampigen Informatikern würde die Buhmann-Geschichte erzählt: Denkt nur daran, wie es der Oosterbrijk erging! Sehr hilfreich. Kaum anzunehmen, dass irgendwer auf A.L. den Hauch einer Ahnung hatte, was tatsächlich geschehen war.

Ein einzelnes Trümmerstück weit weg von der Hauptmasse des Weltenkreuzers diente als Unterkunft. Der Arzt war der einzige der Überlebenden, der eine kleine Kabine für sich hatte; die anderen meinten nämlich, ihren einzigen Arzt müssten sie hegen und pflegen. So war Mechin zu dem gekommen, was er bei sich bald Einzelzelle zu nennen anfing. Sie lag oben, unter der Panzerung. Er hatte es trocken dort und warm. Das waren zwei bedeutende Vorteile auf einem Planeten, der sich durch reichliche Niederschläge auszeichnete. Mechin musste bei Bedarf zu den anderen im wahrsten Sinne des Wortes hinabsteigen, auf halb abgerissenen, schwankenden Stiegen, die zwischen Schiffsrumpf und abgespreizter Panzerung befestigt waren. Einige der Räume im Wrackteil waren bewohnbar gemacht worden, und so kam der Arzt, wenn er hinaufkletterte oder hinabstieg, an den Kammern vorbei, in denen Kranke und Verletzte lagen. Es gab keine Lampen dort, nur matt glimmende Leuchtstäbe, die keinen Strom verbrauchten. In ehemaligen Lagerräumen hatte man behelfsmäßig eine medizinische Station eingerichtet. Sie war nicht überfüllt. Schwierigere Fälle konnte Mechin mit seinen sehr beschränkten Mitteln ohnehin nicht heilen. Es war schwer ... Für die manchmal todkranken Leute war Doktor Mechin der Mann, der sie gesund machen würde. Und er konnte es nicht. Nicht mit dem, was er hatte.

Männer zogen jeden Tag los, um in den Ruinen nach Brauchbarem zu suchen. Die älteren Kinder wurden mit den wenigen Waffen ausgestattet, um Tiere fernzuhalten. Munition war genug da. So war man wieder zu Jägern und Sammlern geworden. Das Unglück aber: Es waren viele Kinder dabei, über die Hälfte davon unter acht Jahren. Mechin durfte gar nicht daran denken. Sie atmeten die Luft eines fremden Planeten und ernährten sich von seinen Früchten, die Mechin irgendwie untersuchen musste. Wer sonst sollte es tun, wenn nicht der Arzt – und so saß Mechin oft verzweifelt vor seltsam geformten Gegenständen und kämpfte mit dem Impuls, das Zeug so schnell es ging wegzuwerfen. Noch schlimmer war es, wenn die Leute versuchten, Tiere zu essen ... Ja, auch einheimische. Das war noch ekliger. Hauptsächlich freilich Nachkommen von irdischen Tieren, die aus dem Park des Weltenkreuzers stammten und es irgendwie geschafft hatten, den Absturz zu überleben: Ziegen. Ja doch, gerade eben essbar, befand der Arzt, mit ein bisschen Überwindung. Immer noch besser als das eingeborene Viehzeug, das er weder richtig untersuchen noch einordnen konnte.

Nur Mechin und die Kranken hatten Unterkünfte im Wrackteil selbst. Die anderen hatten sich, so gut es ging, im Vorgebirge eingerichtet. Vorgebirge nannte man das Gebiet vor den eigentlichen Ruinenfeldern, auf dem verschiedene kleinere Bruchstücke herumlagen. Die handlicheren hatten die Schiffbrüchigen halbkreisförmig zusammengeschoben, als Schutzwall.

In die Behausungen des Vorgebirges wurde der einzige Arzt der Gruppe immer öfter gerufen. Es fing bei den Kleinsten der Kleinen an und grassierte lang unter den Kindern. Fieber, Schluckbeschwerden, Schwächeanfälle, Husten, Appetitlosigkeit. Dann weißlich-gelber, faseriger Belag in Rachen und Luftröhre, der sich unaufhaltsam verdickte und den Kleinen die Luft abschnürte. Es hatte auf der Erde früher eine ähnliche Krankheit gegeben, das wusste Mechin von seinem Studium her. Diese jedoch war nicht irdisch. Sie stammte von hier. Mechin nannte sie nach der längst vergessenen irdischen Seuche Pseudo-Diphtherie und verlor Nerven und Nachtschlaf dabei, die Kinder zu retten. Die Erwachsenen waren völlig unempfindlich gegen die Erreger. Weder wurde Mechin krank, als er sich selbst infizierte, noch bildete sein Immunsystem Antikörper aus, die er für die Herstellung von Impfstoff hätte verwenden können. Aus irgendwelchen Gründen reagierten nur Kinder auf die fremden Mikroorganismen. Bis er gelernt hatte, die Krankheit richtig zu behandeln, starben einige der Kleinen. Meistens versagte der Kreislauf, und dagegen war er ohne Hilfsmittel fast machtlos. Mechin musste auf die Abwehrkräfte des Körpers vertrauen, denn er hatte nur geringe Mengen Antibiotika; die waren rasch aufgebraucht und zeigten gegen die unbekannten Erreger kaum eine Wirkung. Der Arzt traute sich nicht mehr, die Männer, die im Gebirge auf Suche gingen, um Medikamente zu bitten – sie riskierten ohnehin Kopf und Kragen für ihn, nein, für die Kinder ...

Einmal fanden sie heraus, dass in einem Segment Ersatzlager für Raumanzüge sein mussten. Einschließlich der Erste-Hilfe-Container; und die enthielten Medikamentenvorräte für Havarien, Unfälle und Ausnahmesituationen. Der Antibiotikaanteil in solchen Containern war nicht groß, aber bei zahlreichen Containern ... Drei Tage blieb die Gruppe im Trümmergebirge. Lagerte auf schwankenden metallenen Flächen hoch oben. Überquerte Spalten von hundert Metern Tiefe, auf deren Grund sich zerfetzte Technik türmte. Hielt eine Nacht aus, in der das ganze Lager sie tot glaubte, wenn auch keiner das laut aussprach, als ob das wirklich ihr Tod hätte sein können. Da ging ein Unwetter nieder, Sturm war und viel dichterer Regen als üblich. Die Konstruktionen knirschten und ächzten bei jedem Windstoß. Ein höllisches Konzert tönte aus dem Gebirge, Kreischen und Singen mischte sich in den Donner des Gewitters. Die Leute hatten sich an einer kleinen Galerie festgeseilt, die mal eine Arbeitsbühne gewesen sein musste. Das Geländer wies schräg nach unten. Der löchrige ehemalige Fußboden bot kaum Schutz, war aber immerhin eine Art Dach. Unter diesem Ding wickelten sie sich in Plastikplanen, schnallten sich dreifach, vierfach fest und harrten die Nacht über aus, während die kleine umgekippte Galerie im Winde schwankte und grässlich quietschte dabei. Alles das, um sich früh am nächsten Morgen mit einem komplizierten, Stunden dauernden Manöver zu jenem Lager hinüberzuschwingen und stundenlang versiegelte Kisten aufzubrechen, Medikamente einzusammeln. Wie eine ruhige Höhle am Rande eines von Orkanen aufgewühlten Ozeans kam ihnen dieser düstere Ort vor, ein Platz der Festigkeit und Stille inmitten eines Wirklichkeit gewordenen Alpdrucks. Sie fanden ein Funkgerät mit nicht entladener Batterie. Sie funkten ins Lager hinunter, dass sie am Leben waren und was in jener Nacht geschehen oder, besser gesagt, nicht geschehen war. Sie gaben durch, was sie vorgefunden hatten, wie die Medikamente hießen und welche Mengen sie mitbringen würden. Alle freuten sich, meinten, die Kinder wären gerettet. Damals hatten nicht viele der Kleinen die Krankheit ... Und Mechin lebte in einer irren Angst vor dem Rückweg, den er selbst nicht gehen musste. Er war in Sicherheit. Die da draußen mussten diesen Weg zurücklegen. Mechin brachte es nicht fertig, den anderen, die am Funkgerät saßen, von solchen Sorgen zu erzählen. Sie hätten ihn für ein Vieh gehalten, so eine gute Nachricht kaputtzumachen mit Skrupeln, Zweifeln und Befürchtungen. Und der Arzt hatte ein hoch fieberndes Mädchen in dieser kleinen Kabine oben im Schiffsrumpf, bei dem er abschätzen konnte, wann der überlastete Kreislauf zusammenbrechen würde. Er wäre lieber selbst hinaufgestiegen ins Gebirge. Sie ließen ihn jedoch nicht einmal aus dem Lager hinaus. Aus gutem Grund. Der einzige Arzt.

Es kam, wie es kommen musste. Sie kehrten nicht heil zurück. Auf dem Rückweg stürzte der Mann ab, der gerade die Führungsarbeit leistete. Er wollte sich festhalten, an Metall, das fest und stabil ausgesehen hatte, ihm jedoch unter den Fingern zerbröckelte. Angeseilt? Das war er, natürlich. Er stürzte, schwang am Seil und wurde von irgendwelchen hervorstechenden Teilen aufgespießt, zersplitterten Rohren oder so etwas. Die Männer stiegen hinab, befreiten ihn mehr schlecht als recht von den boshaften und tödlichen Waffen, zogen ihn hoch. Er verblutete, während sie ihn per Trage ins Lager schleppten und dazu mehr Zeit brauchten, als ihm geblieben war. Sie brachten den Mann zu Mechin, und er war seit Stunden tot. Der Arzt ließ ihn liegen, griff nach den Medikamenten und hetzte die Leiter hoch, zu dem kranken Mädchen. Die Leute vom Trupp starrten den zerfleischten Leib ihres Freundes an. Mechin hatte nur einen Blick auf ihn geworfen, ihn nur kurz berührt. Kein Versuch der Rettung, keine Reanimation, keine Hoffnung, kein Trost. Insgeheim flüsterten sie Flüche, als sie das sahen. Bei dem Kind konnte der Arzt den Kollaps auffangen und es retten.

Alles wurde anders, und vielleicht schlimmer, als Mechin zu Will gerufen wurde. Es war ein regnerischer, trüber Tag, genau das Wetter, das immer war. Spät abends kam die übliche Nachricht: Einem Kind gehe es nicht gut, er solle es sich ansehen, ob er kommen könne. Wozu war er sonst da?

Es war jene Familie aus dem Vorgebirge, die ein Pärchen verwaister Kinder aufgenommen hatte zu ihren beiden eigenen. Die Unterkunft hatten alle schon bewundert. Die Familie Carlos war in einen Expeditionspanzer gezogen, den die Wucht des Aufpralls halb zerdrückt hatte. Da die intakte Hälfte der schildkrötenartigen Wölbung nach oben zeigte, bildete sie ein gutes Dach. Die zerschmetterten Inneneinrichtungen waren entfernt worden, und Carlos hatte den Raum unter der Wölbung so geteilt, dass jeder Raum eines der eingelassenen Bullaugen bekam. So waren Zimmer mit abenteuerlichen Grundrissen entstanden. Der Fußboden lag in jedem Raum in einer anderen Höhe, sodass die Behausung für jeden Fremden zur Stolperstrecke wurde. Einen scheinbar unsinnig verwinkelten Flur gab es und einen Eingang, der praktisch unter diesem merkwürdigen Haus lag und bei starkem Regen zum See wurde. Dann drehte Carl junior, der älteste Sohn der Familie, einen halben Tag lang die Pumpe. Für elektrischen Betrieb fehlte einstweilen noch Strom – der wurde für andere Dinge benötigt.

Eben dieser Carl junior erwartete Mechin, als er sich auf den Weg zur Familie Carlos machte. Er war ein dreizehnjähriger, schmaler Junge, dem das Leben vor dem Absturz inzwischen als ein ferner, unwirklicher Traum erschien. Er konnte in andauerndem Regen und ewig geschlossener Wolkendecke Dutzende von Unterschieden entdecken und beschreiben, die Erwachsenen nie auffielen. Er war auch bei blödsinnigstem Wetter, das jeden von den Großen trübsinnig machen konnte, immer munter und vergnügt. Manchmal erzählte er die verrücktesten Geschichten von den Regendrachen, die angeblich in den Wolken über Vilm lebten. An diesem Abend war Carl junior still und schmaler als gewöhnlich. Schweigend gingen der Junge und der Arzt zur Unterkunft der Familie, vorbei an Kuppeln, die früher zur astronomischen Sektion gehört hatten und jetzt regensichere, schlecht gelüftete Häuser waren. Sie ließen die aus Blechbahnen zusammengeschweißten Hütten links liegen, in denen die kleinen elternlosen Kinder schliefen, gemeinsam mit den ledigen Frauen, die mit Kinderpflege mehr als ausgelastet waren. Die Hütten hatten überdachte Gänge zu der großen, geborstenen Luftschiffgondel, die zum großen Spielplatz umgebaut worden war. Das alles lag still und dunkel da wie ein belagertes Dorf. Belagert von diesem blödsinnigen Erreger, dachte der Arzt, als er mit dem Jungen vor sich zum geplatzten Panzerkäfer hinüberstapfte. Er versuchte, mit Junior zu reden. Der schwieg beharrlich und ließ sich nicht anmerken, ob er überhaupt etwas gehört hatte. Der Junge wusste genau, welche Behandlung man anwenden musste bei Kindern, die an Pseudo-Diphtherie erkrankt waren.

Mechin hatte kaum Medikamente. Also musste er kranken Kindern unter möglichst sterilen Bedingungen den Hals aufschneiden und eine Hülse in die Luftröhre einsetzen, damit sie nicht erstickten; und danach mussten sich Eltern und Arzt auf die Abwehrkräfte des Körpers verlassen. Hin und wieder, wenn die Männer aus dem Gebirge etwas mitbrachten, konnte er solche Operationen umgehen. Aber nicht oft. Dieser Junge – Carl junior – wusste genau, was der Doktor seinem Brüderchen antun würde, wäre es krank. Es wurden Wunder von Mechin erwartet; Kinder fürchteten ihn. Mechin war der Mann, der Kinderhälse zerschnitt. Auch wenn den Kindern alle Zusammenhänge erklärt worden wären, Mechin würde der Unhold bleiben. Und bestimmt gab es Eltern, die ihren Nachwuchs zu Warmanziehen und zeitigem Heimkommen und so weiter anhielten, indem sie Dinge wie »Wenn du das nicht machst, muss der Doktor Mechin dir den Hals aufschneiden« sagten.

Das schweigende Paar kam in dem Haus an, oder in dem, was ein Haus sein wollte: Da war Licht. Das einzige in weitem Umkreis. Die anderen hatten ihre Behausungen verdunkelt, als würde ein bisschen Licht der Krankheit den Weg weisen. Frau Carlos stand vorm Eingang und sah Mechin hoffend und ängstlich entgegen. Sie bekam dadurch etwas Bittendes. Der Arzt konnte das auf den Tod nicht ausstehen, dieses Hofieren. Als sei er persönlicher Bote des Sensenmannes, den man sich mit freundlichem Verhalten günstiger stimmen könnte und weniger gnadenlos. Als ob von ihm abhinge, ob eines lebte oder starb – etwas tat es das. Zum kleineren Teil. Sie bot Mechin zunächst etwas zu trinken an, und zwar etwas ganz Seltenes auf Vilm – einen utragenorianischen Äthyltee; diese flachen Schalen mit merkwürdig schmeckendem Gebräu, auf dessen Oberfläche bunte Schlieren schwimmen. Der Arzt sah die Frau an, als sei sie übergeschnappt. »Ich bin nicht zu Besuch«, sagte er brüsk, »und ich bin nicht zum Tee gekommen.«

Frau Carlos warf ihm einen leidenden Blick zu, das Unvermeidliche ließ sich nicht mehr hinauszögern. Der kleine Will erwartete den Besuch drinnen. Er saß auf dem Schoß seines Vaters und sah dem Ankömmling ausdruckslos entgegen. Carl Carlos hatte beide Kleinen, Will und Teresa, lieb gewonnen und hatte sie sozusagen adoptiert. Carl junior und seine zehnjährige Schwester waren begeistert gewesen von den neuen Familienmitgliedern. Eine Idylle also, in die Mechin hineingeriet mit Arzttasche und Arztgesicht. Will war ein Junge von viereinhalb Jahren, ein stämmiger kleiner Kerl mit rundem Gesicht, stoppelkurz geschnittenen schwarzen Haaren und lebhaften braunen Augen, die den Doktor unverwandt anschauten und gar nichts auszudrücken schienen. Der Bengel war von jenem robusten Typ, den nie etwas umwirft, es sei denn, es kommt richtig schlimm; der Typus, der Zeit seines Lebens dazu verurteilt ist, seinem Idealgewicht ein paar Kilo voraus zu sein. Mechin merkte schnell, dass der Junge ihn keine Sekunde aus den Augen ließ. Er sah gesund aus, doch zeigten seine Augen einen Glanz, der dem Arzt nicht gefallen wollte, und es standen Schweißtröpfchen auf seiner Stupsnase, obwohl es nicht warm war in der ausgehöhlten Schale des Panzerkäfers.

»Er hat Fieber«, sagte die Mutter – die Pflegemutter, um genau zu sein –, und Mechin berührte das Kind mit dem Sensor. Neununddreißigkommazwei: Dafür sah es bemerkenswert gut aus. Sein Atem fiel dem Arzt auf. Rasch, flach, irgendwie unterdrückt. Angespannt, wenn sich der Doktor bewegte, lockerer, wenn er still hielt. Der Puls war beschleunigt. Alles in allem: Das Kind sah auf den ersten Blick gesund aus, war es aber nicht.

»Hat es der Kleine im Hals?«

Das Ehepaar Carlos wechselte keinen einzigen Blick, sondern versicherte einmütig und ein wenig zu laut und zu überzeugt, der

Hals sei es bestimmt nicht, Will könne sagen, wo es weh tue, und im Hals, sage er, sei es nicht. Irgendwo anders eben. Der Junge wusste, wovon die Rede war. Er blickte den Doktor an und sah entschlossen aus. »So, mein Junge«, sagte Mechin zu Will und schimpfte sich selbst in Gedanken aus, dass er so unvorsichtig gewesen war, ihn »mein Junge« zu nennen, »du bist also Will. Mich kennst du, oder?« Will gab keinerlei Zeichen, dass er ihn kannte.

»Ich bin Mechin, der Arzt. Ich bin dazu da, alle gesund zu machen. Dich auch. Denn so richtig gut geht es dir nicht, oder?« Will hob sein Gesicht und musterte den Doktor. Er sagte kein Wort. Ratlos starrte Mechin den Kleinen an. Dieses Kind hatte mehr als die Hälfte seines Lebens auf Vilm zugebracht. Es kannte keinen zivilisierten Planeten und hatte von der Erde noch weniger gehört als jeder andere, es kannte keine richtige Behausung, es kannte kein Kino und keine Vergnügungsmaschinen, wie Achterbahnen, Kinderautodrome und Schwebeplätze, die es in jeder Stadt auf jedem bewohnten Planeten gab. Dieses Kind wusste nichts davon, wie spannend eine Fahrt mit der cartagenischen Achterbahn im großen Park von Omaragan auf Oniskus sein konnte, während der Blitzmond im Licht seiner eigenen Entladungen vom Himmel flackert. Dieser kleine Junge hatte immer die Oberfläche dieses ewig feuchten Planeten unter seinen Füßen gespürt, nichts anderes, und niemals war er höher in der Luft gewesen, als ihn sein Pflegevater hochwerfen konnte. Will kannte nur Vilm, den ewig verhangenen Himmel, hundert Sorten von Wolken und Dutzende Arten von Regen. Er kannte Männer, die in Gebirge aus kaputter Technik zogen wie in Feindesland und mit Kisten und Geräten oder Bruchstücken davon wiederkehrten – oder auch nicht. Er wusste, dass er Papa nicht stören durfte, wenn der wieder an unrettbar aussehendem Erwachsenenspielzeug herumbastelte. Will kannte die kindische unverständliche Freude der Großen, wenn sie etwas wieder zum Blinken oder Piepsen gebracht hatten. Will konnte nichts von dem, was seine

Altersgefährten auf bewohnten Welten vermochten: Er konnte keine Tastatur bedienen und kein elektronisches Spiel starten; er wusste sich nicht die einfachsten Nachrichten auf den Bildschirm zu holen, weil es auf Vilm weder Intensivlernprogramme noch Kindergärtner gab und den Kindern jegliches Wissen nach Art der Urväter beigebracht werden musste.

Will war ein Kind Vilms. In seinem Bewusstsein hatte er immer auf diesem wilden und düsteren Planeten gelebt, und Mechin hatte den Eindruck, in Wills Charakter sei das Wilde und Düstere dieser Welt längst fest verwurzelt. Seine Annäherungsversuche an den Jungen blieben jedenfalls erfolglos, und während er ihn ratlos anstarrte, schoss ihm durch den Kopf, dass er hier einem Außerirdischen begegnete. »So, Will, zuerst möchte ich dir in den Hals sehen.« Mechin formulierte vorsichtig, er ahnte Schwierigkeiten. »Es ist ganz einfach«, sagte er, »du machst den Mund auf und weiter nichts. Ich schaue hinein. Sieh doch«, der Doktor zeigte dem Kind vertrauensvoll seine leeren Hände, »ich möchte nur hineinschauen – das ist alles.«

In Wills Augen schlich sich Zweifel, und Mechin dachte für etwa eine halbe Sekunde, er hätte gewonnenes Spiel, als Frau Carlos dazwischenfuhr in ihrem ehrenwerten Bestreben, eine gute Mutter und hilfreich zu sein. »Du wirst doch dem Onkel Mechin keine Scherereien machen wollen! Tu endlich, was er dir sagt, tu deinen Mund auf und lass ihn hineinsehen, es tut ganz bestimmt nicht weh.«

Der Arzt richtete sich auf und blitzte die Frau wütend an. Sie hatte, ohne es zu merken, dem Kind seine Entschlossenheit zurückgegeben. Wie konnte sie andeuten, dass irgendetwas dem Kleinen weh tun könnte! Wie konnte sie die Möglichkeit eines Schmerzes nur erwähnen und damit dem Jungen seine Angst ins Gedächtnis rufen! Mechin konnte wieder von vorn anfangen. Er durfte nicht heftig werden oder ungeduldig, er musste ruhig und gleichmäßig auf den kleinen Kerl einreden. Unaufhörlich vor sich hinsprechend, setzte Mechin sich auf einen Stuhl, den Carl senior ihm hinschob, und rückte näher an das Kind heran.

Will sah dem Doktor ins Gesicht und auf die blinkenden Sensoren in der Brusttasche, verschiedenfarbig leuchtende Stifte. Mit behender Bewegung stieß er seinen Oberkörper vor, warf die Hände nach vorn und schleuderte die Sensoren umher und auf den Fußboden.

»Will!«, rief Frau Carlos und hatte plötzlich ein hochrotes Gesicht, »der Onkel will dir helfen, und du, du ...« Glücklicherweise ging ihr hier die Luft aus, und Mechin warf ihr einen verdammenden Blick zu. Die Sensorstifte waren stabil und nicht zerbrechlich, deswegen verstand er die Aufregung nicht. Möglicherweise ging es ihr gegen den Strich, dass der Arzt ungebührlich behandelt wurde und wenig ehrerbietig. Da war sie wieder, diese Angewohnheit, den einzigen, wertvollen Arzt wie einen Hohepriester oder so was zu behandeln. Der Kleine wurde Mechin plötzlich sympathisch. Für ihn war der Doktor weder Gott in Weiß noch irgendetwas Höhergestelltes. Bloß ein Eindringling, den es zu bekämpfen galt.

»Bitte«, sagte Mechin, an die Eltern gewandt, »nennen Sie mich nicht Onkel vor dem Kleinen. Er könnte auf den Tod krank sein, das wissen Sie so gut wie ich, deshalb will, nein, muss ich ihm in den Hals sehen. Es könnte eine harmlose Erkältung sein. Ich bin also meinetwegen alles Mögliche, nur kein Onkel!« Er war deutlich lauter geworden, als er gewollt hatte. Die Eltern sahen ihn verdattert und verlegen an. Will, der aufs Genaueste zugehört hatte, begann tiefer und rascher zu atmen. Das ist ein Alarmzeichen, dachte Mechin. Kinder in diesem Alter sind fähig – und manchmal tun sie es –, durch übermäßige Atmung Hyperventilation und damit eine Übersättigung des Blutes mit Sauerstoff herbeizuführen. Das kann bis zum epileptischen Anfall gehen, ohne dass das Kind ein Krampfleiden hat. So etwas musste verhindert werden. Mechin legte den Eltern also dar, dass er zu Wills eigner Sicherheit nachschauen müsse, ob der die Pseudo-Diphtherie habe oder nicht; dass er es mit Gewalt versuchen müsse, da der Junge sich darauf versteife, den Mund nicht aufzumachen; dass er sie bäte, ihre Einwilligung zu diesem Notmittel zu geben; dass nicht er selbst als Arzt Entscheidung und letztes Wort in dieser Sache beanspruche, sondern ihnen, den Eltern, dies zugestehe; dass er keinerlei Verantwortung für die Folgen dieses Beschlusses übernehmen könne, wenn sie die Halsuntersuchung ablehnten.

Carl senior sah zu seiner Frau. Die hob die Schultern. »Wenn du jetzt nicht endlich den Mund auftust«, sagte sie zu Will, »dann musst du mitgehen in die Krankenkammern oben, verstehst du das?«

Mechin sah die Eltern bei diesem zum Scheitern verurteilten Erpressungsversuch an, ohne dass sie es bemerkten, und dachte, dass diese hektischen und verlegenen Erwachsenen da, die nicht wussten, was zu tun sei mit dem störrischen Kind, für den kleinen Jungen sicher einen lächerlichen Anblick boten. Mit ihren Drohungen und hilflosen Gebärden waren sie ein Schauspiel, nichts Ernsthaftes. Will sah aus, als hege er in seinem kleinen trotzigen Kopf ebensolche oder ähnliche Gedanken. Welcher Erwachsene kann wissen, was in einem Kinderschädel vor sich geht? Man weiß es eben nicht, und das ist gut so.

Die Eltern, über die sich Will und der Doktor mit kurzem und verschwörerischem Blick verständigt hatten, wurden immer unentschlossener, konsequenzloser und hinderlicher, als sie Mechin bei den Versuchen, Will zu bändigen, unterstützten – besser gesagt, zu unterstützen versuchten. Carl Carlos half, als Mechin anfing, Will mit Gewalt den Mund zu öffnen. Der Mann war stark, wenn auch nicht so muskulös wie ein Karnese, und er war guten Willens. Er lebte allerdings in ständiger Angst um seine Kinder; egal ob eigene oder angenommene. Er ließ stets im falschen Augenblick los, weil er das Gefühl hatte, er tue dem Jungen weh oder verletze ihn. So gewann immer und immer wieder das Kind, in dessen Augen jetzt nicht mehr Wut und Trotz, sondern allein höllische, wahnwitzige Raserei und Furcht standen. Dann ließ

Carl senior die Arme hängen und schaute Mechin an. Der Vater bat, es noch einmal zu versuchen; immerhin wäre es möglich, dass es Pseudo-Diphtherie sei. In den Augen des Mannes standen Tränen, die er wegzwinkerte. Frau Carlos ging auf und ab, aus dem Zimmer hinaus, wieder hinein, sie durchquerte nacheinander alle Räume unter dem Käferdach. Jeder hörte ihre Schritte durch das gewohnte Rieseln des Regens hindurch. So verbreitete sie zusätzlich Unruhe.

Will hatte Charakter, das stand fest. Mechin bat die Frau, Wills Arme zu ergreifen und festzuhalten. Der Junge hatte angefangen, sich hart gegen die verzweifelten Helfer zu wehren. Sein Mund war fest geschlossen. Als seine Mutter den Oberkörper des Kindes umschlang, sein Vater den Kopf und der Arzt die Hände frei hatte, um sich um die aufeinandergepressten Kiefer des Jungen zu kümmern, begann Will mit ungeahnter Kraft zu toben. Er warf seinen Körper hin und her, trat mit den Füßen aus und entfaltete eine Kraft und Aktivität, wie sie manch gesundes Kind in diesem Alter nicht aufbringen konnte. Dazu schrie Will, mit geschlossenem Mund und in grellen Tönen, wie sie Mechin nie zuvor von einem Menschen gehört hatte. Es war furchtbar. Schnell verloren die Eltern bei dem markerschütternden Geschrei die Nerven – was ja wohl der Zweck des Gebrülls gewesen war. Die Mutter lief schluchzend aus dem Raum. Diesmal kam sie nicht wieder, und Mechin war ihr dankbar dafür.

Der Arzt zeigte dem Vater, wie er das Kind festhalten sollte, und schärfte ihm ein, er solle nicht loslassen, auf keinen Fall. Dann nahm er ein flaches hölzernes Stäbchen, wie die Jungs es nach unbeholfenen Zeichnungen geschnitzt hatten. Ein Spatel sollte das sein, hergestellt aus einheimischen Hölzern und hinten im Gebirge sterilisiert, wo es eine Quelle starker Gammastrahlung in der Nähe eines zerschellten Landeschiffes gab; die Leute ließen per Seil Pakete solcher Spatel in die vor Radioaktivität glühende Schlucht hinab. Mit einem solchen Spatel begann Mechin, sich zwischen den aufeinandergepressten Zähnen des Jungen vorzuarbeiten. An diesem Punkt angelangt, passierte ihm der Fehler, den er hatte vermeiden wollen. Er wurde zornig. Nicht auf die Eltern oder auf sich selbst, nein. Er fing an, Wut auf Will zu haben. Das war falsch, ganz falsch. Das Kind spürte das sofort und begann, noch verzweifelter zu kämpfen. Mechin kam mit dem Spatel nicht weit. Will schloss die Augen und biss mit kleinen spitzen Schreien um sich. Er machte einen wilden Wust Splitter aus dem Spatel, stach sich Stücke davon in die Lippen, die heftig zu bluten begannen. Er versuchte, den Doktor in die Hand zu beißen, und erwischte dabei die eigene Zunge. Mechin bezweifelte, dass der Junge das spürte. Er hatte ein Tier vor sich, rasend. Und genauso hochgejagt waren seine eigenen Nerven. Er war fest entschlossen, in den verdammten kleinen Hals hineinzusehen, koste es, was es wolle. Das dachte Mechin in diesem Augenblick, so schlimm, wie es ist: Koste es, was es wolle. Ich sehe dem kleinen Dreckskerl jetzt in den verdammten Schlund. Völlig vergessen, dass er da ein Kind vor sich hatte, ein kleines, vor Angst halb besinnungsloses Kind. Er hätte warten können oder später wiederkommen. Aber er war wütend. Und er hatte Fälle erlebt, in denen es wenige Stunden Verspätung gegeben hatte, die Eltern nicht sofort gekommen waren oder Mechin nicht schnell erreichbar war, weil die Familie im Gebirge unterwegs war. Er hatte erlebt, wie man Kinder blau im Gesicht, heiß und tot zu ihm geschleppt hatte. Einmal hatte er so einen längst zusammengebrochenen Kreislauf wieder in Gang gesetzt. Die kritische Zeit freilich war überschritten gewesen, und das Kind hatte wochenlang im Koma gelegen, ehe es schließlich an Lungenentzündung einging. Gute Gründe also fortzufahren. Gute Gründe. Es war nicht anzunehmen, dass Will eine oder mehrere Stunden später anders auf den Doktor reagiert hätte. Sehr gute Gründe also.

Das waren erwachsene, hiebfeste und stichfeste Vernunftgründe.

Mechin allerdings wurde in diesem Augenblick wütend. Er zitterte innerlich, wenn seine Hände auch ruhig waren. Er fühlte

Kälte in ihnen und Blässe auf seinem Gesicht. Er wünschte sich die dicken Muskeln eines Karnesen. Er sah zum Fürchten aus; Carl Senior starrte ihn entsetzt an. Es kochte im ach so guten Onkel Doktor, und das musste hinaus, es war wie ein Stau, der sich Bahn brach und herauswollte. Das hatte mehr mit Mechin zu tun als mit Will. Es war Aggression, die er an dem Kind auslassen musste. Mit besten Absichten natürlich. Der Arzt wäre in diesem Augenblick imstande gewesen, den kleinen Kerl zu schlagen, damit er den Mund aufmache – das fiel ihm ein und stand ihm als lebhaftes Bild vor Augen, und bei der Vorstellung spürte er ein wohliges Kribbeln in seinem Inneren, das ihn im Nachhinein tief erschreckte, und noch Jahre und Jahrzehnte später schämte er sich, wenn er sich daran erinnerte, dass er in diesem Moment einen Steifen bekommen hatte, der sich hart an dem rauen Stoff seiner Hose rieb.

Mechin ergriff einen metallenen Spatel. Damit bezwang er die blutverschmierten Lippen des Jungen, besiegte brutal und ohne Pause einen Zahn nach dem anderen, und mit letzter barbarischer Kraftanstrengung brachte er die Kiefermuskeln und das zarte Genick Wills zum Nachgeben. Wie das Kind dabei zappelte und sich wehrte, würgte und den Doktor zu treten versuchte, war vollkommen gleichgültig. Das Metall, kühl und unbeteiligt funkelnd, glitt tief in den Rachen. Der Arzt drückte rücksichtslos die Zungenwurzel aus dem Weg und hatte endlich Einblick in den Hals. Seine Stimme klang nach Triumph, als er den Befund vermelden konnte: Da war das weißlich-gelbe Ausscheidungsprodukt der fremden Erreger, da war das Krankheitszeichen auf den Mandeln und tief im Rachen und wohl auch in der Luftröhre. Befriedigt warf Mechin den kostbaren Metallspatel weg und rieb sich die Hände.

Will hatte die Pseudo-Diphtherie. Er hatte sie seit Tagen. Hatte sie verheimlicht, sich kaum etwas anmerken lassen. Er hatte weiter gespielt und sich gezwungen, fröhlich und gesund auszusehen, bis ihn steigendes Fieber verriet. Er hatte sich gewehrt wie ein Ertrinkender, weil er wusste, dass den Kindern, die sich vom Arzt in den Hals sehen lassen, dieser Hals später zerschnitten wird. Er hatte sich tapfer gewehrt und verloren, gegen Mechin. Sein hübsches Gesicht verzerrte sich, seine Augen schwammen in Tränen, blickten den Arzt voll ohnmächtiger Wut an. Dann stürzte er mit ersticktem, gurgelndem Laut auf den Doktor zu, ohne auf seinen Vater zu achten. Will sprang Mechin an, ein kleiner Junge, und warf ihn um, während sein blutiger Speichel über die Kleidung des Arztes sprühte. Wer weiß, was er außerdem getan hätte, wenn ihn sein Vater nicht weggerissen hätte. Mechin war wie gelähmt, denn in diesem Augenblick war ihm aufgegangen, dass dieses Kind gespürt haben musste, was in ihm vorgegangen war. Kinder haben feine Fühler für die Dinge, die sie noch nicht verstehen. Mechin traf das wie ein Guss kalten Wassers. Frost drang ihm in die Knochen.

Will brach zusammen, wurde ins Bett gebracht, um das plötzlich die ganze Familie herumstand. Nun hatte der Kleine einundvierzigkommaeins und würgte schwer. Die Anstrengung des Kampfes hatte ihn mitgenommen. Mechin besaß keinerlei Antibiotika, hatte nur Notbesteck dabei. Das Kind würde ersticken. Er tat das Einzige, was ihm möglich war. Setzte einen sauberen Schnitt am Hals, öffnete die Luftröhre unterhalb jenes Bereiches, der von den dicken Belägen der Krankheit verstopft war, und setzte jene kleine silberne Röhre ein, die bereits einem Dutzend Kinder das Leben gerettet hatte. Der Arzt versorgte die Wunde so weit wie möglich, gab der Mutter die nötigen Anweisungen und ging wieder in seine Einzelzelle.

Dort setzte er die Versuche fort, im Labor aus wenigen Grundstoffen mit zusammengestoppelten Teilen medizinischer Apparaturen einfache Antibiotika herzustellen. Entweder das, oder er analysierte die seltsam aussehenden Früchte der Gestrolche, ob die essbar oder als Medizin verwendbar sein mochten. In den nächsten Tagen ging er wieder und wieder zu Will Carlos, der meist fiebernd und regungslos dalag. Jedesmal, wenn Mechin ihn sah, krampfte sich etwas in seinem Leib zusammen. Er konnte nicht vergessen, wie sich etwas in ihm, das er nicht wahrhaben wollte, verselbstständigt hatte. Und er konnte nicht vergessen, dass Will es wusste.

Die Seuche griff dann rasch um sich und verschaffte Mechin Ablenkung, sodass Will aus seinem Gedächtnis verschwand und er seine Genesung nur am Rande vermerkte. Der Arzt hatte nur daran zu denken, wie er das Silberröhrchen möglichst schnell reinigen und sterilisieren lassen und wieder verwenden könne, denn er hatte sie bitter nötig, die Dinger. Jeden Tag waren wieder eins oder mehrere Kinder fällig. Die meisten von ihnen waren nach der überstandenen Pseudo-Diphtherie so gut wie niemals wieder krank. Als hätte sie diese eine wirklich schlimme Infektion gegen alles andere gefeit. Mechin hatte manchmal den Eindruck, in einem grippe- und erkältungsfreien Paradies zu leben. Leider regnete es in diesem Paradies ohne Unterlass. Und für manchen war es tödlich. Die Kinder, die der Krankheit nicht widerstanden, starben entweder sofort oder bei heftigen Rückfällen, die in raschen Abständen folgten. Nur ganz wenige bekamen die Pseudo-Diphtherie nicht.

Will wurde gesund und wuchs zu einem Jungen heran, der auffiel. Kräftig, untersetzt, mit einem kleinen Problem, was seine Figur betraf. Will war immer bereit, anzupacken und zu helfen, mit einer Ausnahme; stets freundlich und ruhig, mit einer Ausnahme; selbstbewusst und sicher, mit einer Ausnahme. Mechin hatte ihn ehrlich gern, er mochte ihn wirklich ... Die Ausnahme war Mechin, der Arzt.

Will war, wenn der Doktor mit ihm sprach – sprechen wollte – seltsam; sein Gesicht erstarrte, er zog sich in sich selbst zurück, seine Haltung bekam etwas Geducktes und Ängstliches, und Mechin fing an, ihm aus dem Weg zu gehen. Der Junge wurde wie ein geprügelter Hund, wenn der Arzt da war, und das konnte der nicht aushalten. Will erinnerte sich nicht an seine Krankheit und daran, was vorgefallen war; gleichwohl waren ihm Spuren davon geblieben, die Mechin nie auslöschen konnte. Von allen Kindern, die er gerettet hatte auf Vilm, war ihm dieser eine stämmige Junge das liebste. Doch er wollte nichts wissen von Mechin. Den Will hatte Mechin verloren. Und Will hatte mehr verloren ...

Mechin war sich sicher, dass er das Richtige getan hatte. Will wäre von der Krankheit unweigerlich erstickt worden. Mechin hatte das Vernünftigste getan. Und doch konnte er es sich nicht verzeihen. Der Arzt wachte nachts schwitzend auf und begann zu überlegen, wie er anders hätte handeln können. Ergebnislos, wie konnte es anders sein. Und es endete immer mit Kopfschmerzen, und es gab keinen Ausweg, und es ließ ihn nicht in Ruhe, und er wusste nicht weshalb. Diese Geschichte war bitter. Umso bitterer, als sich wenige Monate später herausstellte, dass es nur wenige Kilometer entfernt südlich am Rand der OOSTERBRIJK-Ruinen eine zweite, größere Gruppe von Überlebenden gab. Dazwischen lag ein richtiger Höhenzug aus Schrott, der die beiden Gruppen isoliert hatte. Reiner Zufall, dass sich eines Tages ein paar Leute über den Weg liefen, denen die jeweils anderen ein bisschen seltsam vorkamen. Erst nach einigen Minuten stellte sich heraus, dass man sich zuletzt an Bord eines Weltenkreuzers gesehen hatte. Die etwas bessergestellten Einwohner der anderen Siedlung hatten nicht nur eine einsame überlebende Zentralierin, die allerdings den Arm mit ihren elektronischen Installationen eingebüßt hatte, sie verfügten auch über ein zwar unvollständiges, aber immerhin funktionierendes Medlabor. Dort war nur ein einziges Kind an der Pseudo-Diphtherie gestorben. Mechin wurde noch an dem Tag, an dem die beiden Gruppen einander entdeckt hatten, in das Lager der anderen gebracht, um das Medlabor zu sehen. Die Maschine war mehr schlecht als recht zusammengestoppelt, und sie würde eher früher als später den Geist aufgeben. Er brachte den Leuten die schlechte Nachricht vorsichtig und schonend bei, allerdings wussten die das längst.

Es war wie ein bisschen Rettung, als nach all der Zeit des Ewiggleichen endlich andere Gesichter auftauchten. Natürlich war Mechin genauso auf dem verregneten Planeten gefangen wie vorher, allein das Gefängnis schien plötzlich größer geworden zu sein. Will war das Erscheinen der Neuen nur recht. Er konnte nun einen deutlich größeren Abstand zwischen sich und den Arzt legen. In der Siedlung, wo Mechin weilte, war Will zufällig gerade nicht. Das funktionierte fast immer. Der Arzt akzeptierte das; was blieb ihm übrig. Er pendelte oft zwischen den beiden Siedlungen hin und her, die jetzt endlich Namen bekamen. Die Rede war von Vilm Village und vom Alten Dorf, und später, als eine weitere Siedlung gegründet wurde, hieß sie vom ersten Tag an nur das Dritte Dorf. Manchmal stellte Mechin sich vor, Will wäre, als erwachsener Mann, Bürgermeister der Hauptstadt, Vilm Village. Will war so etwas zuzutrauen. Mechin sah dann das Gesicht des Jungen vor sich, etliche Jahre älter. Will hatte diese Sorte Gesicht, die man selbst dann auf Babyfotos wiedererkennt, wenn der Abgebildete längst ein Greis ist.

Und als im Lauf der Jahre ein eigenes vilmsches Nachrichtennetz entstand, sah Mechin gelegentlich seinen Patienten wieder. Der kleine Wildfang mauserte sich und gewann früh eine Menge Einfluss unter seinen Altersgenossen. Da war es unvermeidlich, dass Will immer öfter im Blickfeld des Arztes auftauchte. Augenblicke, in denen sich Mechin beinahe verzeihen konnte. Will sah glücklich aus, zufrieden, selbstbewusst, kräftig und kerngesund. Und doch würde er augenblicklich verschwinden und alles im Stich lassen – sogar die Regendrachen –, wenn der Doktor auftauchte. In dieser Beziehung war Mechin völlig sicher. Will würde es spüren.

11. Regendrachen sterben, wenn die Sonne scheint

Er brauchte keinen Wecker, wenn es so weit war. Etwas in ihm spürte die Anzeichen für das auf, was nur die Kinder einen sonnigen Morgen nennen würden – die Form der Wolken, feine Farbunterschiede in dem, was die Erwachsenen das ewige Grau des Himmels nannten, der Geruch des Windes, das Wippen der Gräser und das Verhalten der Tiere ... Er nahm das alles wahr, und ein Teil von ihm, den er nicht beherrschte, fügte die Einzelheiten zur Erwartung zusammen. Und so erwachte Will schließlich, wenn das erste Morgenlicht den Himmel spärlich erhellte. Dann lag er da, sein Herz schlug heftig. Er lauschte; keiner der anderen war wach geworden. Das wäre nicht gut, er wollte das für sich allein haben. Leise, ganz leise zog er den Verschluss des Bettes auf und schlug es beiseite. Augenblicklich war die Wärme verschwunden. Es war nachts immer kalt.

Will war es nicht anders gewohnt. Außen am Haus rann die ganze Nacht lang der eiskalte Regen herab, und so kühlte das Zimmer, das eine lange Außenwand aus Metall hatte, rasch aus. Der Junge stand auf. Als er mit den Füßen den klammen Fußboden berührte, lief eine Gänsehaut über seinen nackten Körper. Im Dunkeln ertastete er seine Sachen, raffte sie unterm Arm zusammen und schlich sich, immer noch barfuß, aus dem Zimmer. Carl junior, der große Bruder, schlief ungerührt weiter.

Das nächste Hindernis, das er bewältigen musste, war die Tür, die beim Schließen erbärmlich quietschte. Will öffnete sie nur so weit wie unbedingt nötig, zwängte sich hindurch und holte, leise tappend, das Ölfläschchen aus der Schleusenkammer. Damit ging es. Das Weitere war schnell getan – er schlüpfte in die doppelt genähte Unterwäsche, den wasserabweisend imprägnierten Zweischicht-Overall, die Langstiefel mit den Kniemanschetten und die lange, dick gefütterte Kapuzenjacke. Auf der Brust, ungefähr da, wo das Herz saß, und auf dem Oberarm war ein rundes Symbol aufgesetzt. Ein kleines Namensschildchen hatte Wills Mutter selbst geschrieben und mühsam auf den schweren Stoff genäht. Die vier Buchstaben waren mittlerweile von Wind und Regen fast völlig ausgelöscht. Ein dunkelgraues Viereck. Darunter das Logo der OOSTERBRIJK, dessen Farben langsam, aber stetig verblassten.

In der Schleuse, deren Tür zur Sicherheit gleichfalls einen Tropfen Öl verpasst bekam, legte Will den Gürtel mit den Jagdutensilien an und schulterte seine Waffe, eine langläufige Drei-Arten-Flinte. Er hatte sie im vorigen Jahr zu seinem dreizehnten Geburtstag bekommen und ging nie ohne sie hinaus. Man konnte wahlweise Laserstrahlen, Platzgeschosse oder Lähmimpulse damit abgeben und die Zieleinrichtung als Fernrohr benutzen. Natürlich war er zum Platzen stolz auf das Ding, während es seine Mutter sehr beruhigend fand, den Kleinen nicht wehrlos zu wissen. Sie hatte sich in diesem Punkt eingehend mit der Einarmigen Eliza gestritten, die der Meinung gewesen war, dass es töricht und schädlich sei, einen ihrer Schüler mit so einer Waffe zu beschenken. Wills Mutter hatte die Diskussion natürlich gewonnen – sie pflegte derartige Diskussionen prinzipiell für sich zu entscheiden. Natürlich hatte Eliza das Thema in der Schule ausführlich behandelt. Auf den stolzen Besitzer einer langläufigen Drei-Arten-Flinte hatte das wenig Eindruck gemacht. Will überprüfte den richtigen Sitz seiner Ausrüstung, tippte dem Wächter etwas ein, damit der ihn hinausließ, und kaum war der Junge im Freien, lief er den gewohnten Pfad den Hügel hinauf, ohne sich umzusehen. Bei den Eltern hatte sich der Wächter jetzt mit einem Summton gemeldet und zeigte ihnen, dass und wann ihr Sohn gegangen war. Es war Will vollkommen klar, dass er außer Rufweite sein musste, ehe der Vater es sich anders überlegte.

Hinter dem Lagerschuppen, der die Grenze der Siedlung kennzeichnete, blieb Will stehen, verschnaufte und horchte. Die Eltern hatten nichts dagegen, dass er wieder so früh weggegangen war. Sicher hatte die Mutter nachgesehen, ob der Junge sich warm angezogen hatte. Und dann war sie zähneklappernd zum Vater ins Bett gegangen, um sich aufzuwärmen; Carl Carlos senior würde knurren und weiterschlafen. Die Erwachsenen waren so kälteempfindlich. Jeden Morgen machten sie ein Gezeter, es sei furchtbar kalt und mit Sicherheit kälter als am Vortag. Und das Erste, was sie taten, war, eine winzige Tasse eines ekelhaften glühendheißen Getränks hinunterzustürzen, das Kaffee hieß. Will drehte sich der Magen um, wenn er den Geruch von diesem Zeug einatmete. Es war selten, und der Vorrat wurde sorgsam gehütet, als wäre es kostbar.

Will lehnte sich an den Schuppen, sah sich um, sog prüfend die Luft ein. Es fiel ein sehr feiner, mit größeren Tropfen durchsetzter Regen, den die Kinder »mittelgraues Geniesel« nannten. Die Erwachsenen unterschieden nur Regen, Nieseln und kein Regen voneinander; Letzteres kam kaum vor. Die Kinder konnten versuchen, ihnen die feinen, spürbaren Unterschiede klarzumachen, die es zu sehen und zu fühlen gab im »Regen« oder »Nieseln«, aber es hatte wenig Sinn. Sie guckten einen nur groß an, bestenfalls bemühten sie sich, so zu tun, als verstünden sie.

Will musste lächeln, als er an die Einarmige Eliza dachte, die die zwanzig oder vierzig Namen des Regens wie selbstverständlich benutzte. Das hatte sie fein raus. Meist traf sie freilich daneben. Immerhin hatte sie sich die Worte gemerkt. Das war eine Menge. Wirklich verstehen, was hinter all den unterschiedlichen Arten Regen und Wind steckte, konnten die Erwachsenen nicht, keiner von ihnen. Zum Beispiel kapierten sie nicht, wieso »hellgrau« in Bezug auf das Wetter das größte Lob war, das man sich denken konnte. Heute würde hellgraues Wetter sein, das konnte Will riechen. Gab es irgendeine Pflanze, die vorsorglich ihre Blüte öffnete, wenn ein Wolkendurchbruch bevorstand? War es der Duft dieser unbekannten Pflanze, der Will sagte, dass heute vielleicht früh die Sonne scheinen würde? Er wusste es nicht.

Will löste sich vom Schuppen und ging zwischen den Hügeln auf das ungerodete Gebiet zu. Es gab einen eigens angelegten Ödnisstreifen rund um die Siedlung, damit die Tiere fernblieben. Die Kreaturen, die es auf Vilm gab, mieden freies Gelände wie die Pest. Sie blieben im unübersichtlichen Gewirr der Pflanzen. Den Namen »Gestrolch« hatte sicherlich ein Kind geprägt – für die ineinander verfilzten Gebüsche, die aus Hunderten verschiedener Pflanzen bestanden, in denen unzählige Tierarten vorkamen und die wie große düstere Wattebäusche umherlagen. Manche nur handspannengroß, andere mit mehreren hundert Metern Umfang, undurchdringlich und nicht ungefährlich. Das waren die Gestrolche, aus denen unverhofft eins der nützlichen Tiere kommen konnte; auch das Erscheinen gefährlicher oder unbekannter Wesen war möglich, irgendwelcher Strolche eben. In einigen Gestrolchen gediehen Früchte mit absonderlichem Aussehen, von denen einige es auf den Speisezettel der Menschen geschafft hatten. Manche waren sogar erklärte Lieblingsspeisen der Kinder, missfarbig, andererseits süß und saftig. Die Kleineren ließen sich nicht davon abbringen, dass die Gestrolche in Wahrheit die Nester der Regendrachen seien. Will konnte nicht daran glauben. Wie sollten Dinge, die von verdunstendem Wasser und Licht lebten, die den Regen mit ihren dünnen Flügeln machten, die Vilm bewachten und sonst nichts taten, so etwas wie ein Nest aus Pflanzen benötigen? Das war nicht logisch. Wer weiß, dachte Will, ob die Einarmige Eliza sich richtig ausgedrückt hat. Sie hatte mitunter seltsame Anwandlungen. (Er wusste nicht, dass Eliza den Kindern mit ihrer missglückten Redewendung nur die Funktion der in den Wolken lebenden Schwebealgen-Flora hatte erklären wollen und dass die Geschichte von den Regendrachen ein schönes Missverständnis darstellte, das inzwischen keine Erklärung mehr aus der Welt schaffen konnte.)

Will ging zwischen den ersten kleinen Gestrolchen hindurch. Es roch, wie es nur an Tagen roch, an denen sich die Sonne zeigen würde. Er stellte seine Flinte auf Platzgeschosse ein, für den Fall, dass er einem Springwolf begegnete. Als seine Augen sich an das matte Dämmerlicht gewöhnt hatten, das hier »die Nacht« war, lief er los. Er fiel in jenen Trott, den die Kinder von Vilm stundenlang durchhalten konnten – nicht gerade ein Dauersprint, eher ein gleichmäßiges Traben, bei dem es darauf ankam, den sich schlängelnden Durchlässen zwischen den Gestrolchen zu folgen und dabei die Umgebung nicht aus den Augen zu verlieren. Genaugenommen ließ man das Gelände unter sich vorbeigleiten, während der Kopf freiblieb für wichtigere Dinge. Einerseits musste man auf einen Springwolf gefasst sein, andererseits konnte man auf ein Rehschwein hoffen. Keiner schimpfte, wenn man mit einem Braten zurückkam. Will achtete nicht auf den Weg, den kannte er auswendig, um den kümmerten sich die Füße. Also achtete er scharf auf alles Ungewöhnliche im Gestrolch. Aber es war nichts los heute, das sah er, das Viehzeug war noch dort, wohin es sich zum Schlaf verkrochen hatte. Sogar die Schatten waren heller als sonst. Heute hatte er kaum das Gefühl, die Augen eines Regendrachens würden sich in genau dem Augenblick öffnen, wenn er gerade nicht hinsah.

Es gab noch etwas anderes, wonach Will Ausschau hielt. Vor zwei Tagen hatte er auf einen Springwolf geschossen. Es war eine Sache von einer halben Sekunde gewesen: Als das räuberische Tier über ein Gestrolch setzte, hatte Will die Flinte von der Schulter gerissen und auf jene Stelle zwischen den Pflanzen gezielt, wo der Springwolf auftauchen musste, falls er die Richtung beibehielt. Auf den blitzschnell vorbeihuschenden Schatten hatte er gefeuert. Er wusste, dass er getroffen hatte. Nicht gut genug, er hatte das Tier nur verletzt. Möglich, dass es später verendet war. Dann hatten es die ekligen Wesen gefressen, die überall aus dem feuchten Boden krochen, wo Totes vertilgt werden musste. Sie hatten den Namen Wurbl bekommen – handtellergroße behaarte, fünfbeinige Scheusale, stumpfsinnig, gefräßig. Immerhin ließen sie mitunter das Skelett eines Springwolfs liegen, und im Hauptlager würden die Biologen sich über jeden Halbschädel freuen, den er ihnen brachte.

An der Wetterstation hielt Will an. Er war jetzt drei Kilometer von der Siedlung entfernt, war die ganze Strecke getrabt. Sein Atem ging kaum schneller. Er kletterte gewandt auf das kleine, aus Trümmerteilen zusammengeschweißte Türmchen hinauf und sah zur Siedlung zurück. Ein paar Lichter vor einer düsteren Masse, mehr war nicht zu sehen. Die Lichter markierten den Weg zum Hauptlager, das sechs Kilometer weit weg lag, in dem es die Schule gab und die Regierung, wo die Einarmige Eliza lebte und der Arzt, den Will auf den Tod nicht leiden konnte. Der Teufel mochte wissen, warum. Nicht deswegen schaute er zurück. Er sah auf die dunkle Masse, die sich wie ein Gebirge hinzog. Will konnte sich nicht vorstellen, dass dieser Trümmerhaufen ein Schiff gewesen sein sollte, das sie alle hierhergebracht hatte. Er selbst war damals so klein gewesen, dass er sich an nichts erinnerte. Die wenigsten in der Schule taten das, und die meisten waren nach diesem sagenhaften Ereignis zur Welt gekommen. Die Erzählungen der Erwachsenen über dieses von ihnen leidenschaftlich geliebte Thema erschienen sonderbar – unwahrscheinlich und bizarr, von einer blassen Unwirklichkeit. Die Regendrachen waren dagegen fast greifbar und real. Was die Erwachsenen berichteten, war märchenhaft wie ein Tag ohne Regen. Sterne, die jede Nacht sichtbar blieben, statt einmal oder zweimal im Jahr als blasse Lichtpunkte zwischen den Wolken zu erscheinen. Stundenlang nur Sonnenschein, Gegenden völlig ohne Wasser, Maschinen auf den Straßen zwischen den Sternen, und komplette Welten vollgestopft mit Menschen und ihren Wohnungen; das klang mehr nach einer seltsamen Art von Zeitvertreib als nach Wirklichkeit. Dazu dieses komische Spiel, das »Funkstation« hieß und über das die Großen fast genauso lange reden konnten wie über die VILM VAN DER OOSTERBRIJK. Es lief darauf hinaus, dass irgendwann ein Ding kommen sollte, von jenseits der Regendrachen, so etwas wie dieser Trümmerhaufen, nur nicht so kaputt. Das würde sie alle mitnehmen. Will glaubte das nicht, weil er es nicht glauben wollte. Wie groß sollte irgendeine von Menschen gemachte Sache wohl sein, um sie alle hier wegzubringen? Und: Wozu sollte er hier weg? Und die Regendrachen ... Bevor er nicht wusste, was so ein Regendrache trieb außer dem Regenmachen und wie er aussah – vorher würde er nie fortgehen von hier. Wohin überhaupt?

Will sah in die andere Richtung. Da war es, jenes eine Spur lichtere Grau, das den nahen Sonnenaufgang ankündigte. Es blieb noch genügend Zeit. Will nahm die Flinte quer vor die Brust, schwang sich über das niedrige Geländer und sprang die vier Meter hinunter, bei der Landung geschickt abrollend. Als er auf die Beine gefedert war, sah er stolz hinauf. Es sollte Menschen geben, die auf einer riesengroßen und eiskalten Welt namens Karna lebten und so unglaublich stark waren, dass sie diese Höhe mit einem einzigen Sprung erreichen konnten. Diese Erwachsenen kannten schon irre Geschichten, dachte Will, ehe er sich wieder in Trab setzte. Ein wenig langsamer, hier in der Nähe war vor zwei Tagen der angeschossene Springwolf entwischt. Außerdem musste er bei der allmählich zunehmenden Helligkeit mit dem Erwachen diverser Tiere rechnen, und die Klebeblüten würden sich entfalten. Ein gellender Schrei ließ Will zusammenfahren, er wurde langsamer und musste lachen. Dass er sich von diesen dummen Tieren immer noch erschrecken ließ! Er blieb stehen und suchte nach der Schreile, die ihn angebrüllt hatte. Da saß sie, zusammengekrümmt, in einem aufragenden Astgeflecht des nächsten Gestrolchs. Die kleinen Mäuler an den Enden ihres Körpers hatten sich ganz nah beieinander an einem Ast festgebissen, die Beinchen ruderten träge, und die beiden Augen auf Wills Seite blickten ihn stumpf an. Das Tier war dabei aufzuwachen. Eigentlich erstaunlich, wie ein so kleines Wesen einen derart markerschütternden Lärm fertigbrachte. Die Schreilen waren weder nützlich noch schädlich, man konnte nichts mit ihnen anfangen, als sie abzuschießen. Will stellte die Flinte auf Laser und durchbohrte mit dem nadelfeinen Strahl zwei-, dreimal die Nervenzentren des Tieres in der Mitte des Rückens. Ein zweiter Schrei wurde klägliches Quieken, die Äuglein platzten und rannen als schleimige Tropfen durchs Fell. Die Beinchen krampften, die Mäuler öffneten sich weit, als wollten sie einen letzten Schrei ausstoßen. Das Tier fiel, sich überschlagend, zu Boden. Will wandte sich ab. In wenigen Minuten würden die Wurbls aus dem Erdreich kriechen und schmatzend mit ihrer widerwärtigen Tätigkeit beginnen. Ein Wurbl war leicht zu töten – ein Tritt des Stiefels reichte –, aber ihre Menge war kolossal. Will hatte es ausprobiert, hatte eines nach dem anderen zertreten, bis seine Stiefel mit einem übelriechenden dunklen Schleim bedeckt gewesen waren. Und er hatte damit aufgehört, als ihm aufgefallen war, dass die neu ankommenden Wurbls anfingen, die zerquetschten Leiber ihrer Artgenossen aufzufressen.

Ohne seinen Trab wieder aufzunehmen, ging Will weiter, die Flinte in beiden Händen haltend. Er hatte Zeit, und man sollte immer nach unbekanntem Getier Ausschau halten. Die Biologen freuten sich königlich, wenn ein neues Wesen auf ihren Tischen landete. Dabei sahen sich diese Tiere alle ähnlich, mehr oder weniger. Vorn und hinten gab es nicht, an jedem Ende ein Halbschädel und dazwischen vier bis acht Beine, manchmal mehr, in der Mitte irgendwo einen oder mehrere Nervenknoten, der die beiden winzigen Hirne zusammenschaltete. Das war das Baumuster aller Tiere, die nicht völlig primitiv waren. Wie die Wurbls etwa, die nicht mal einen Kopf oder Augen hatten und sich nur in Größe und Farbe unterschieden. Will dachte an seine Mutter, die jedes Mal schimpfte, wenn er mit einer totgeschossenen Kreatur aus den Gestrolchen kam. Dabei war sie es doch, die Eliza überzeugt hatte, dass er ein Gewehr tragen sollte. Sie tat, als wäre Will drauf und dran, die Tierwelt Vilms auszurotten. Dabei gab es fast zu viele Tiere. Und es waren Menschen spurlos verschwunden. Wahrscheinlich hatten sie sich vom Springwolf überraschen lassen, und die Wurbls hatten den Rest erledigt. Will dachte mit leisem Gruseln an den Tag, an dem er ein säuberlich abgenagtes Menschenskelett im Gestrolch entdecken würde.

Das Gelände stieg leicht an, Will schnürte im Zickzack zwischen den großen Gestrolchen den Hang hinauf. Die Regendrachen mussten langsamer fliegen; das mittelgraue Geniesel war erst hellgraues und dann sterbendes Geniesel geworden. Will fühlte deutlich, dass der Regen aufhören würde. Es bestand keine Gefahr, dass sich das Wetter in Nieselnebel verwandeln würde. Er konnte nicht erklären, woher er das wusste. Keines der Kinder auf Vilm konnte das. Sie wussten solche Dinge eben. Die Einarmige Eliza und die anderen Erwachsenen wurden sehr still, wenn sie diese Fähigkeit der Kinder bemerkten. Es gefiel ihnen nicht, und Will würde nie verstehen, warum. Als er auf der Kuppe des Hügels ankam, der an die fünfzehn, zwanzig Meter über die Umgebung hinausragte, schimmerte der Himmel vor ihm hell, die Struktur der Wolken deutlich erkennbar, und schlagartig starb der Regen. Will zog den Kopf ein und spürte einen leichten Schauder. Wenn das mit den Regendrachen stimmte, dann waren zum ersten Mal seit drei, nein, vier Monaten keine Regendrachen über ihm – er hatte den Gedanken, dass diese Wesen über seinem Kopf schwebten, immer beruhigend gefunden. Sicherlich besaßen Regendrachen zwei Köpfe, die in entgegengesetzte Richtungen blickten und einander nie zu Gesicht bekamen.

Will sah sich um – als könnten die Springwölfe seine leise Angst wittern. Er hatte eine gute Position. Auf der Kuppe des Hügels musste er so ein Tier rasch bemerken, wenn es in voller Schnelligkeit gerast käme. Das war ein lustiger Anblick, wie die

Springwölfe in hohen Bögen durchs Gestrolch setzten und bei Gefahr zurücksprangen, wie Gummibälle, die es sich anders überlegt hatten. Dabei lag das nur daran, dass Springwölfe, genau wie Rehschweine, einfach nicht vorn und hinten hatten, sie besaßen zweimal das, was man »vorne« nennen musste ... Ein frischer Wind kam auf, Will beäugte den Himmel, die Wolken gerieten in Bewegung, und es war fast so hell wie sonst gegen Mittag. Es würde bald passieren.

In diesem Augenblick schien ihm, als falle ein Schatten über die Landschaft, die, soweit er sehen konnte, nur aus den dunklen Tupfen der Pflanzenansammlungen bestand. Will fuhr sich mit der Hand übers Gesicht, schob die Kapuze zurück. Nein, es war nicht plötzlich dunkler geworden. Dieser Schatten hatte mit dem Licht nichts zu tun. Will sah sich um. Er ging auf der Hügelkuppe hin und her, wurde unruhig. Dann sah er es. Das Tier. Undeutlich erkennbar, stand da ein Tier an ein Gestrolch gelehnt. Will griff die Flinte fester und machte sich auf den Weg. Je näher er dem Tier kam, desto klarer wurde ihm, dass er keinen Springwolf vor sich hatte, sondern etwas Unbekanntes. Und es war anders als alle anderen Kreaturen, die er bisher geschossen hatte. Ein Gefühl dumpfer Unruhe ergriff ihn, und hin und wieder kam es ihm vor, als streiche ein dunkles Wesen mit mächtigen Schwingen über den regenlosen Himmel und verdüstere das Licht.

Ein paar Schritte vor dem reglosen Tier stoppte Will und hockte sich hin. Er starrte das Tier an. Das Tier blickte ruhig zurück. Seine Augen waren groß und schwarz und glänzend, nicht die stumpfbraunen Linsen, wie sie etwa die Schreilen hatten. Das Tier wirkte seltsam verzerrt gebaut, irgendwie falsch, und es war verletzt – an der Flanke, über dem verkümmert wirkenden mittleren Beinpaar, klaffte eine große, schwärzlich verfärbte Wunde. Will spürte, dass dieses Wesen völlig verschieden war von den Rehschweinen, Schreilen, Springwölfen und all dem anderen Getier in und zwischen den Gestrolchen. Dann sah er, was dieses

Geschöpf hier von all den anderen unterschied – dieses Tier hatte ein Vorne und ein Hinten. Der eine Halbschädel war geschrumpft, eigenartig verwandelt, kaum sichtbar, die Augen zugewachsen, das Maul geschlossen. Dafür war der andere Halbschädel erheblich größer und hatte fast einen Gesichtsausdruck. Will hatte von einem der Biologen erzählt bekommen, irgendwann einmal müsse die Evolution auf Vilm vom Prinzip der doppelgesichtigen Symmetrie abgehen, und es würde Wesen geben, die eines Tages ähnlich wie die Menschen werden müssten. Irgendwann einmal – das war in dieser Erklärung die häufigste Redewendung gewesen. Nun, falls der Mann recht gehabt hatte, stand hier so eine Kreatur.

Das Tier war matt und lehnte sich tatsächlich an das Gestrolch, es musste mehrere Liter seines milchweißen Blutes verloren haben, das an seiner Flanke zu schwarz-bläulichen Flecken geronnen war. Die getrocknete Körperflüssigkeit stank erbärmlich. Die Pfoten des Tieres zitterten. Warum legt es sich nicht hin, fragte sich Will. Er rückte näher heran. Der Geruch nahm ihm fast den Atem. Das Tier blieb ruhig und sah den Jungen unverwandt an. Die Wurbls, fiel es Will ein; wenn es sich hinlegte, würden die Aasfresser kommen, unweigerlich wie der Regentropfen, der dem vorangegangenen folgt. Und die Wurbls machten keinen Unterschied zwischen gestorbenen und sterbenden Tieren. Moment mal, dachte Will, das ist doch eine Überlegung, eine Schlussfolgerung. Können Tiere überlegen ...? Ich weiß nicht.

Diese Wunde sah nicht gut aus. Woher mochte sie stammen? Ein Springwolf? Kaum – die hatten scharfe Reißzähne und ließen wohl kaum ein Opfer los, das sie so schwer verletzt hatten ... Wieder schien es Will, als käme ein Schatten geflogen, und er kauerte sich zusammen; er fühlte sich, als hülle ihn ein Regendrache in seine dünnen Flügel ... Unsinn, die Luft war ungewohnt trocken, es waren keine Regendrachen hier ... Was war das? Will hatte ein merkwürdiges Gefühl; er bekam einen Stoß versetzt, obwohl ihn nichts berührte. Er kippte, landete auf dem Hintern und empfand für Sekunden einen brennenden und stechenden Schmerz, der in seinen Rippen steckte. Es war genauso schnell vorbei, wie es gekommen war. Will schnappte nach Luft. Ein paar Minuten saß er da und starrte mit ungläubigem Entsetzen das Tier an, während das Tier, nach wie vor unbeweglich, ihn ansah.

Dann wurde Will von einem Schwindel ergriffen, und er schloss die Augen. Ein dunkler Regenhimmel tanzte unter seinen Lidern, er sah sich selbst als grotesk verzerrten Schatten, der wie in Zeitlupe langsam einen Stock, die Flinte hob, undeutlich alles, und als das Gewehr losging, konnte er das Geschoss auf sich zueilen sehen, und ehe es einschlug, riss er die Augen auf und sah, wie das Tier zusammenrutschte. Die Beine gaben unter ihm nach. Der Springwolf fiel dem Jungen ein, auf den er vor ein paar Tagen geschossen hatte und der ihm entwischt war. Das war kein Springwolf gewesen. Er hatte auf das hier gefeuert, auf dieses Tier oder dieses Wesen, dieses Geschöpf. Der Name »Tier« war plötzlich nicht mehr angemessen.

Will stand auf und wich zurück. Das Wesen lag im Sterben, das fühlte er. Er hatte oft irgendein Vilm-Tier sterben gesehen, schließlich hatte er zusammen mit dem Bruder oder allein gejagt. Nie war ihm das an die Nieren gegangen. Lag es an den fehlenden Regendrachen? Will sah zum Himmel. In den nächsten Minuten würden die Wolken aufreißen. Ein leises Rascheln und Schmatzen schreckte ihn auf – aus dem Boden tasteten sich struppig behaarte Beine, die handtellergroße runde Körper hinter sich herzogen. Augenlose, stumme Kreaturen, die langsam auf das verletzte Wesen zukrochen. Will spürte in den Augen des Wesens, das still und hingestreckt dalag, eine Veränderung. Und er empfand Angst. Solche Angst, dass ihm die Zähne aufeinanderschlugen und sich seine Bauchmuskeln schmerzhaft zusammenkrampften. Dann verstand er, dass dies die Angst des Wesens war, über dessen große Wunde die ekelhaften kleinen Tiere krochen, als suchten sie die beste Stelle, mit dem Fraß zu beginnen. Das Wesen hatte maßlose Angst davor, bei lebendigem Leibe von hirnlosen Wurbls gefressen zu werden. Will hatte eine Aufgabe. Er hob die Flinte – seine Hände schmerzten, weil er die Waffe hart umklammert gehalten hatte – und stellte auf Lähmimpuls um. Als er auf die Kreatur zielte, nahm er in der fremden Angst Dankbarkeit wahr, aber das konnte Einbildung sein. Der Junge drückte ab, und die Anspannung wich von ihm. Die unsichtbare Verschattung der Landschaft verschwand, das Wesen erschlaffte und schloss die Augen. Will war erstaunt über die rasche Wirkung des lähmenden Strahls. Auf die Wurbls wirkte er überhaupt nicht. Das hing mit dem Nervensystem zusammen – je höher so ein Hirn entwickelt war, desto besser wirkte der Lähmstrahl. Das hatte einer der Biologen erzählt. Und Wurbls hatten kein Hirn. Will stellte die Waffe um und tötete das betäubte Wesen mit einem Geschoss. Die Wurbls begannen ihre widerwärtige Arbeit. Woher der Junge gewusst hatte, dass er zwischen die geschlossenen Augen der Kreatur zielen musste, war ihm selbst nicht klar. Er wollte darüber nicht nachdenken.

Ohne dass Will es bemerkt hatte, war die ewige Wolkendecke zerrissen, und von einer Sekunde zur anderen lag die Landschaft in vollem Sonnenlicht. Will musste blinzeln, seine Augen waren solche Lichtfülle nicht gewohnt. Die Gestrolche, der nasse Boden, alles glänzte in der frischen Nässe und hatte ganz andere Farben als sonst. Will achtete nicht darauf; er kehrte auf die Kuppe des Hügels zurück und sah das tote Wesen nicht an. Er würde warten. Ein paar Stunden. Dann würde er ... den Biologen das Skelett bringen und erzählen, was geschehen war? Die würden ihn auslachen. Oder ihn misstrauisch ansehen, so wie die Erwachsenen immer guckten, wenn ihnen ihre Kinder das Wetter richtig vorhersagten oder Neues von den Regendrachen berichteten.

Etwas war falsch; es hing mit ihm, Will, zusammen, dass das Wesen umgekommen war, und er würde darüber nachdenken müssen. Es würde ihm wieder und wieder einfallen, ahnte er. Der Junge warf die Flinte hin, öffnete die Kapuzenjacke und hielt sein Gesicht in die Sonne. Farbige Kreise schwammen in seinen Augen. Der Geruch der Luft veränderte sich, in der einstrahlenden Wärme stiegen Dampf und Nässe aus den Gestrolchen auf und führten selten wahrnehmbare Düfte mit sich. Das Wolkenloch blieb ungewöhnlich lange stabil. Will öffnete die Augen und betrachtete die Wolken. Die Ränder gleißten hell, wo die Sonne sie traf. Ein langer Spalt war das, und Will konnte sehen, wie der Wind Wolkenfetzen losriss und wieder in das weiße Massiv zurücktrieb. Hinter den Wolken leuchtete in einem tiefen Blau der klare Himmel, wie dunkle Tinte, und schwach schimmerten ein paar Sterne. Als Will sich fragte, wo jetzt die Regendrachen seien, die doch irgendwo bleiben mussten, stellte er voller Erstaunen fest, dass ihn die Antwort nicht interessierte. Es war ihm egal. Die Regendrachen gingen ihn nichts an. Und wer weiß, ob es sie überhaupt gab – ob sie nicht nur aus einem Märchen der Einarmigen Eliza stammten, ausgedacht für die Kleinen? Er wusste es nicht. Er wusste, dass es Wesen gab, die unbegreiflicher und geheimnisvoller waren als alle Regendrachen Vilms zusammen. Und was schwerer wog: Diese Wesen hatten mit ihm zu tun, sie gingen ihn etwas an, während die Regendrachen, mochte es sie auch geben, immer weit weg waren und immer weit weg sein würden. Plötzlich ahnte Will, dass nie wieder ein Tag so sein würde, dass er nie wieder die Sonne begrüßen konnte, wie er es gewohnt war. Alles würde anders sein.

Das Gesicht des Jungen war heiß geworden vom Sonnenlicht. Erschrocken fuhr er sich mit der Hand an die Augen, als er Tränen spürte, wischte sie weg. Während er das tat, schloss sich der Spalt in den Wolken, das Funkeln und Glitzern ringsum erlosch, die Welt war wieder vertraut. Und dennoch war alles ein wenig anders. Will zögerte, ehe er sich entschloss, am Nachmittag wiederzukommen. Er würde die Reste des Wesens begraben. Als er den Entschluss einmal gefasst hatte, knöpfte er die Kapuzenjacke zu, nahm die Waffe auf und trabte los, zurück zur Siedlung.

Er war tief in Gedanken und bemerkte zu spät den Springwolf, der sich in mächtigen Sätzen näherte. Erst als der Schatten des Tieres über das nächstliegende Gestrolch flog, schrak Will hoch; keine Zeit mehr, die Flinte vom Rücken zu bekommen. Der Junge riss die Arme hoch, er wollte sein Gesicht vor den Zähnen des Tieres schützen. Der Springwolf kümmerte sich nicht um ihn – kaum drei Meter entfernt kam er auf den Boden auf, und während das erste Beinpaar den Schwung abfing, spannte sich das dritte zum neuen Sprung, derweil das mittlere mit einer raschen Bewegung die Richtung fixierte. Erst als der Wolf sich über dem nächsten Gestrolch befand, nahm das hintere Augenpaar den Jungen wahr. Will wusste, dass das Tier fähig war, ohne Pause umzukehren, wie ein Gummiball, aber es änderte nur mehrmals die Richtung. Ängstlich. Will sah verblüfft hinterher. Wahrscheinlich hatte nie jemand ausprobiert, ob ein heranjagender Springwolf vorbeisausen wollte oder den Menschen anspringen – so war das Tier zu seinem Ruf als aggressiver Räuber gekommen. Noch so ein Missverständnis, dachte er, und als er wenig später an dem Gestrolch vorbeikam, in dem er vor einigen Stunden die Schreile getötet hatte, empfand er Scham und machte einen Umweg. Er musste an den Streit zwischen seiner Mutter und der Einarmigen Eliza denken, an die ausführliche Behandlung des Themas im Unterricht, und jetzt verstand er, was Eliza ihm hatte mitteilen wollen.

Tief in Gedanken versunken, trabte er nach Hause, wo seine Eltern ihn amüsiert wie immer begrüßten, als käme er von einer gefährlichen Expedition. Diesmal reagierte Will nicht darauf, pellte sich wortlos aus seiner Hülle und registrierte nur, dass die Schule heute ausfallen sollte. Normalerweise hätte er sich darüber geärgert. Er hatte keine Zeit dazu, er grübelte nach. Carl senior, sein Vater, traf ihn gegen Mittag in der Schleusenkammer, wo Will dabei war, das Magazin der Flinte zu demontieren. Die Minibatterie war ausgebaut, säuberlich aufgereiht standen die Teile des Lasers, und Will sortierte die übriggebliebenen Geschosse. »Große Überholung?«, fragte Carl senior.

»Hm«, machte Will und sah auf: »Sag mal, hättest du was dagegen, wenn ich die Flinte weggebe?«

»Wenn du weißt, dass sie in guten Händen ist ... warum solltest du sie nicht einem deiner Freunde leihen. Hin und wieder.«

»Nein – ich meinte weggeben. Für immer. Verschenken oder so.«

Carl senior machte große Augen. Er wusste noch sehr gut, wie sich der Junge im letzten Jahr über das gute Stück gefreut hatte. »Ja, willst du das denn?«

Will blickte wieder auf die zerlegte Waffe, dann auf seinen Vater. »Ich glaube, ja«, sagte er.

12. Fünf Sekunden Regenbogen

Mechin stand auf und fing an, seine Instrumente zusammenzupacken. Anna Calandra lag still da und betrachtete seine Hände. Der Arzt bewegte sich immer langsamer, als wolle er den Moment hinauszögern, in dem er der Frau sagen musste, was mit ihr geschah. Anna wusste, dass sie krank war, obwohl sie sich nicht so fühlte. Ihre Haut hatte sich verändert – all diese Bläschen, Rötungen, nässenden Stellen, nie gesehenen Flechten ... »Nun?«, fragte sie.

»Im Grunde genommen«, sagte Mechin, »ist es ganz einfach. Deine Haut hält dieses Klima nicht aus. Diese ständige Feuchtigkeit, der ewige Regen ...«

»Ich darf also nicht mehr hinausgehen?«

In ihrer Stimme spürte der Arzt die Hoffnung, dass es damit getan, dass sie damit gesund zu machen sei. Er schüttelte den Kopf. »Es ist die Luftfeuchtigkeit und der Mangel an bestimmter Strahlung, Sonnenlicht sowieso, vor allem jedoch weichem Ultraviolettlicht. Du müsstest dich in ein Solarium legen, wenigstens eine halbe Stunde täglich.«

Sie sah ihn aus großen Augen an, und er hob die Achseln, als wolle er sich für diesen sinnlosen Satz entschuldigen. Beide wussten, dass die Überlebenden der Vilm van der Oosterbrijk sich kein Solarium leisten konnten. Sie hatten keins, basta. Und selbst wenn man eines aus den Trümmern des Schiffes bergen könnte, wäre es nach dem Absturz und nach all der Zeit nur Schrott. Genauso gut hätte Mechin seiner Patientin empfehlen können, sich mit dem Genuss von mehreren Schalen Äthyltee täglich, direkt und frisch von Utragenorius, zu kurieren. Oder die medizinischen Gurus auf Atibon Legba um Rat zu fragen.

Anna stand mit einem heftigen Schwung auf und ging, nackt wie sie war, vor das Bullauge, das behelfsmäßig in die Wand eingelassen war. Draußen stürzte das Wasser dicht wie ein Vorhang herab. Im einfallenden Dämmerlicht betrachtete Mechin die Frau von der Seite. Sie muss hübsch gewesen sein, dachte er, dunkelhaarig, mit einer Haut von der Farbe heller Schokolade, mit vollen Lippen und diesen schwarzen Augen. Eine ausgesprochen hübsche Vertreterin der typischen Brasiliano-Bevölkerung im Süden von Penta V, dachte Mechin, es ist allerdings von der Schönheit kaum was übrig.

»Wie geht es also weiter?«, fragte sie und wandte sich dem Arzt zu. Der riss seine Blicke von ihren wippenden Brustwarzen los, auf denen eine schwammige Flechte lag wie Schimmel.

»Ich bringe morgen Medikamente vorbei. Zwar ist diese Salbe nicht das Ideale – enthält wieder Feuchtigkeit –, aber sie ist im Augenblick das Einzige, was ich habe. Und wenn mein kleines Labor fertig ist, versuche ich, einen bestimmten Stoff herzustellen. Für Injektionen.«

»Das war nicht, wonach ich gefragt habe«, sagte sie. Mechin nickte. Er konnte ihr unmöglich sagen, wie sich ihre Krankheit weiter entwickeln würde. Er konnte es nur ahnen. Niemand hatte je von Erregern und Flechten gehört, die hohe Luftfeuchtigkeit, gedämpftes Licht und Vitaminmangel zugleich benötigten und die das ausgeklügelte menschliche Hautsystem mit derartiger Präzision zerstörten. Mechin wusste nicht einmal, ob er es mit irdischen Erregern und Pilzen zu tun hatte. Möglicherweise waren es außerirdische, von irgendeiner fremden Welt eingeschleppte Mikroben, oder es waren Mikroorganismen schuld, die es nur auf diesem Planeten gab. »Ich wollte wissen, wie es weitergeht – mit mir«, sagte Anna, als bestünde die Aussicht, Mechin hätte nicht verstanden, was sie meinte.

Was sollte er sagen? Ihr von Immunsystemen erzählen, die eventuell – nur mit einer ganz geringen Wahrscheinlichkeit – das

Schlimmste verhüten würden? Oder sollte er ihr brutal die möglichen Folgen ihrer unbekannten Krankheit aufzählen? Schwere Schädigung der gesamten Hautfläche durch wuchernde Pilzkolonien, Kreislaufbeschwerden durch eine Vielzahl von Entzündungen und Infektionen, schließlich irgendwann das Versagen des überlasteten Herzens ... Totalausfall des lymphatischen Systems oder eine letale Leberschädigung durch die Stoffwechselprodukte dieser Erreger und Flechten und Pilze. Unter Umständen brächten irgendwelche Gifte die Blutwerte der Frau so durcheinander, dass Blutgerinnsel eine wichtige Arterie verstopften und sie an einem Schlaganfall stürbe. Das Übel könnte die Darmschleimhäute befallen und zersetzen, und die Patientin würde verhungern. Anna durfte nichts essen von den nahrhaften, wenn auch stockhässlichen Früchten, die man von den Gestrolchen Vilms erntete. Konserven aus den Ruinen des Weltenkreuzers waren ihre einzige Nahrung. Sie musste einem allergischen Schock aus dem Wege gehen. Ich kann ihr doch nicht sagen, dachte Mechin, dass es ihren Körper zerfressen wird, wie Säure, bei Leben und bei Bewusstsein; das geht doch nicht. Tut mir leid, Herr Calandra, überlegen Sie sich mal, was Sie mit der Leiche Ihrer Frau machen wollen. Tut mir leid, ich besuche nur die Patienten, denen ich wirklich helfen kann. Tut mir leid, Frau Calandra, ich kann Ihnen nicht helfen, das kann niemand, sehen Sie es doch ein. Auf Wiedersehen. – Das wäre so, als ob ich den Leuten vom epsilonischen Institut lächelnd mitteile, dass Menschenhirne bis ans Ende der Zeit über das verflixte Raumschiff grübeln werden, ohne etwas über das Ding herauszubringen. Das kann ich nicht tun. Ich könnte die Frau auch gleich eine Klippe hinabstoßen. »Im Moment«, sagte er, um Ruhe bemüht, »kann ich nichts weiter für dich tun. Wenn wir ein neues Medlabor haben, kriegen wir das alles weg.«

Damit ging er, packte wortlos seine magere Ausrüstung zusammen und verließ die Unterkunft, als habe er Angst vor seiner

Patientin. Sie wussten beide, dass die Aussichten auf die Beschaffung eines solchen elektronischen Arztes gering waren. Früher hatte es ein Medlabor gegeben. Das war aus den Überresten mehrerer Maschinen zusammengestoppelt gewesen und hatte seinen Dienst längst eingestellt. Seine Ruine wurde in Ehren gehalten; vielleicht konnte irgendwer das Ding irgendwann reparieren. Die Chancen waren gering. Gleich null, um genau zu sein.

Anna schlüpfte in den Overall und schlang das Kopftuch um, damit man nicht sah, wie sich vom Nacken aus eine schuppige Flechte in die schwarzen Haare fraß. Vorm Spiegel drapierte sie das Tuch, ließ das rotfleckige Gesicht in den Schatten tauchen. Sie wollte einen halbwegs erträglichen Anblick bieten. Was soll's, dachte sie, Francesco sieht mich sowieso kaum an. Und Adrian – der traut sich nicht. Bald war es so weit, dass sie selbst sich nicht mehr im Spiegel betrachten mochte.

Die beiden Männer saßen, wie meist, in dem langgestreckten Raum unter der schräg in den Boden gerammten Panzerplatte. Man hatte das riesige Trümmerstück gelassen, wie es war. Eine Masse von mehreren hundert Tonnen konnte keiner von der Stelle bewegen. Man hatte es in einen »natürlichen« Schlupfwinkel umgebaut. Anna und ihr Mann Francesco wohnten hier, und da Platz war, wurde ihnen Adrian Harenbergh zugewiesen, als Gast. Noch war es nicht möglich, jedem Überlebenden eine eigene Unterkunft zu überlassen. Vom Arzt abgesehen, der hatte oben in einer Kabine des vielfach geborstenen Schiffsrumpfes eine winzige Wohnung für sich allein. Der einzige Arzt musste gehegt und gepflegt werden, er war zu wertvoll.

Die beiden Männer sahen Anna nicht an. Francesco Calandra, milchkaffeefarbig, schwarzäugig und schwarzhaarig wie seine Frau, bastelte wie immer an seiner Anlage herum. Francesco war Mechaniker und Pilot gewesen, für die verschiedensten Arten planetengebundener Fahrzeuge. Vom Geländewagen bis zum Landegleiter hatte er solche Geräte gesteuert und repariert, das war seine Welt. Das hatte er gelernt daheim auf Penta V, und als er mit seiner jungen Frau ins Ungewisse einer Siedlerwelt aufbrach, war sein Kopf angefüllt mit allem denkbaren Wissen, das man auf einem menschenleeren Planeten dringend brauchte. Seine Hände brauchten Fahrzeuge zum Zusammenbauen, Verändern und Herumschrauben. Doch bisher war den Schiffbrüchigen nichts untergekommen, das die Finger Francesco Calandras hätte beschäftigen können. Nun baute er sich seine Welt, da er nichts Besseres zu tun hatte. Aus der Trümmerwüste des abgestürzten Weltenkreuzers zusammengetragene Stücke waren es, die er zusammenbaute, umbaute, zusammenschaltete, vernetzte, reparierte. Er selbst sagte, das hätte seinen Sinn. Wenn morgen ein Basis-Chassis auftaucht, sagte er wieder und wieder, dann kann ich in zwei oder drei Tagen ein komplettes Fahrzeug daraus machen. Was ihr immer wollt, ich baue es euch – Hubschrauber, Gleiter, Auto, Stelzkabine, Geländekugler, und so weiter. Und dabei, dachte Anna belustigt, spielte er doch nur. Genauso, wie seit Generationen die seltsamen Männer dieser seltsamen Spezies Homo sapiens ihr aktuelles Lieblingsspielzeug immer zu einer angeblich ernsthaften Beschäftigung hochstilisierten, um wirklich Spaß daran haben zu können. Annas Beruf war auf Vilm noch sinnloser als Francescos – wo es keine Fahrzeugparks gab, konnte sie nichts koordinieren, nichts organisieren und gar nichts abrechnen. Und vor allem spielte Geld überhaupt keine Rolle. Das hätte Anna Calandra genauso stören müssen, wie Francesco das Fehlen seiner Wagen störte. Schließlich war sie unglaublich gut darin, einen Fuhrpark so in Betrieb zu halten, dass er Monat für Monat Gewinn abwarf wie ein kleines Perpetuum mobile. Aber es war ihr egal. Es war schließlich nur ein Job.

Adrian war nicht so oft da wie Francesco. Er war groß, hager, blass und hatte fusselige blonde Haare. Er stammte nicht von Penta V, sondern hatte den größten Teil seines Lebens auf Atibon Legba verbracht, und er sprach wenig von sich. Gerade, dass er verraten hatte, er sei auf gewisse, für Laien schwer zugängliche Gebiete im Elektronikbereich spezialisiert und bereits ein ganzes Stück jenseits der fünfzig. Anna wusste nicht einmal, wo und woran er gearbeitet hatte, als der Schrotthaufen da draußen noch ein Weltenkreuzer gewesen war. Und was Herr Harenbergh mit den anderen täglich trieb, wurde auch nicht hinausposaunt. Adrian hockte auf einer Plane und bastelte, nichts Elektronisches.

»Was hat der Arzt gesagt?«, erkundigte sich Francesco. Er sah seine Frau nicht an. Das hatte er sich abgewöhnt. Wahrscheinlich erinnerte er sich daran, wie sie ausgesehen hatte, als die Welt noch nicht zerbrochen war.

»Ich soll mich in ein Solarium legen«, sagte sie und sah, wie die beiden Männer zusammenzuckten, »und ich soll mich braunbrennen lassen, das holt all die kleinen Viecher und Schimmelpilze von der Haut und macht mich wieder hübsch und gesund.« Sie verstummte; in ihrer Stimme war Panik gewesen. Sie hatte für den Bruchteil einer Sekunde die Vision gehabt, wie sie sich in den Strahlen einer künstlichen Sonne aalte und in fühlbar die Haut verbrennendem Licht badete, wie Pilze und Flechten in der Glut verdampften und Pusteln spurlos verschrumpften. Die Wirklichkeit war anders, war brutal. Mir wird das Fleisch in Fetzen vom Körper hängen, dachte sie, und ich werde eingehen wie ein Fisch auf dem Trockenen; nein, umgekehrt, es ist die Nässe, die mich umbringt – als ob das ein wesentlicher Unterschied wäre. Für alles Geld, das wir im Gebirge finden, können wir kein Solarium kaufen. Und wir werden auch keines finden, da hinten in den Trümmern. Eher entdecken wir Tonnen über Tonnen gerösteter Kaffeebohnen, von Serafim natürlich.

Francesco und Adrian sahen einander stumm an. Ein paar Augenblicke lang hörten sie nur das Prasseln des Regens. In der Rinne, die das Wasser von der Schräge des »Dachs« ableitete, gurgelte es leise. »Man müsste ein Solarium suchen«, meinte Adrian. Er war oft mit den Suchtrupps im Gebirge. Allerdings gab es Wichtigeres als Solarien. Das sagte ihm Francesco.

»Und«, setzte er hinzu, »ich glaube nicht, dass etwas so Empfindliches den Absturz überstanden haben kann.«

»Wir haben es doch auch überstanden«, wagte Adrian zu sagen, und genau dies war der Punkt, an dem etwas zerbrach, was schon lange unter Spannung gestanden hatte. Francesco sprang auf und stieß dabei irgendeine Platine herunter, die scheppernd auf dem Boden aufschlug und in Stücke sprang.

»Rede doch nicht so einen haarsträubenden Unfug, Harenbergh!«, schrie er. »Wozu sagst du so etwas, machst ihr Hoffnungen, wo keine sind, leere Worte, Gewäsch, wie von dir nicht anders zu erwarten – nistest dich hier ein, tust nichts Sinnvolles, lungerst herum, und dann ...« Ohne weiterzusprechen, beugte er sich nieder und fing an, die Teile der zerbrochenen Platine aufzusammeln.

Adrian sah Anna Calandra an. Es war ihr unangenehm, wenn jemand sie anschaute. Soll ich darauf antworten, schien er zu fragen, und sie schüttelte kaum merklich den Kopf. Adrian hob die Schultern und bastelte weiter, als wäre nichts vorgefallen. Anna wusste, was er mit seinen langen, geschickten Fingern tat, und manchmal fand sie es sinnvoller als Francescos Arsenal von elektronischen Steuergeräten, die nichts steuerten als die Fahrzeuge in Francescos Phantasie. Adrian bastelte buntes mechanisches und gelegentlich elektronisches Spielzeug für die Kinder.

Kinder, dachte Anna, ich gehe nie hin zu ihnen. Sie würden sich zu Tode erschrecken. Die Einarmige Eliza mochte eine geduldige Lehrerin sein, doch wird sie den Kleinen kaum einreden können, dass es nichts Schlimmes sei, sich bei lebendigem Leib langsam aufzulösen. Diese Rangen sind klug, denen kann ich nicht viel vormachen. Und selbst werde ich wohl keine haben können. In meinem Zustand ... und woher auch. Der Herr Calandra achtet auf Abstand, es könnte ja ansteckend sein. Erstaunt stellte sie fest, dass sie sich einen Gedanken lang voller Hass gewünscht hatte, Francesco möge sich dieselbe Krankheit zuziehen. Nein, sie war bisher die Erste und Einzige. Aber die Kinder.

Als Anna, ohne dass jemand etwas gesagt hätte, zu weinen anfing, stand Adrian auf, streckte seine hochaufgeschossene Gestalt, dass seine Gelenke knackten, schlug seine Arbeit in ein nässetriefendes Tuch ein, verstaute das Bündel und ging hinaus in den kräftig herabschlagenden Regen. Er trug nie eine Kopfbedeckung, und so bot er ein Bild des Jammers mit seinen fast weißen Haaren, die der Regen eng an den länglichen Schädel klebte. Niemand lachte über seine verrückte Idee. Harenbergh hatte eine außerordentliche Ausdauer, wenn er sich etwas in den Kopf gesetzt hatte.

Wie er an den großen Container gekommen war, erfuhren Anna und Francesco nie. Er musste das Ding bei einer Expedition ins Gebirge gefunden, vermutlich sogar danach gesucht haben. Ein fast mannshohes Ding, schmal und nicht sehr schwer. Was drin war, konnten sie sich zwar denken, aber Francesco fragte nicht. Anna fragte nicht, sie wagte es nicht. Francesco gab Adrian die Schuld am Zerbrechen der Platine, die angeblich besonders wertvoll gewesen war, und sprach nicht mehr mit ihm. Anna wusste, dass es lächerlich war. Kindisch. Verzogene Gören, die einander wegen eines kaputten Spielzeugs böse sind.

Aus dem Spiegel sah ihr ein täglich übler verwüstetes Gesicht entgegen. Francesco war der einzige Mensch, der diesen Anblick ertragen konnte, ohne eine Reaktion zu zeigen. Er hatte gesehen und miterlebt, wie aus einem ansehnlichen Gesicht eine grauenerregende Maske wurde, Tag für Tag, Stück für Stück, Quadratzentimeter für Quadratzentimeter. Wenn Mechin sie im Abstand von einigen Tagen besuchte, konnte Anna jedesmal von seinem Gesicht das Entsetzen ablesen, konnte zusehen, wie sich der Arzt mühsam unter Kontrolle halten musste. Es geht schließlich nicht, dass der Onkel Doktor erschüttert etwas ausruft wie »Du siehst heute besonders beschissen aus!« Ein Arzt hatte Optimismus auszustrahlen, seine Patienten aufzurichten. Auch so ein bescheuertes Männerspiel. Mechin fiel es schwer, und Anna spürte das; es fiel ihm bei jedem Besuch schwerer. Ihr wiederum fiel es zunehmend schwerer, dem Arzt vorzuspielen, ihre inneren Organe wären kaum in Mitleidenschaft gezogen. Mechin bekam nie besorgniserregende Messwerte, und Anna wusste, dass die Instrumente nicht in der Lage waren, den Grund dafür zu finden, dass sie das Gefühl hatte, etwas wolle sie entzweireißen. Manchmal lag sie minutenlang vor Schmerzen zusammengerollt da, und eine eiskalte finstere Klinge schnitt ihr Inneres in kleine pulsierende Häppchen. Kurz darauf ging es ihr wieder gut, sie wischte sich vorsichtig den Schweiß von der spröden Stirn und behielt keinen weiteren Schaden zurück als die Angst vor der nächsten Attacke. Natürlich waren das dieselben Biester, die ihr Gesicht und ihre Haut zerfraßen und ihre unsichtbaren Triebe ins Innere ihres Körpers senkten. Dieselben Biester, die man mit einer Stunde irdischer Sonne wegsengen konnte.

Adrian erzählte, ohne dass ihn jemand gefragt hätte, was in der bewussten Kiste steckte. Der Registriernummer nach, sagte er, müssten die Teile für ein Solarium drin sein, er wisse nur nicht, welche. Bei den Expeditionen ins Gebirge hätten sie ein Gebiet erschlossen, wo einer der großen Lagerräume der VILM VAN DER OOSTERBRIJK gewesen sein musste: ein Areal so groß wie ein Dutzend Fußballfelder, das mit Kisten, Kartons, Containern, eingepackten Teilen und seltsam geformten Behältnissen in den verschiedensten Stadien der Zerstörung übersät war.

»Ein Medlabor ist wohl nicht dabei?«, fragte Anna.

»Wahrscheinlich nicht«, antwortete Adrian, und sein Lächeln erlosch. »Ich glaube, Medlabors werden nicht zerlegt für den Transport, der Zusammenbau wäre zu kompliziert. Wir finden immerhin eine Menge andere nützliche Dinge.« Nützliche Dinge waren es nicht, die Anna wollte. Sie wandte sich enttäuscht ab.

Die Stille wurde von Francesco unterbrochen, der wochenlang kein Wort mit Adrian Harenbergh gewechselt hatte. Francesco sah nicht von seiner Arbeit auf, als er sprach. »Selbst wenn ein Solarium gefunden wird, das nicht heillos kaputt ist – woher wollt ihr den Strom nehmen? Woher, frage ich mich? Die Leuchtstäbe fressen geradezu Energie. Das weiß sogar ich.« Er stand auf und machte ein paar Schritte auf Adrian zu, der überrascht zurückwich. Francesco hatte Werkzeug in der Hand. Es sah aus, als habe er sich bewaffnet und wolle angreifen. Zwar war er kleiner als Adrian Harenbergh, Francesco war jedoch in den Schultern ein gutes Stück breiter, kräftig und muskulös, vor allem im Vergleich mit dem knochigen Adrian. »Findest du es nicht verantwortungslos, was du machst, Harenbergh?« Francesco konnte seine Wut kaum beherrschen.

Adrian, der fast draußen im Regen stand, so weit war er zurückgewichen, schüttelte bedächtig den Kopf. »Ich kann nicht einfach zusehen – so wie du«, sagte er, »und im Übrigen werde ich bald ausziehen. Das wird dich beruhigen, denke ich. Wir bauen neue Unterkünfte, bessere. Da werde ich auch einen Platz bekommen.« Er überlegte und nickte dann Anna zu. »Du sicherlich auch, wenn du willst.«

Francesco machte einen weiteren Schritt auf Adrian zu, ihm fehlten sichtlich die Worte. Adrian hielt plötzlich eines seiner mechanischen Spielzeuge in der Hand: ein kleiner bunter Frosch, rosa und blau und gelb und lila, der auf seiner Handfläche herumhüpfte.

»Der ist für Anna«, sagte er, beugte sich aus seiner Höhe herab und setze das kleine tickende Ding auf den feuchten Boden. Es bewegte sich ihr in kleinen Hopsern entgegen, als hätte es Adrians Worte wohl verstanden. Die Feder war abgelaufen, ehe es Anna erreicht hatte, und es blieb stehen, als wäre es versehentlich eingeschlafen.

Natürlich dauerte es noch einige Tage, ehe Harenbergh umziehen konnte, und die Atmosphäre blieb gespannt. Auch als er einen kleinen Kondensatriden anschleppte, den er aus dem Gebirge mitgebracht hatte. Die Anzeigen an dem Ding zeigten volle

Ladung an. Man konnte das Gerät nur ein einziges Mal benutzen, weil zum Aufladen die nötige Technik fehlte; es war auch so klar, was Adrian damit vorhatte. Triumphierend und wortlos schleppte er eine vergleichsweise riesenhafte Kiste herbei, die mit Sicherheitsverschlüssen und einer Menge von Warnhinweisen versehen war. Gewarnt wurde vor allem davor, das Ding heftigen Stößen und/oder Temperaturschwankungen auszusetzen. Dass diese Kiste genau wie alles andere vom Himmel gefallen war, störte den stolzen Finder nicht.

Francesco lachte lauthals, als Adrian nach stundenlanger mühseliger Arbeit endlich die Kiste aufbekommen hatte. Es war wirklich eine Seitenwand für ein Dreihundertsechzig-Grad-Solarium. Ein perfektes, in weichen Linien designtes Stück Weltenkreuzer-Technologie, aus zartgrünem Material, das mit seiner matten Oberfläche geradezu kuschelig aussah. Das Ding weckte in allen, die es sahen, gewisse Erinnerungen an eine Welt, die es nicht mehr gab, eine Welt voller geschmackloser Pastellfarben und gepolsterter Kanten. Das Solarium-Element war nostalgisch. Die Leuchtstäbe, die das irdische Sonnenlicht in Perfektion nachahmen konnten, waren sämtlich geborsten und rieselten als splittriges buntes Pulver aus dem Behälter.

»Ich hab es doch gesagt«, meinte Francesco und sah Annas verhüllte Gestalt an; die sah wortlos zu oder tat es auch nicht, das konnte keiner sagen. Sie war dazu übergegangen, ihr Gesicht in dichtem Schatten zu belassen. Wenn sie draußen zu tun hatte, zog sie eine Art Schleier herab. Außer Mechin wusste niemand mehr, wie sie aussah. Nicht einmal Francesco, der sich große Mühe gab, sie nicht anzublicken, wenn sie in ihrem Zimmer waren. Dafür schaute er jeden Tag das Bild an, das ungerahmt an der Wand hing. Eine 3-D-Aufnahme von Herrn und Frau Calandra aus glücklichen Tagen auf Penta V, zwei lachende Menschen, mit nichts als Sonnenbrillen und knallgelben Shorts bekleidet, und im Hintergrund Palmen und der mit hunderten Badelustigen bedeckte Strand von Bahia de Janeiro. An den Rändern fraß die Feuchtigkeit Vilms am Material und löste das räumliche Bild in ein irritierendes fraktales Geflimmer auf. Diesem Bild schenkte Francesco seine ganze Aufmerksamkeit. Er wollte nicht sehen müssen, was aus seiner Frau mittlerweile geworden war.

»Bislang haben wir nicht alle Container mit dieser Nummer geöffnet«, erwiderte Adrian. »Wir könnten, wenn wir Glück haben, genügend Leuchtstäbe finden, um wenigstens eine Wand zu bestücken.«

»Und selbst wenn das klappt, habt ihr immer noch kein Solarium, das kann ich euch ausrechnen!«

Adrian zuckte die Schultern. Er wies auf Anna. »Es ist doch für sie – verstehst du das nicht?«

»Es ist unmöglich – verstehst du das nicht?«, entgegnete ihm Francesco, Adrians Stimme und Sprechweise nachahmend.

Ein Laut kam von Anna, der beide verstummen ließ. Es war wie ein leises Aufweinen, es klang, als käme es nicht von einem Menschen. So wie Katzen schreien können wie ein jämmerlich schreiendes Baby, so hatte da etwas Fremdes geklungen, das sich als Mensch verkleiden wollte. Der Gedanke kam beiden Männern gleichzeitig, denn sie starrten einander entsetzt an, endlich einmal und überraschend einer Meinung. Sie taten das immer noch, als Anna längst ins Zimmer geflohen war. Schämte sie sich für dieses unmenschliche Geräusch? Wollte sie den beiden Männern den Anblick ersparen, wie sie auf dem Boden lag und sich in Krämpfen wand? Sollte niemand die animalischen Töne hören, die sie von sich gab, wenn die feindlichen Geister in ihren inneren Organen Teuflisches trieben? Vielleicht wollte sie sich vor der zusätzlichen Pein schützen, jemand anderen von ihren ununterbrochen anhaltenden Schmerzen wissen zu lassen.

Zwei Tage danach – Mechin war bei Anna gewesen und verstört wieder aus dem Zimmer herausgekommen – präsentierte Adrian stolz sechs intakte Leuchtstäbe. Francesco betrachtete sie ungläubig. Einen Moment lang schien die seltsame Rivalität zwischen den beiden Männern vergessen. Dann lachte Francesco. »Komm mal her, Harenbergh ...« Beide beugten sich über Francescos kleinen Rechner. Es war der einzige Rechnertyp, den er bei der angespannten Energiesituation der Schiffbrüchigen benutzen konnte. Anna betrachtete den seltsamen Anblick, die beiden so gegensätzlichen Männer eng beieinander auf die Anzeige des Rechners starrend.

»Ich hab mal durchgerechnet«, sagte Francesco, »was im Steuerteil des Solariums vor sich geht, bei dieser Luftfeuchtigkeit. Hätte ich gar nicht machen müssen, sieh mal hier ... und hier.«

Adrian war kein technischer Analphabet, er verstand sofort, was Francesco da berechnet und anhand eines Modells simuliert hatte. Er schüttelte den Kopf. »Da müssen wir uns eben etwas ausdenken. An diesen Stellen müssen wir das Überschlagen von Funken verhindern.«

»Wir?«

»Meinst du, ich bin der Einzige, der sich um Anna Sorgen macht?«

»Ach. Ach so. Ich mach mir also keine Sorgen, ja? Ich bin ein Vieh, willst du sagen, oder? Ich bin also ... du ...« Francesco, jäh wieder in der alten Bahn von Zorn und Vorwürfen gelandet, schnappte nach Luft. Adrian ging in den Regen, ohne ein Wort zu sagen und ohne die Kapuze überzustülpen. Er schützte allerdings sorgsam die kostbaren Leuchtstäbe vor der Feuchtigkeit.

Das war der letzte Wortwechsel zwischen den beiden Männern. Adrian verließ die Calandras und zog am selben Tage in die neue Unterkunft. Ein Kabinentrakt, den es weit aus der Konstruktion des Schiffssegments herausgerissen hatte, war mit Hilfe von Flaschenzügen herumgedreht worden. Zwar gab es kein Licht darin und keine Heizung, es gab allerdings ein Dach überm Kopf und eine verschließbare kleine Höhle, in die man sich zurückziehen konnte, wenn man allein sein wollte. Mechin hatte energisch auf einer solchen Möglichkeit für jeden bestanden. Er hatte so lange geredet, bis er allen hoffnungslos auf die Nerven ging und das Volk nachgab. Er hatte natürlich recht; sie konnten keine Neurosen gebrauchen, sie hatten ohnehin alle Hände voll zu tun. Unter den Kindern traten neuerdings vereinzelt Fälle einer Krankheit auf, die ihm Kopfzerbrechen bereitete.

Ob er mit Adrian gesprochen hatte, wusste Anna nicht; sie konnte es sich denken. Mechin hatte ihr gesagt, an welchem Tag Adrian das Solarium in Gang setzen würde, besser gesagt, diesen Bruchteil eines Solariums. Es war ja nur eine einzelne Seitenwand mit inzwischen elf Stäben. Francesco hatte ihr seine Berechnungen lang und breit auseinandergesetzt. Es lief darauf hinaus, dass infolge der übermäßig hohen Luftfeuchtigkeit irgendetwas in dem Solarium nicht funktionieren würde. Es würde einen Blitz geben und einen Knall und den Gestank verbrannter Elektronik, weiter nichts, hatte Francesco gesagt und dazu den Kopf geschüttelt.

»Tu nicht so, als wärest du ein weiser Uhu«, hatte sie gesagt, und er hatte betreten zu Boden geblickt. Sie konnte sich nicht darüber klarwerden, ob ihn die Zurechtweisung beeindruckt hatte oder ob er nur sein Erschrecken über ihre veränderte Stimme hatte verbergen wollen. Die Krankheit hatte inzwischen die Stimmbänder angegriffen. Ihre Worte klangen kratzig und breiig zugleich, wie die primitiven künstlichen Organe mancher Computer, denen anzuhören war, dass ihre Stimmwerkzeuge aus Metall und Elektronik bestanden, eben künstlich. Anna hatte nur noch gelegentlich starke Schmerzen, bei plötzlichen Bewegungen oder wenn sie unachtsam war und versuchte, zu lächeln oder die Stirn zu runzeln. Wahrscheinlich hatte sich ihr Inneres an einen Zustand langsamer Zersetzung gewöhnt. Annas Magen war seit Wochen wie ein Stein hart und kalt, und in ihren Lungen rasselte es leise. Ihre Haut fühlte sich an, als sei sie ein nachträglich auf den Körper gepapptes Organ, eine dick, hässlich und unhandlich geratene Folie. Anna verwandelte sich in ein außerirdisches Scheusal. Nennt mich Gollum, dachte sie.

Der Tag der »großen Vorführung«, wie Francesco es spöttisch genannt hatte, war im Vergleich zu den üblichen vilmschen Verhältnissen hell und freundlich. Die ewigen Wolken schienen weit entfernt und leuchteten in hellem Grau. Der Regen war keiner; eher ein feines Rieseln von Wasserstaub in der Luft. Die Kinder hätten einen eigenen Namen dafür gewusst. Die Kinder hatten unendlich mannigfaltige Namen für den Regen, und manche schworen, gelegentlich die Augen der Regendrachen in einem Gestrolch gespürt zu haben. Adrian und ein paar andere Typen werkelten an dem Apparat herum. Sie änderten die Schaltung, damit das, was Francesco Calandra errechnet hatte, nicht passieren konnte. Francesco knurrte vor sich hin, dass das ganze Gefummel sowieso völlig sinnlos sei.

Anna, vollkommen verhüllt, stand unbeweglich und betrachtete die zusammengestückelte Apparatur. In ihr war kaum Hoffnung darauf, dass das Ding funktionieren könnte. Und wenn sie ehrlich war, glaubte sie nicht mehr daran, dass ihre Krankheit heilbar wäre. Mechin hatte seit einiger Zeit das Herunterbeten beruhigender Sprüche aufgegeben. Sie hatte auch nicht gefragt – kein einziges Wort –, wie es mit ihr weitergehen würde. Sie brachte nur noch wenige Speisen hinunter, und selbst die lagen wie stählerne Bolzen in dem herum, was sie in Ermangelung besserer Namen und nur aus alter Gewohnheit ihren Magen nannte.

Adrians blonde, regennasse Haare ragten über die Köpfe der anderen Leute. Ein Gewimmel um das Gerät, als hinge das Überleben des Planeten davon ab – man koppelte es mit dem Kondensatriden und mit einem kleinen Schaltpult, das extra anmontiert worden war, man setzte sehr vorsichtig die Stäbe ein. Dutzende Leitungen führten in den Apparat hinein und wieder hinaus. Adrian rief Anna. Sie rührte sich nicht. Wenn sie zu dem Apparat ging, stieß sie Francesco vor den Kopf; er war sowieso vor Ärger ganz blass. Ging sie nicht, kränkte sie Adrian und die anderen. Und sie vergab eine Chance. Eine Chance, von der sie nicht wusste, ob es sie gab. Eine Chance, die zu ergreifen sie von den dumpf pochenden Schmerzen in ihrem Leib gedrängt wurde.

Sie sah sich um, ihr Blick getrübt vom Gewebe des Schleiers. Da saß Francesco, hatte den Sessel, den mit dem Riss in der Rückenlehne, in dem er sonst immer an seinen Anlagen bastelte, wie zu einer Galavorstellung herumgedreht. Er hatte die Arme auf der Brust verschränkt und starrte Adrian grimmig an. Da war diese Unterkunft, eigentlich eine Höhle für zwei, eingehüllt vom Regen und abseits von den anderen. Da war Adrian, der sie erwartungsvoll anblickte, für den es selbstverständlich schien, dass sie seinen Apparat ausprobieren würde. Und da war das Gerät selbst, das lächerlich und wichtig zugleich aussah, provisorisch zusammengestückelt und überhaupt nicht funktionsfähig. Ganz bestimmt war es unzuverlässig. Und doch erinnerte es sie an die glatte und reibungslose Perfektion der Weltenkreuzer-Technik, die so alltäglich gewesen war und sich als so trügerisch erwiesen hatte. Anna entschloss sich, ohne dass sie später hätte sagen können, warum. Sie legte das Tuch ab und den Umhang samt Schleier, zog sich ohne Scham aus. Für diese Leute dort war sie nicht nackt, nur für sich selbst, und ihr war es egal. Für die anderen war sie in das schaurige Gewebe ihrer Krankheit gehüllt, und diese Kleidung machte etwas aus ihr, das kaum mehr menschlich aussah. Während sie auf das Solarium zuging, drehte sich einer der Männer, die Adrian beim Aufbau des Solariums geholfen hatten, um und lief fort, den nächsten Hügel hinauf. Dort würgte er seinen Mageninhalt heraus. Der Anblick von Anna war nichts für schwache Nerven. Die an vilmsche Zustände gewöhnten Kinder rührten keine Miene; nur der dreizehnjährige Sdevan bewegte die Hand, als wolle er der zerschundenen Frau zuwinken.

Annas Gesicht war zerfallen. Es war abgemagert und rissig, wie Borke, über einem Auge leuchtete eine blutgefüllte Schwellung, und an den Lippen hing Haut in feuchten Fetzen herab. Die Falten um die Augen waren so tief eingegraben, als wollten sie den blanken Knochen zeigen, und auf dem Grund einiger Risse in Annas Stirn schimmerten tatsächlich gelb die Knochen ihres Schädels durch. Anstelle der Haare, die längst ausgefallen waren, bedeckte ein schwammiger Grind ihren Hinterkopf. Annas linker Arm zeigte wächserne, durchscheinende Blässe, unter der sich blau und rosa Adern schlängelten. Filziges Pilzgeflecht in merkwürdigen Farben bedeckte ihre Brust, und an Bauch und Beinen breiteten sich giftig schimmernde Flecken aus, durch die sich schemenhaft innere Organe abzeichneten. Adrian starrte Anna fassungslos an, als wäre ein Alptraum wahr geworden und bedrohe ihn, ein in faules Fleisch umgewandelter Nachtmahr.

»Worauf wartet ihr?«, sagte Anna Calandra, ihre Stimme wirkte gequetscht und unwirklich. Ich bin sowieso längst ein Alien, dachte sie. In ihren Innereien hörte das unablässige Rumpeln, das sie seit Wochen quälte, plötzlich auf. Die Anspannung besiegte sogar die unruhigen Geister in ihren Gedärmen.

Adrian schüttelte die Erstarrung ab und drehte sich zum Schaltpult um. Kurz blickte er zu Francesco hinüber, der aus seinem Sessel aufgestanden war und mit großen Augen zusah. Dann schaltete Adrian das Solarium ein. Zuerst ein dünnes Summen, ehe mit hartem Knackgeräusch die elf Leuchtstäbe ansprangen, die das Solarium enthielt. Es war, als sei die Sonne selbst mitten im Nieselregen aufgegangen. Ein grelles Licht, das in die Erinnerung gehörte und nicht einmal dort so hell war; dieses Licht war Teil einer vergessen geglaubten Welt, aus der es sich hierher verirrt hatte. Die in der Luft schwebenden Wassertröpfchen des Geniesels brachen das Licht, sodass die Leuchtstäbe und Annas Gestalt von einer Aura strahlender Regenbögen umgeben wurde. Ein Schleier aus buntem Licht und blitzenden Farben hüllte die Frau ein, die sich vor dem Solarium langsam drehte, mit geschlossenen Augen, weil sie unfähig war, die plötzliche Helligkeit zu ertragen. Die Regendrachen öffneten ihre Augen und starrten ins Licht.

Später wunderten sich alle, dass das Ganze nur fünf Sekunden gedauert haben sollte. Annas Körper, hinter all dem Geflimmer und Leuchten plötzlich wieder schön, wie er sich vor dieser kleinen Sonne drehte, die wie ein Riss in der trübfeuchten Wirklichkeit Vilms wirkte. Für diese Zeit sah sie wieder aus wie jenes lachende fremde Wesen auf der zerbröselnden 3-D-Aufnahme. Dieser Aufgang der verlorenen irdischen Sonne in der Regenwüste Vilm; nur fünf Sekunden? Aber da war eine Uhr am Solarium, und die wies unbestechlich fünf Sekunden aus.

Ein jähes Aufflammen und ein peitschender Knall beendeten das Schauspiel. Irgendwo in der Schaltung des Gerätes hatte die wassergesättigte Luft doch einen Kurzschluss hergestellt, Adrians Vorsichtsmaßnahmen zum Trotz, und ehe Leuchtstäbe platzen konnten, zerstörte eine rasche Flamme die elektronischen Eingeweide. Eine Rauchwolke stieg auf, schwarz und fettig und beißend. Das pastellfarbige Material des sterbenden Solariums warf Blasen und verformte sich.

Anna war schnell zu ihren Sachen gegangen und hatte sich wieder darin eingewickelt. Adrian und Francesco sahen einander wortlos an. Francesco brachte es trotz des Größenunterschiedes fertig, den anderen wie von oben herab anzuschauen. Alle zwei verbuchten das Geschehen als Bestätigung: Beide hatten sie recht gehabt, wenigstens teilweise.

Als die Männer seit zwei geschlagenen Minuten stumm in die verschmorten Elektronikblöcke schauten und sich nicht den geringsten technischen Disput erlaubten, kam Anna, verhüllt wie immer, aus der Unterkunft. Sie trug einen kleinen Koffer, den sie vor Tagen gepackt haben musste. Ihre Stimme verriet, verunstaltet wie sie war, ihre Gefühle und den Aufruhr in ihren Innereien nicht. »Ich habe es mir überlegt, Francesco«, sagte sie.

Ihr Mann zuckte zusammen und sah seine Frau ungläubig an. Adrian ließ den Deckel des vernichteten Apparates fallen.

»Ich habe mich erkundigt«, sprach Anna weiter, »für mich ist auch noch Platz in den neuen Unterkünften.« Sie ging an

Francesco Calandra vorbei in Richtung des Lagers. Er sah ihr nach. Sie hielt sich aufrecht wie eine verstoßene Prinzessin. Sie wirkte stolz und unnahbar. Niemand konnte ahnen, dass ihre arrogante Haltung allein auf die Krämpfe zurückzuführen war, die ihr Inneres zerfleischten. Eine etwas weniger aufgerichtete Körperhaltung würde Anna in ein jammerndes Bündel verwandeln, würde sie schreien lassen und blutigen Schaum aus ihrem Mund treiben.

Adrian wusste nicht recht, was er tun sollte. Anna folgen oder irgendetwas zu Francesco sagen? Nein. Beides war vollkommen daneben. Er fing stattdessen an, den Apparat auseinanderzunehmen, als ob da etwas zu retten wäre. Natürlich waren alle Innereien des Geräts hoffnungslos verschmort. Adrian starrte in das geschwärzte Durcheinander und sah nichts.

Nachher, als alle Neugierigen gegangen waren, saß Francesco allein in dem überdachten Raum vor der Unterkunft. Es gab eine Menge Platz. Das 3-D-Bild zweier lachender Menschen mit Sonnenbrillen und gelben Shorts hing drinnen an der Wand. An den Rändern fraß die Feuchtigkeit Vilms am Material und löste das räumliche Bild in fraktales Geflimmer auf. Immer mehr Palmen und ein Badelustiger nach dem anderen und der ganze Strand von Bahia de Janeiro verschwanden langsam im Nichts. Francesco Calandra wohnte von heute ab allein hier. Er hatte irgendwo den kleinen bunten Frosch gefunden und zog ihn wieder und wieder auf. Das blecherne Ding hüpfte sinnlos umher und stieß dauernd gegen die Trümmer der universellen Steueranlage, Francescos Bastelei, die er mit einer wilden Handbewegung vom Tisch gefegt hatte.

13. Heimkehr der Regendrachen

»Ich bin mir nicht sicher, ob es Regendrachen tatsächlich gibt«, sagte Will, noch ehe sie am Rundgestrolch ankamen. Sdevan machte »pscht«, und Marja verdrehte die Augen; dass manche Leute nie den Mund halten konnten, wenn es darauf ankam. Will war manchmal so. Manchmal hatte er etwas von den Erwachsenen an sich, die immer so taten, als seien sie nur Gäste und würden irgendwann abgeholt. Womöglich war es nur die Einarmige Eliza, der Will etwas besser zuhörte, als gut war. »Ich bin ja still«, murmelte Will, und Tom kicherte. Tom war der jüngste unter ihnen. Dennoch war er genauso groß wie Will, wenn auch bei Weitem schlanker. Die vier Kinder trabten, während sie sich hin und wieder ein paar Worte zuwarfen, durch den in feinen Schleiern niederstiebenden Regen. Heute konnten sich Vilms Wolken nicht so recht entscheiden, ob sie richtigen Niederschlag auf die feuchte Welt fallen lassen wollten oder nur alles in einen dicken Nebel einhüllen, der jeden Gegenstand, den er berührte, genauso gut gründlich durchfeuchtete wie ein prasselnder Guss.

Will, Marja, Sdevan und Tom war das schnurzegal. Ihre Füße patschten flink durch den aufgeweichten Boden, und sie zogen wie Perlen an einer Schnur ihre Bahn um die Gestrolche, die wie düstere Jurten aus Buschwerk in der Gegend verteilt waren. Längst waren alle Kleidungsstücke der Kinder durchnässt. Carl Carlos würde einen Schreikrampf kriegen, wenn er sie so sähe, wusste Will, und die Frau, die er seit einiger Zeit nicht mehr seine Mutter nannte, würde sich abhetzen, irgendwelche Vorsorgemaßnahmen gegen gefährliche Krankheiten zu treffen, die sie mit so nebulösen Ausdrücken beschrieb wie »sich den Arsch abfrieren«, »du wirst dich erkälten«, »meine Güte, ihr werdet euch alle den Tod holen« oder »wenn es hier Grippe gäbe, wärt ihr allesamt längst unter der Erde«. Will konnte sich nicht erinnern, dass er jemals am eigenen Leib kennengelernt hatte, was die von seiner, nun ja, Mutter so gefürchteten Husten und Schnupfen waren. War es der Schutz der Regendrachen, der sie alle vor solchen Gebrechen bewahrte? Hatte sein großer Bruder Carl junior recht, wenn er hämisch behauptete, es sei allein Wills Speckschicht, die ihn zuverlässig vom nasskalten Wetter dieser Welt isoliere und vor Krankheit bewahre? Die Kinder wussten, dass diese Theorie Unsinn war. Auch Sdevan und Marja kannten das Geschnupfe und Gehuste nicht, und was Tom betraf, so war der in der glücklichen Lage, ebenso wie die vilmgeborenen Kinder niemals in seinem Leben überhaupt krank gewesen zu sein. Nicht mal die Pseudo-Diphtherie musste er durchmachen, zumindest hatte niemand etwas davon bemerkt. Dafür war der Bengel mit knapp acht Jahren kaum von Sdevan und Marja zu unterscheiden, und die waren dreizehn und hatten Will, der vierzehn war, längst eingeholt, was die Körpergröße betraf. Das lag an den Gestrolchfrüchten, die sie in Mengen futterten, meistens gleich von der Pflanze herunter, da konnte die Einarmige Eliza noch so wettern und vor Bauchschmerzen und Durchfall warnen.

Inzwischen kannten die Kinder die wohlschmeckenden Sorten recht gut. Sie kannten die zahlreichen verschiedenen Arten der auf Vilm heimischen Blattwürmer, die sich mit ihren zwei gierigen Mäulern in rasender Geschwindigkeit durch ein Gestrolch fressen konnten, bis sie als dicke Beutel an den kahlen Ästen hingen. Marja hatte eine Zeitlang Schreilen gezüchtet, weil die hässlichen Tiere sich mit Vorliebe über diese Kokons hermachten, ehe die jungen Blattwürmer schlüpfen konnten. Inzwischen züchtete sie die unauffälligeren und weniger Krach schlagenden Astwürger und hatte mit diesen kleinen, schlangenähnlichen Wesen die Blattwürmer in den Gestrolchen um das Lager deutlich dezimiert.

Tom setzte zu einem Zwischenspurt an, überholte die anderen, Schlamm verspritzend, und beschleunigte rasant den nächsten kleinen Hügel hinauf. Sdevan pfiff gellend, fast so laut wie eine Schreile, weil er wusste, was jetzt kam. Marja lachte, während sie weitertrabte. Tom stieß sich oben auf dem Hügel ab wie von einer Sprungschanze, drehte sich in der Luft, den Körper langgestreckt, und klatschte dann wie ein Brett in den Tümpel, den er vor Monaten entdeckt und zu seinem Lieblingsspielplatz gemacht hatte. Schmutziges Wasser spritzte auf und sprenkelte die Blätter und Äste der umliegenden Gestrolche. Marja hielt sich den Bauch vor Lachen und ließ sich, weil sie es nicht aushielt, kurzerhand auch in die Pfütze fallen. Sdevan und Will sahen sich mit gespielter Entrüstung die herrliche Schweinerei an.

»So sind sie, die Kinder«, sagte Sdevan im Tonfall der Einarmigen Eliza und imitierte die Bewegungen der großgewachsenen knochigen Frau. Will ergänzte das mit ein paar Phrasen über ewig durchgeweichte Bälger und Klamotten, die man überhaupt nicht mehr trocken bekommen könne, sowie diese unglaubliche neue Angewohnheit der Kids, einfach die Unterwäsche wegzulassen, die guten doppelt genähten Einteiler, die den zarten Kinderkörper von den Knien bis zum Hals schön warm halten würden, wenn der feingerippte Stoff bloß irgendwie vor diesem verflixten allgegenwärtigen Wasser bewahrt werden könnte. Und so weiter. »Ist sie nicht furchtbar, diese Brut?«, schrie Marja aus ihrem Wasserloch und schlug vor Erheiterung um sich.

Will fragte: »Und wo ist er nun, dieser ganz besondere Ort, den ihr mir zeigen wollt?«

»Gleich«, sagte Sdevan, und obwohl er das alles andere als laut gesagt hatte, hüpften die beiden anderen sofort aus der Lache heraus und setzten ohne Murren den Weg fort. Eines musste Will ihnen lassen – hierher war er tatsächlich nie gekommen, und seine früheren Streifzüge hatten ihn schon recht weit von allen menschlichen Ansiedlungen weggeführt. Die Durchlässe zwischen den Gestrolchen waren schmaler, und wenn er sich nicht täuschte, waren die ineinander verfilzten Pflanzen kräftiger, grüner und höher als sonst. Und die Gestrolche selbst hatten eine andere Form; sie waren aus anderen Arten zusammengesetzt als in der Nähe der Siedlung. Der Boden war weniger fest und hatte eine hellere Farbe. An einem besonders riesigen Exemplar hielt Tom an und erklärte stolz, das hier sei es, das wahrhaftige Nest der Regendrachen. Will guckte enttäuscht in die Runde. Das sollte alles sein? Deswegen der weite Weg? Nur das eine Dickicht miteinander verknoteter Gewächse, das so viel größer war als alle anderen?

»Man sieht es nicht, wenn man nicht darauf achtet«, sagte Sdevan und nickte Marja zu. Die ließ sich ohne Federlesen in den Schlamm fallen, machte sich lang und war plötzlich verschwunden. Tom nahm Anlauf, warf sich mit reichlich Schwung auf den modderigen Boden und glitt in das undurchdringlich aussehende Gestrüpp hinein, als wäre da eine sorgsam geschmierte Rutschbahn. So ähnlich war es denn auch wirklich, wie sich herausstellte, nachdem Sdevan triumphierend dem Älteren den Tunnel gezeigt hatte, der ins Innere der Gewächse führte. Er sah aus wie der Gang einer Schleimschnucke, nur erheblich größer. Schleimschnucken pflegten, wenn sie ihre Gänge in das Innere der Pflanzendickichte fraßen, eine schwindelerregende Abfolge von Windungen und Kurven zu produzieren. Was hingegen hierfür verantwortlich war, hatte einen schnurgeraden Tunnel geschaffen, dessen Wände aus Ästen und Wurzeln mit öligem Sekret bedeckt waren.

Will rutschte auf diesem Weg genauso leicht hinein wie Sdevan, der ihm folgte. Zwar sah der merkwürdige Pfad verdächtig eng aus, und Will machte sich kurz Gedanken, was passieren würde, wenn er steckenbliebe, doch passte seine eher kompakt gebaute Figur problemlos durch. Blattwerk und wunderlich verdrehte Äste huschten vorbei, und dann fand sich Will im Innern des Gestrolchs wieder. Zuerst glaubte er, auf der anderen Seite wieder herausgekommen zu sein, doch erfasste er schnell, dass ihn an diesem Ort das Gestrolch von allen Seiten umgab. Dieses Exemplar war nicht einfach wie alle anderen ein gigantischer Wattebausch aus wuchernder Biomasse, es war ein Ring aus Vegetation, der einen kreisrunden Innenhof umgab. Der Boden dieses freien Platzes war durch eine Art Netz aus dünnen, festen Wurzeln befestigt, das ein halbwegs normales Gehen ermöglichte. Falls das tatsächlich ein Nest der Regendrachen war, handelte es sich bei ihnen offenbar um eine Lebensform mit außerordentlich großen Ausmaßen. Das war es jedoch nicht, was Will den Mund aufsperren ließ.

Das Erstaunlichste hier waren die vier fremden Lebewesen, die nebeneinander aufgereiht dasaßen, als hätten sie seit Stunden auf Gäste gewartet. Will hatte diese Tiere bereits gesehen. Genauer gesagt, er hatte einmal auf eines geschossen, als er noch Waffen anfasste. Und er hatte getroffen. Die Erinnerung daran war unangenehm und plötzlich so frisch wie die an die Pfütze vor dem Eingang. Er hatte deutlich das Gefühl, jemand würde mit eiskalten Händen seine Hoden anfassen. Am liebsten wäre er weggelaufen; aber wie hätte das ausgesehen? Er spürte Bauchschmerzen. Sdevans Geschwätz schreckte ihn wieder auf. »Wie meinst du das – sie haben auf mich gewartet?«, sagte Will verständnislos.

»Das haben sie«, sagte Marja.

»Das sind keine dummen Springwölfe«, sagte Tom, »das sind gescheite Kerle.«

»Mir haben sie gesagt, dass sie auf dich warten würden«, sagte Sdevan. Die anderen Kinder sahen Sdevan fragend an; er schaute hilflos in ihre nassen Gesichter. Sdevan druckste herum. »Nun ja, sie haben es nicht direkt gesagt. Nicht mit Worten. Mir kam der Gedanke, dass es besser wäre zu warten. Dass es besser wäre, wenn du dabei bist. Und sofort wirkten sie viel glücklicher. Sie haben es nicht gesagt. Ich fand die Idee auch richtig gut. Nicht, dass ich etwa mit ihnen gesprochen hätte. Aber so gut wie.«

Will starrte die Tiere an, die sich nicht regten. Das waren dieselben Gesichter wie damals, ganz anders als die ausdruckslosen Fratzen der Springwölfe, und auch bei denen hier waren die hinteren Halbschädel nur noch in Ansätzen erkennbar. Nicht wie bei Springwölfen, die am hinteren Ende genauso dämlich in die Welt glotzten wie am vorderen. Der feuchte Dunst in der Luft war verschwunden, es begann leise zu nieseln, sehr hellgrau. Irgendetwas passierte.

»Komm schon«, sagte Sdevan, »wir müssen uns genauso hinsetzen wie die da«, und damit war nicht die Körperhaltung gemeint, obwohl es keinem Vilmkind etwas ausmachen würde, sich bäuchlings in den nassen Dreck zu legen. Gemeint war die Sitzordnung selbst: nebeneinander, in einem leichten Bogen angeordnet, so war es richtig. Tom und Marja rutschten eine Weile hin und her, ehe ihnen klar wurde, wo genau ihr Platz war. Da rutschten die vier Eingesichter vor und nahmen ihre Position ein, woraufhin sie die klugen Gesichter auf die Vorderpfoten legten und in Richtung der Kinder blickten. Und im selben Augenblick sah jedes der vier sich selbst aus den Augen des fremden Wesens. Verschwommen, unscharf, flackernd wie in einer dieser Maschinen, über die manche der Erwachsenen sich vor Begeisterung kaum einkriegen konnten. Das waren freilich keine Maschinen mit irgendwelchen Kunststückchen darin aus der untergegangenen Welt der Weltenkreuzer; das war Wirklichkeit. Das sanfte Nieseln ging in einen sachten Regen über, der alles mit einem Film aus schimmernden Tropfen überzog. Will fühlte, wie sich ein Knoten aus Angst in seinen Eingeweiden auflöste und verschwand. Sdevan und Will wurde in demselben Augenblick klar, dass das fremde Wesen gegenüber sich genauso durch die menschlichen Augen sah, wie sie selbst sich durch die fremden Augen sahen. Ohne die leiseste Bewegung des Kopfes sahen sie einander an – auf einem sonderbaren Umweg. Beide hatten sie völlig durchnässte Haare. Weil sie kurzgeschnitten waren, konnten sie nicht am Schädel festkleben. Ihre Haare waren wie Fell. Die Regentropfen rannen daran ab wie an dem Pelz der Eingesichter. Die Kinder konzentrierten sich wieder auf ihre Gegenüber. Es war, als ob die mit ihnen reden wollten, nur nicht wüssten, wie; es war ein Problem der Worte, nicht der Stimme. Die war deutlich und überwältigend. Tom erzählte später, er habe sich mit dem anderen über den Spaß unterhalten, den das Leben machte: durch den Matsch und die Nässe toben, sich in Pfützen schmeißen und so viel Vilm wie nur möglich direkt auf der Haut spüren. Nur gesprochen, gesprochen hätten sie eigentlich nichts. Bei Will und Sdevan war es ähnlich, nur dass es nicht um so etwas Einfaches ging. Die anderen versuchten, sich in ihre Köpfe hineinzutauschen, sich selbst und den anderen gleichzeitig zu sehen und sehen zu lassen. Das war verwirrend, und es machte einen Heidenspaß, vor allem in jenen Augenblicken, da es fast gelang. Da die Jungs nur total durchnässte Overalls trugen und sonst nichts, blieb es keinem verborgen, dass sie den größten Steifen ihres Lebens hatten, und das unterdrückte Schnaufen, das Marja hören ließ, legte entsprechende Schlüsse nahe. Irgendwann standen die Eingesichter auf und kamen im Schlenderschritt herüber, die schönen Augen fest auf ihr Gegenüber gerichtet. Dabei erlebten die vier Menschenkinder das im ersten Augenblick verwirrende Gefühl, auf sich selbst zuzugehen. Zugleich blieben sie sitzen und fühlten, mehr als dass sie es sahen, wie die fremden Lebewesen sich näherten. Die Eingesichter kamen dicht heran und schlossen ihre Augen, rückten heran, berührten mit ihren Köpfen die Stirn der Kinder, strichen mit den Schnauzen über ihre Wangen, Pfoten berührten vorsichtig Hände, und als es zwischen den Kindern und den außerirdischen Lebensformen fast überhaupt keinen Abstand mehr gab, geschahen zwei Dinge auf einmal. Zum einen spielte das Wetter unversehens verrückt, die Wolken öffneten ihre wie immer bis zum Bersten gefüllten Schleusen und gossen einen wie ein Wasserfall herabprasselnden Regen in das ungewöhnlich geformte Gestrolch. Zum anderen ging in diesen acht so unterschiedlichen Wesen etwas vor, das schwer erklärbar war und für lange Zeit von niemandem so richtig verstanden werden sollte. Es war nicht gerade ein Orgasmus, der stattfand, wenn auch nicht unähnlich, und es war keine Explosion, jedenfalls keine, die etwas zerriss und zerfetzte, sondern eine, die etwas zusammenfügte, wenn auch nicht mit weniger Wucht. Es war, als ob die Regendrachen, die niemand je gesehen hatte, plötzlich heimgekehrt wären. Puzzlesteine rasteten ineinander ein und verschmolzen. Will hatte das Gefühl, in seinem Unterleib löse sich plötzlich ein Knoten, von dem er nicht gewusst hatte, dass es ihn gab. Es war eine Erschütterung, die für alle Beteiligten lebenslange Konsequenzen hatte, und nicht nur für sie. Natürlich wussten sie nichts davon, aber das, was hier geschah, sollte für mehr als nur diesen Planeten Folgen haben. Wenn es sogenannte unvoreingenommene Beobachter gegeben hätte, wäre der Eindruck dieser Szene verheerend gewesen – ein paar halbwüchsige Menschen, die eine Art von widernatürlichem Verkehr mit etwas hatten, das wie die Karikatur eines Wolfes oder Schäferhundes aussah, jeweils sechs Beinpaare an die Körper von offenbar geistig beeinträchtigten Teenagern presste und so bedrohlich wirkte wie Plüschtiere, die ein übermächtiger Dämon mit unbekannten Ansichten zum Leben erweckt hatte. Das alles spielte sich inmitten eines Wolkenbruchs ab, der selbst für vilmsche Verhältnisse seinesgleichen suchte und die Sicht auf wenige Meter reduzierte. Das fand statt, während die Eltern und Pflegeeltern dieser Kinder ihre Sprösslinge erstens unschuldig und zweitens beim Spielen wähnten. Beides stimmte, wenn auch nicht in genau dem Sinne, in dem die Erwachsenen es verstanden. Als das Erdbeben, das nur in Köpfen und Körpern stattgefunden hatte, vorbei war, ließ der Regen nach. Als hätte jemand einen riesigen unsichtbaren Hahn zugedreht, hörte der Regen auf und machte jenem typischen Nebeldunst Platz, der auf Vilm immer nach einem heftigeren Guss die Landschaft für einige Stunden verhüllte; ein Regendrache ist dagewesen, sagte man dazu. Die Kinder sprachen kein Wort miteinander. Sie machten sich von ihren unheimlichen Freunden los und krochen durch den versteckten Gang aus dem kreisförmigen, seltsamen Gestrolch hinaus. Jeder wurde begleitet von einem Eingesicht.

In dieser Formation trabten sie ihren Weg zurück, und keiner von ihnen kam auf die Idee, irgendwelche Purzelbäume zu schlagen oder kopfüber in Pfützen zu springen. Für solchen Unfug war die Welt zu aufregend, wie die Kinder sie jetzt sehen konnten. Da waren neue Farben in den Wolken. Da konnten sie den Atem der anderen in der Luft sehen. Da bewegten sich die Gestrolche, wie sie es noch nie getan hatten. Da wurden die Wege des Wassers durch den Boden und in den Pflanzen sichtbar. Da hüpften die kleinen Geister von aufgeschreckten Springwölfen als winzige Kugeln wirbelnden grauen Rauchs vorbei, und das kaum spürbare Denken der Schreilen war als merkwürdiges Flirren der Luft sichtbar. Die vier Kinder selbst sahen einander als eine Art gleißender Lichter, und zwar nur vier davon. Nicht acht. Diese Lichter, die in der Welt der Gegenstände und der laufenden Füße natürlich nicht sichtbar waren, enthielten jedes eines der Eingesichter und eines der Kinder. Die hundeartigen Wesen trabten nebenher auf vier Pfoten, das mittlere Beinpaar an die haarigen Bäuche gepresst. Jedes hielt sich nahe bei seinem Begleiter. Tom machte sich darum keine Gedanken, sondern freute sich über das wunderbare Gefühl, das damit verbunden war, so durch die Regenwelt zu laufen. Sdevan und Marja kam es vor, als sei es schon immer so gewesen, und fühlten sich, als wären sie an einen altbekannten Ort heimgekehrt, den sie bislang nur nicht gefunden hatten. Will dagegen grübelte nach, was da passiert war, und zwar nicht mit ihm, sondern mit dem Will, der er bis vor Kurzem gewesen war. Zwar wusste er nicht genau, was den einen vom anderen unterschied – beide waren genau so mollig wie Will es immer gewesen war –, aber er spürte gut, dass es einen wesentlichen Unterschied gab. Der Will, den er in seinen Erinnerungen fand, existierte nicht mehr. Und er erschien ihm seltsam flach und arm und nicht so sehr von dieser Welt.

Als die acht Läufer in Sichtweite des Lagers kamen, blieben sie stehen, als hätten sie einen Befehl erhalten. Sie schauten durch den Dunst auf die Behausungen hinunter, und die Gegenwart so vieler erwachsener Menschen verursachte einen schwindelerregenden Eindruck, als ob dort ganze Stücke der Landschaft herausgebrochen und von einer schmerzhaft anzuschauenden Leere ersetzt worden wären. Allen war klar, dass diese Leute mit dem finsteren Nichts in ihren Köpfen auf keinen Fall irgendetwas von dem erfahren durften, was heute geschehen war. Zumindest jetzt nicht. Später. Mal sehen. Noch besser, sie würden es irgendwann selbst merken. Also entfernten sich die Kinder den Hang hinunter, während die wolfsgroßen Sechsfüßer oben sitzen blieben und die breiten Köpfe auf ihre Vorderpfoten legten. Sie ließen die Kinder nicht aus den Augen, bis ihre kleinen Gestalten nicht mehr von den Schatten der künstlichen Dinge da unten unterscheidbar waren. Das unsichtbare Licht blieb einfach so, wie es war. Jung und stark und fast völlig unerforscht.

Von diesem Tage an waren Tom und Sdevan und Will und Marja nicht nur unzertrennlich, eine Viererbande eben, sie waren auch unzertrennlich in einem anderen Sinn. Jeder der vier hatte von diesem Tag an die Fähigkeit, ein ganz bestimmtes Eingesicht unter tausenden herauszufinden, und es gab ein Band, das über alles hinausging, was sie mit Worten hätten ausdrücken können. Das verstanden sie erst später, auch, was die Regendrachen mit all dem zu tun hatten.

»Davon dürfen die Erwachsenen nichts wissen«, sagte Will unten zwischen den Hütten und sah Tom an, den Einzigen unter ihnen, bei dem er sich nicht sicher war, ob er die Klappe halten würde. Tom war mehr verdutzt als beleidigt. Nie wäre er auf den Gedanken gekommen, den Großen davon erzählen. Sdevan und Marja spürten das in demselben Augenblick wie Will, und das Thema wurde nie wieder erwähnt.

14. Drei Palmen über dem Atoll

Juanita Cass bemühte sich wie jeden Tag, nicht aus dem Fenster zu sehen, und wie immer vergaß sie ihre Absicht irgendwann im Laufe des Vormittags. Sie warf einen flüchtigen Blick hinaus. Langsam schoben sich matte schlappe Wolkenberge über die von feinem Nieselregen verhüllte Gegend, und Juanita starrte die quellenden Wolken missmutig an. Als wäre irgendwo ein brodelnder Topf, aus dem unaufhörlich Wolken überkochen, dachte sie. Und es regnet. Na fein, es regnet. Was sonst auf diesem verdammten Planeten. Dieses nässetriefende trübe Loch, das Vilm genannt wurde und in das manche Leute Kinder setzten, als wären nicht genug von den armen Dingern mit dem verunglückten Raumschiff auf diese hässliche Welt gelangt. Zornig ergriff Juanita den erstbesten Gegenstand und schleuderte ihn mit Schwung gegen das Fenster. Das Keramiktöpfchen zerscherbelte mit hässlichem Klang an der undurchdringlichen Scheibe und fügte den kaum sichtbaren feinen Kratzern einen weiteren hinzu.

»Auweia«, sagte jemand hinter ihr. Juanita drehte sich nicht um. Das war Tonja, zweitältestes Kind in dieser zusammengewürfelten Familie, acht Jahre alt, für ihr Alter zu groß, etwas zu aufgeweckt und auf jeden Fall erheblich zu frech.

»Was willst du, hm?«

»Raus, spielen. Darf ich?«

Juanita wandte sich zu Tonja und sah das Mädchen an. Sie verstand nicht, was die Kinder daran fanden, aus den trockenen Unterkünften hinauszulaufen in Matsch, Nebel und Nässe. Gut, sie kannten nichts anderes. Und wenn sie sich überhaupt an das Leben vor der Katastrophe entsannen, dann waren das für die Kinder Märchen, die zweifelnd geprüft und verworfen wurden. Tonja war nicht alt genug, um sich an etwas anderes als Vilm zu erinnern. Oh Gott, dachte Juanita, mögen die Päpste mir vergeben, aber hätte nicht einer von euren Heiligen wenigstens die Kinder retten können – vor dem hier? »Zieh dich ordentlich an«, sagte sie und bückte sich, die Scherben zusammenzusuchen. Sie spürte eine sachte Berührung. Tonja hockte neben ihr und sammelte hurtig Splitter, legte sie in ihre ausgestreckte Hand. Dann stupste sie Juanita mit der Stirn ein bisschen an, Böckchen spielen nannten sie das. Die Kleine lief hinaus, und Juanita versuchte, nicht weiter darüber nachzudenken, was sie alle miteinander in diese ekelhafte Welt draußen zog.

Durchs Fenster konnte sie die Schar der Kinder sehen, die Tonja abholen wollten. Einige Eingesichter waren dabei. Juanita hatte versucht, den Tieren den Namen »Hund« anzuhängen, war damit jedoch auf keine Gegenliebe gestoßen. Die Kinder kamen mit den fremden und Juanita ein wenig unheimlichen Tieren gut zurecht – auch Eingesichter waren verspielt. Neuerdings sah man eigentlich gar keine Kinder mehr, ohne dass diese Viecher in der Nähe waren.

»Da bin ich!«, rief Tonja.

»Hast dich mächtig beeilt«, sagte die junge Frau und musterte die für ihr Alter recht stämmige Tonja, die sich wie im Stillgestanden vor ihr aufgebaut hatte. Sie trug etwas, das zwar praktisch war, Stil und Passform allerdings vermissen ließ. Die Klamotten fertigten geschickte Hände aus Material an, das man aus dem Gebirge holte, und die Schnitte waren Erbteile des Weltenkreuzers, so weit es ging an die rasch wachsenden Kinderkörper angepasst. Allerdings machte sich niemand mehr die Mühe, diese kleinen Namensschildchen anzufertigen und aufzunähen, an die alle von früher her gewöhnt waren. Nur die Erwachsenen trugen die mittlerweile verblichenen Logos der OOSTERBRIJK und ihre alten Identifikationen. Mit geübten Handgriffen prüfte Juanita, ob der nässeabweisende Overall richtig saß und die Stiefel fest verschnürt waren, obwohl sich das Mädchen niemals erkältete. Mit der flachen Hand rubbelte sie die kurzen Haare Tonjas, ein altes Zeichen zwischen ihnen, das so viel wie »nun lauf« bedeutete. Sie sah durchs Fenster und beobachtete die Meute draußen, die Tonja lautstark begrüßte und im Nu zwischen Nebel, Nieselregen und den schütteren Gestrolchen verschwunden war.

Nachher würde Juanita selbst hinausgehen müssen. Es war Dienstag. Bei dem Gedanken schnürte sich ihre Kehle zusammen. Sie stammte von einer der inneren Welten, aus einer heißen, sonnigen Gegend, und dieser ewig tröpfelnde und von nichts als Matsch bedeckte Planet schlug ihr aufs Gemüt. Rasch wandte sie sich ab und werkelte an ihrem Arbeitstisch weiter. Hubert brachte ihr regelmäßig Portionen von den tonähnlichen Erden mit, die es am Kahlen Hang gab, und sie mischte Brennmassen daraus, brannte allerlei Keramiken. Das war Juanitas erlernter Beruf. Hubert meinte, das gebe ihr das Recht, hin und wieder welche von ihren Werken zu zerschmeißen. Sie wusste es besser. Ihr wurde schlecht, wenn sie daran dachte, wie Hubert heute Abend heimkommen würde, pitschnass bis auf die Haut, durch vier dicke Schichten Kleidung hindurch, und sie grinsend fragen würde, ob sie ihren Besuch gemacht hätte. Diesen dreimal verfluchten Besuch. Sie schloss die Augen und blieb steif stehen. Die Gänsehaut bildete sich an Armen und Beinen gleichzeitig. Krampfhaft zog sich Juanitas Körperoberfläche zusammen, ihre Brustwarzen verwandelten sich in schmerzende Kiesel, und tief innen stieg die altbekannte panische Angst auf, spülte alle Gedanken weg und ließ nichts übrig außer einem kleinen Mädchen, das sich in einem grauenvollen gesichtslosen Alptraum wand. Juanita biss sich auf die Unterlippe. Sie wollte jetzt nicht schreien. Nicht schon wieder. Es tat weh. Sie machte die Augen auf. Ihre Lippe blutete. In ihrem Hals schlug heftig der Puls. Hinter der Stirn summte es. Juanitas Blick streifte die Uhr. Sie musste über eine halbe Stunde im eisernen Griff der Furcht zugebracht haben. Sie hatte dagestanden und nichts weiter getan als Angst gehabt. Es wurde Zeit. Zeit, sich anzuziehen und hinauszugehen. Hinaus. Dem Grausen entgegen.

Sie ging in ihr Zimmer, das sie bewohnte, seit sie dem Dritten Dorf zugeteilt worden war. Nebenan befand sich der große Raum, wo Hubert mit Tonjas Mutter gelebt hatte, ehe die Frau bei einem Unfall im Gebirge starb. Hubert hatte Juanita nie gedrängt, im Nebenraum, wo er selbst schlief, für ihn die Stelle der Toten einzunehmen, wie sie es in fast allen Dingen für das Mädchen getan hatte. Dort stand eine große Schale mit vilmschem Obst, dessen sechzehn bekannte Sorten Hubert recht demonstrativ immer bereithielt. Juanita könnte jederzeit zugreifen, wenn sie wollte. Die Dinger sahen zwar abscheulich aus, sollten jedoch ausgesprochen schmackhaft sein. Jedenfalls sagten das alle Leute, und die Kinder verputzten das missfarbene Zeug mit großer Begeisterung. Juanita kannte den Geschmack des hiesigen Obstes nicht; sie hatte es nie probiert. Allein bei dem Gedanken wollte sich ihr der Magen umdrehen. Und die Kinder entdeckten hin und wieder neue Sorten; irgendwann würde man Juanita die siebzehnte stockhässliche Sorte einheimischer Früchte präsentieren. Und ihr würde furchtbar schlecht werden bei dem Gedanken, in das Ding hineinzubeißen. Sie zog es vor, an eine frisch gebrühte Tasse serafimischen Kaffees zu denken, mit einem Schuss Sahne darin, dampfend und so heiß, dass sie sich die Lippen verbrühte, wenn sie vorsichtig vom Rand des Porzellans her nippte.

Langsam legte sie die engen Sachen ab, die sie so gern trug. Sie hasste es, ihre Figur in den unförmigen Klamotten zu verstecken, die auf Vilm lebenswichtig waren, um Lungenentzündungen oder Schlimmeres zu vermeiden. Nur kurz, wie um sich zu vergewissern, sah sie in den Spiegel. Sie hatte ihr Gewicht gehalten, konnte noch immer stolz sein auf ihren flachen Bauch und die kleinen Brüste. Sie war nicht auseinandergegangen wie die meisten anderen. Hinter sich sah sie die pastellfarbene Wand des Raumes im Spiegel. Sie hatte alles entfernt, was ihr den Blick auf diese lindgrüne Farbe verdeckte, Poster und so weiter. Alles war besser als das unaufhörliche Grau da draußen. Juanita stieg rasch in die erste Pelle, wie sie es abschätzig nannte. Dann klappte sie den Spiegel zu. Sie konnte diesen Anblick nicht ertragen. Die dreifache Unterwäsche. Die wulstigen, doppelt gefassten Nähte. Die giftige Farbe der Zwischenschicht, die Wasser absorbieren sollte. Den verknautschten glänzenden Stoff des Overalls mit den vielen Doppelverschlusstaschen. Diese ganze elende vilmsche Montur.

Die Uhr piepste. Es war Zeit. »Ich komm ja«, murrte Juanita, und als sie den Gang hinunterlief, an den Zimmern der Kinder vorbei, erhaschte sie aus Versehen einen Blick in den Flurspiegel und auf das unförmige, teddybärähnliche Etwas, in das sie sich verwandelt hatte. Es schüttelte sie. Dienstag war ein furchtbarer Tag für sie, der Tag, an dem sie hinaus musste in den Schlamm, die Feuchtigkeit, die wattige Luft, das flüsternde Getröpfel, den matten Wind, die Kälte, die stumpfen Farben, den Nebel. Der Tag, an dem sie in Gefahr war, missgestalteten Pflanzen und völlig falsch aussehenden Tieren zu begegnen – Rehschweinen mit dem Körper eines Mopses und den Beinen eines Windhundes oder den Springwölfen, die wie verrückt gewordene Gummibälle durch den Regen hüpften. Sie wollte die widerlichen Kreaturen dieser Welt nicht sehen müssen, die allesamt zwei Köpfe und kein Hinterteil hatten. Schreilen, die markerschütterndes Gebrüll ausstießen; Zimtschnecken, die zähen farbigen Kleister in den Pflanzen hinterließen; Astwürger, die sich bemühten, die Blattwürmer zu fressen, die wiederum die missfarbenen Früchte aus den Gestrolchen vertilgten. Das alles war der alltägliche Horror dieses Planeten. Jeden Morgen beim Aufstehen hätte sie ihn am liebsten in irgendeinen anderen verwandelt gefunden. Der einzige Fleck an ihrer Kleidung, der nicht die Farbe feuchten Schlamms hatte, war früher einmal richtig bunt gewesen: das verblichene Logo der Oosterbrijk.

Juanita tippte ihre Kennung in den Türwächter, der die Zeit ausdruckte und weitermeldete wie jeden Dienstag. Schließlich war sie draußen und schloss sofort fest die Augen. Sie fühlte, wie winzige laue Regentropfen ihr Gesicht berührten, sich sammelten und herabrannen. Tränen, vielleicht Tränen. Aber Tränen sind salzig. Beim ersten Schritt zuckte sie zusammen, weil sich die Sohlen der hohen Stiefel laut schmatzend vom Boden lösten. Nun musste sie die Augen öffnen und die Hand gegen den Mund pressen. Der jäh aufsteigende Brechreiz musste unterdrückt werden. Immer dasselbe. Immer dieses Gefühl, sie würde gleich aufwachen und über den dummen Traum lächeln. Dann könnte sie über staubigen Sand laufen, ein trockener Wind würde am Hemd zerren, und die Sonne würde groß und heiß auf die Schultern herabbrennen. Die Lichtfülle würde auf dem Strand liegen, ein greifbarer Körper aus Hitze, und kaum sichtbare Schweißperlen würden aus den Poren der Haut dringen, während die Fußsohlen wegen des glühenden Sandes Verbrennungsgefahr meldeten. Stattdessen sah sie dumpffarbene Vegetation, vom Nieselregen getrübte Luft, die dunkelgrau und hellgrau gestreifte Wolkendecke, den zähen Schlamm mit den Spuren der Kinderschar, und eine ebenso kalte wie nasse Brise berührte ihr Gesicht. Jedes Mal ein Schock. Zähneklappernd ging sie weiter. Den Weg kannte sie, obwohl sie ihn nur einmal in der Woche ging, jenes eine Mal pro Woche, da sie die schützende Unterkunft verlassen musste.

Juanita schloss die Augen, wenn sie irgendwelche Tiere sah, die sich in den verfilzten Gewächsen zu schaffen machten. Dieses Viehzeug war plump, so unsagbar hässlich mit seinen zwei stumpfsinnigen Köpfen, und so dumm, wenn es durch die feuchten Äste der Pflanzen kroch. Wie alles hier nass, abstoßend, feucht, dumpf, dumm und ekelhaft war. Du musst hier leben, hatte Mechin, der Arzt, zu ihr gesagt, ob du es willst oder nicht, es bleibt dir nichts anderes übrig, du musst das annehmen, diese Welt, sonst gehst du kaputt. Nasser Quatsch, dachte sie im Weitergehen, bemüht, nicht auf die satt schlappenden Geräusche ihrer Schritte zu hören. Nasser Quatsch; das war das schlimmste Schimpfwort, mit dem sie verdammen konnte, was mit dieser widerwärtigen Wirklichkeit zu tun hatte. Sie würde noch ersticken an dieser Wirklichkeit.

Etwas berührte sie weich von der Seite und trottete neben ihr her. Das Eingesicht, das sie beim letzten Mal begleitet hatte, war wieder da, und als Juanita sich umsah, entdeckte sie eine stattliche Anzahl davon. Ein Dutzend oder mehr mochten es sein. Noch nie hatte sie so viele von ihnen zusammen gesehen. Die Tiere waren, wenn kein Trost, so doch das einzig Erträgliche hier. Vor allem hatten sie nicht die überaus irritierende Zweigesichtigkeit der restlichen Fauna Vilms. Sie erinnerten Juanita an den großen alten Schäferhund, den ihre Eltern gehabt hatten und der ihr für ihre ersten Plastiken Modell gelegen hatte. Augenblicklich fühlte sich die junge Frau beruhigt, und die Wanderung wurde ihr leichter. Sie wurde nicht einmal ohnmächtig, als sie in der Senke auf glitschigem Boden ausrutschte und sich mit der Faust abstützen musste, die bis übers Gelenk im Modder versank. So war sie weit vor der Zeit am Treffpunkt, zog die zusammengefaltete Plastikplane aus einer der Taschen, breitete das Ding aus wie eine Stranddecke im Sommer – im wirklichen Leben – und setzte sich. Die Eingesichter kauerten sich an die dicht stehenden Pflanzen. Es war völlig still – abgesehen vom Tröpfeln an Ästen und Zweigen, dem feinen Klang des Regens und ihrem eigenen Atem. Von den fremden Tieren kam kein Geräusch, als seien sie nicht da.

Juanita glitt automatisch in ihren liebsten Traum, auf ein Fleckchen Sand, das von strahlendem Sonnenschein aufgeheizt war, wo sie im spärlichen Schatten dreier Palmen sitzen konnte und den Blick auf die Lagune des Atolls hatte, in der das Wasser warm und still und flach lag und über dem die heiße Luft flimmerte. Das war ganz einfach. Sie öffnete die Augen und warf einen Blick auf die Uhr. Mit geschlossenen Augen durfte man sie nicht erwischen, das galt dann nicht. Die Eingesichter waren nahe herangerückt, Juanita hätte sie berühren können, aber wozu.

Erst als ihr der Schweiß ausbrach, sprang sie auf und fuhr sich verwirrt mit bebenden Händen übers Gesicht. Im grellen

Sonnenlicht trockneten die Schweißtropfen augenblicklich, neue traten an ihre Stelle. Von jenseits der Dünen trug der heiße Wind sachtes Wellenrauschen heran. Noch ehe sie überlegen oder einen klaren Gedanken fassen konnte, öffnete Juanita die Verschlüsse des Overalls, fingerte die Verschnürung der Stiefel auf, schlüpfte aus der Pelle und warf den Plunder mit gehässiger Freude in den Sand. Voller Angst, aus dem Traum zu erwachen, stellte sie sich nackt in die Sonne und ließ das Licht auf ihren weiß gewordenen Körper prallen: das altbekannte und beinah vergessene Gefühl der Wärme, als habe man die Haut mit dünnen glühenden Tüchern verhüllt. Wunderbar, wenn es denn mehr wäre als ein Traum. Sie legte den Kopf in den Nacken und riss mit einer willentlichen Kraftanstrengung die Augen auf. Sie erwartete einen gräulichen Himmel, durchdringende Nässe, missfarbene Gewächse und bedrückende Dumpfheit. Stattdessen fuhren ihr gleißende Sonnenstrahlen in die Augen, ließen regenbogenfarbene Kreise sprühen und tanzen. Sie tanzten noch, als Juanita ungläubig auf die Lagune starrte. Die Sonne im Rücken, ging sie hinunter an das glatt daliegende Wasser, das es doch nicht geben konnte. Als sie sich umdrehte, musste sie ihr Gesicht mit der Hand beschatten. Da waren sie, die drei fast verdorrten Palmen, um die herum Juanitas vilmsche Montur lag, achtlos hingeworfen wie die abgestreifte Haut eines geschlüpften Schmetterlings. Ich muss wahnsinnig geworden sein. Oder ich bin aufgewacht. Jedenfalls ist irgendetwas passiert. Wundersame Erzählungen kamen ihr in den Sinn, von Leuten, die in Sekundenschnelle um Lichtjahre auf andere Welten versetzt worden waren. Solche Geschichten, die niemandem zuzumuten waren, der das fünfte Lebensjahr überschritten hatte.

Juanita drehte sich um und lief los. Die bloßen Füße sanken tief im Sand ein. Nah an der Lagune lief es sich besser. Die Luft strich warm an ihr entlang. Ein Tropfen Flüssigkeit rann ihr Gesicht herab. Sie fischte ihn mit der Zunge von der Oberlippe und freute sich, dass er salzig schmeckte. Als sie feststellte, dass sie nicht allein war, blieb sie stehen. Schlafend lag da jemand am Rande des Wassers. Ein fremder Mann, splitterfasernackt. Er war nicht untersetzt, blass und kurzhaarig wie die von Sonnenentzug und jahrelangem Dauerregen mitgenommenen Vilmer. Dieser Fremde hier war schlank, unter seiner braunen Haut konnte sie die Muskeln und den Lauf der Sehnen erkennen, seine Haartracht war lang und nahezu weiß, von der Sonne und vom salzigen Wind gebleicht. Ungeniert betrachtete sie ihn und ging auf dem leise knirschenden Sand vorsichtig näher heran, um ihn nicht zu wecken. Sie setzte sich auf Armeslänge neben den Fremden. Der Wind bewegte leicht das weißblonde Haar, einige Strähnen waren an Stirn und Schläfe geklebt und dunkel von Schweiß. Manchmal schluckte er, und sein Adamsapfel hüpfte, der Brustkorb hielt dann im Heben und Senken inne. Einmal fuhr er sich mit der Hand träge über den Bauch, als müsse er eine lästige Fliege verscheuchen, worauf die Hand in der Leistenbeuge liegen blieb. Juanita sah ihn an, als wäre das ein Traum, betrachtete ohne Scham seinen Körper, seine langen Beine und sein Geschlechtsteil, das von der wie zufällig hingelegten Hand vor der Sonne geschützt wurde. Sie tat das noch, als sie spürte, dass man sie ebenso beobachtete. Er sah Juanita mit weit offenen Augen an, die sie überraschten, weil sie von tiefem Braun waren. Sie wusste nicht, warum, sie hatte blaue Augen erwartet.

»Zufrieden?«, fragte er und lächelte.

Sie starrte ihn einige Sekunden lang schockiert an, ehe sie sprechen konnte. »Wie«, sagte sie stockend, »wie ist das möglich, ich meine ... Bin ich übergeschnappt oder was ...?«

Er drehte sich ihr zu und schob eine Handvoll weißen Sand auf ihren Fuß. »Du bist doch selbst schuld«, sagte er, »wenn man das so nennen kann – Schuld klingt nach Verbrechen.« Mit zwei Fingern schob er sorgfältig den Sand von ihrem Fuß herunter.

»Trotzdem verstehe ich nichts«, sagte sie verwirrt und blickte sich um, »das ist doch alles wirklich da, oder?«

Er nickte, als sei das die selbstverständlichste Sache der Welt; seine Finger waren auf dem Grund der Handvoll Sand angekommen und strichen auf ihrer Haut herum, als suchten sie nach Sand, den sie entfernen könnten.

»Ich selbst«, murmelte Juanita bei sich, »sollte das so einfach sein, ich selbst war das?« Seine Hand hatte begonnen, sie wie geistesabwesend zu streicheln, und die Wärme seiner Haut war ganz anders als die des Sandes und der Sonne. »Sagen wir so: Ich habe dich gedacht ... geht das?«

»Nicht ganz allein, nicht ganz«, und das war das Letzte, was er für eine Weile sagte. Seine Hände fanden schnell die Plätze, wo sie hingehörten, oder sie zeigte ihm jene Plätze, als sie seinen Körper anfasste, der so trocken war und so warm. Sie gab ihre halbherzigen Zweifel auf, als sie sein Glied berührte und spürte, wie die Erregung übersprang. Der Wind, so leise er war, übertönte das Geräusch von Haut auf Haut, denn gesprochen wurde nicht, das war nicht nötig. Juanita genoss es, die Spannung seiner Muskeln, das Beben seines Körpers, seine Hand um ihre Brust. Sie streichelte ihn überall und nahm seine Hoden in ihre Hand, während seine Finger sich in ihre Scham vortasteten. Dort massierte er sanft jene Stelle, die ihr das warme Gefühl im Unterleib machte und ihre Brustwarzen aufrichtete. Sie umfasste seinen Penis, er wurde ganz steif und groß. Sie bemerkte die Feuchtigkeit zwischen ihren Schenkeln und legte sich rücklings auf den heißen Sand, ehe er langsam in sie hineinglitt und sich der Raum, den die Welt einnahm, auf einen winzigen Fleck warmen Sandes verkleinerte, auf dem der Wind das Atmen nicht übertönen konnte. Dann gab es nur den Rhythmus, den Juanita zusammen mit dem Fremden gefunden hatte.

Es dauerte einige Minuten, ehe sie die Welt wieder wahrnahm. Eine Stimme, die sie noch nicht lange kannte, ließ sie die Augen wieder öffnen. Sie fürchtete, graue Wolken zu sehen.

Er wies auf die andere Seite der Lagune. Dort ging eine vermummte Gestalt, die sie erkannte. »Du weißt ja jetzt Bescheid«, sagte er und half ihr auf, sie gingen auf die drei Palmen zu. Juanita schüttelte den Kopf.

»Ich weiß gar nichts.«

»Du musst schon allein darauf kommen. Was einmal geht, gelingt wieder.« Seine Stimme klang sehr überzeugt. »Zieh dich wieder an. Ich muss fort«, sagte er, nachdem er sich nach Mechin umgesehen hatte, der näher gekommen war und unsichtbaren Hindernissen in großen Bögen auswich, als wäre er in einem komplizierten Irrgarten.

Juanita wusste keine Erwiderung und zog folgsam, weil es ihr gesagt worden war, wenigstens den Overall an, die anderen Sachen ließ sie liegen; sie schnürte die Stiefel zu und richtete sich auf. Statt der rissigen, fast verdorrten Palmenstämme sah sie feuchtigkeitsgesättigtes Gestrolch. Unter ihren Stiefelsohlen war vollgesogener Boden, schwer und fettig. Zwischen den feisten Pflanzen sah sie die davonziehenden Eingesichter. Juanita stand still auf demselben Fleck, als Mechin ankam. »Na, wie geht es uns denn heute«, sagte er; das war ein stehender Witz zwischen ihnen, nachdem sie ihn einmal recht aggressiv darauf hingewiesen hatte, dass sie schlecht wissen könne, wie es ihrem Arzt ginge, und dass es ihr, verdammt noch einmal, herzlich egal sei.

»Gut«, sagte sie und fuhr mit beiden Händen durch das kurzgeschnittene Haar. Es war trocken. Der feine Regen begann eben erst, es mit feinen Perlen zu besetzen und zu durchfeuchten.

»Ich glaube auch«, sagte Mechin und betrachtete sie prüfend. Seine Patientin sah wirklich gut aus heute. Der niedergeschlagene und gehetzte Ausdruck war verschwunden, den ihr Gesicht sonst hatte. Die düsteren Schatten unter ihren Augen waren nicht mehr so erschreckend groß. Schlug diese lästige Pferdekur endlich an? Dieser Weg war eine Zumutung für ihn, jeden Dienstag eigens bis zum Dritten Dorf, nur um auf dieser Anhöhe ein hoffnungsloses Treffen mit Juanita Cass zu haben. Dieses umständliche Verfahren hatte sich als der einzige Weg erwiesen, die junge Frau aus ihrer Unterkunft herauszubekommen. Mit Huberts und des ganzen Dorfes Unterstützung zwang er Juanita auf diese Weise, jede Woche einige Zeit außerhalb ihrer vier Wände zuzubringen, zwang er sie, in die von ihr krankhaft verabscheute Welt hinauszugehen. Anfangs hatte sie sich die Seele aus dem Leib gekotzt, kaum dass sie einen Schritt vor die Tür getan hatte, und seitdem arbeitete er daran, diesen Widerwillen Stück für Stück abzubauen. Bis auf drei Stunden hatte Mechin diese Aufenthalte Juanitas bisher ausdehnen können.

»Hast du Höhensonne genommen?«, fragte Mechin erstaunt, als er ihr Gesicht näher betrachtete. Er wusste, dass es solche Geräte im Dritten Dorf nicht gab, es sie auf Vilm nicht geben konnte. Auf der VILM VAN DER OOSTERBRIJK hatte es Solarien gegeben, große Apparate, die mehr Energie fraßen, als die Menschen auf Vilm erübrigen konnten, und die in der feuchten Luft überdies kaum funktionieren würden. Es gab Leute, die das ausprobiert hatten. Umso mehr wunderte ihn die leichte Hautrötung, die er da im Gesicht der jungen Frau entdeckte. Juanita dachte nicht daran zu antworten. Mechin sah sich um und bemerkte die herumliegenden Kleidungsstücke. Seine Augenbrauen wanderten noch ein Stück höher.

Juanita kommentierte seinen Blick leichthin: »Mir war warm, weißt du, der Overall reicht doch eigentlich.«

Sie scheint tatsächlich über den Berg, dachte der Arzt erfreut. Keine abnormen Körperreaktionen auf die Umgebung. Gesunde Gesichtsfarbe. Sprechweise normal. Keine Spur von dem mühsam unterdrückten Ekel, den sie vorige Woche noch hatte. Die Verspannung ist weg. Und sie steht nicht da, als wolle sie jeden Moment wegrennen. So schnell geht das manchmal. Juanita achtete nicht auf Mechin. Sie hatte etwas entdeckt, das ihren Blick fesselte. Wenige Schritte hinter dem Rücken des Arztes war etwas Helles. Wenn sie genau hinschaute, konnte sie es erkennen. Ein Fleck Sand. Nicht einfach nur Sand, obwohl der selten genug war auf Vilm; dieser hier war verstreut, als habe jemand aus einer hastig vorüberfahrenden Karre etwas verschüttet. Und er war trocken, ganz trocken und hell. Der Regen Vilms durchnässte den Sand langsam und färbte ihn zusehends dunkler, und der Sandfleck dampfte ein wenig, als wäre er heiß gewesen, ausgedörrt von einer Sonne, die es hier nicht gab. Ach, so ist das, dachte Juanita, ohne zu wissen, was sie damit meinte.

»Bis nächste Woche dann, wie immer«, sagte Mechin, der, ohne zu bemerken, dass sie nicht zuhörte, von den Neuigkeiten der anderen beiden Siedlungen erzählt hatte. Sie nickte.

»Juanita, he!«, schrie es aus dem Pflanzengewirr, und die Kindermeute brach aus dem Dickicht, Tonja natürlich vorneweg. Neugierig wurden die beiden Erwachsenen umringt und mit Fragen über Fragen versorgt. Tonja zog Juanita beiseite, nachdem die anderen den Arzt mit Beschlag belegt hatten. »Sag mal, warst du das?«

»Was denn, Tonja?«

Die Kleine tat ärgerlich. »Irgendjemand hat uns die Eingesichter abspenstig gemacht und allein mit ihnen gespielt. Plötzlich waren sie alle weg, stell dir das vor. Und wir haben gesucht.«

»So eine Gemeinheit«, sagte Juanita lächelnd.

Tonja sah sie schief an und konnte das nicht lustig finden. »Ja, und hier sind lauter Spuren von zahlreichen Eingesichtern, siehst du, das ist seltsam.«

»Ich hab keine gesehen, Tonja, ich hab auf Mechin gewartet, ein bisschen geträumt, aber Eingesichter waren keine da.« Tonja sah Juanita scharf ins Gesicht, knurrte etwas und verschwand mit der lärmenden Schar, sie folgten Mechin ein Stück Wegs in Richtung der Hauptsiedlung.

Juanita ging langsam zurück und ließ die Plastikplane und ihre ehemals so verhassten Sachen liegen, damit sie die Stelle später wiederfinden könnte. Sie fand den Ort nie wieder, jedenfalls war sie sich nie sicher. Im Vorübergehen pflückte sie eine gräulichgelbe Frucht, die sie aus Huberts Obstschale kannte, und biss beiläufig hinein. Sie schmeckte wie eine leicht gezuckerte Kumquat. Als der Regen stärker wurde, blieb Juanita stehen und ließ ihn sich ins Gesicht prasseln.

15. Regendrachennester

Ihr seid verrückt, Kinder, hatte Mechin gesagt, verrückt wie eine Herde Affen, und die besagten Kinder waren mit baumelnden Armen herumgesprungen und hatten merkwürdige Geräusche gemacht, wie sie es in einer der Filmaufzeichnungen gesehen hatten, die von der Einarmigen Eliza in ihrer Schule verwahrt wurden. Die Eingesichter hatten ihre Pendants dabei umkreist wie eilige Monde, und Mechin hatte den Kopf geschüttelt und erklärt, er habe es aufgegeben, diesen merkwürdigen Vilmkindern Vernunft beizubringen, erst recht, seitdem die sechsbeinigen Bettvorleger beschlossen hätten, den verwilderten Menschenwesen nicht von der Seite zu weichen. Sie wussten alle, dass Mechin es nicht so meinte, und protestierten pro forma mit gespieltem Wutgeheul und ins Leere schnappenden Gebissen. Und nun waren sie auf ihrem Weg so weit gekommen und wünschten sich, sie wären genau die Herde Affen, von welcher der alte Arzt gesprochen hatte. Mit dem Fahrzeug, das ihnen Francesco Calandra gebaut hatte, einer Art Geländewagen auf riesigen Ballonreifen, kamen sie jedenfalls nicht weiter, das stand fest. Auch wenn das Kraftfahrzeug wegen seiner kugeligen Gestalt und seiner weichen geblähten Räder Geländekugler hieß: Es war keine Seifenblase, die der Wind hinüberbringen könnte.

Nun stiegen die vier aus dem Gefährt und staunten die Barriere an, die ihnen das weitere Fortkommen nach Süden versperrte. Die beiden Mädchen, Marja und Tonja, waren ganz still und setzten sich in den Schlamm, an ihre Eingesichter gekuschelt, und starrten das unglaubliche Hindernis an. Sdevan und Jonathan stellten weiter oben am Hang zwei von den Augäpfeln auf, damit die Einarmige Eliza daheim etwas sehen konnte. Damit das recht viel und ungefähr so beeindruckend wie die Wirklichkeit war, bauten sie die Geräte einige hundert Meter voneinander entfernt in ungefähr gleicher Höhe auf. Das Eingesicht Sdevans blieb bei Jonathan und umgekehrt; auf diese Weise wusste jeder genau, was der andere machte, und im selben Augenblick traten die Jungs beiseite. Die Augäpfel machten klick. Tonja unten beim Wagen stand auf und kletterte hinein, um die Datenleitung zu überprüfen. Dann winkte sie: alles in Ordnung. Die Augäpfel blieben, wo sie waren, während Jonathan zum Geländekugler hinunterstieg, verfolgt von beiden Eingesichtern. Unten blickte sich Jonathan nach seinem Begleiter um; da war nur Sdevans Eingesicht, und dessen Gesichtsausdruck ließ das Schlimmste befürchten. Das war dieser Ich-bin-Sdevan-hoppala-Blick, diese halb hängenden Ohren, dieser Ausdruck angeblicher Unschuld. Jonathans Eingesicht legte die Schnauze in den Dreck und ließ blubbernde Blasen in einer Pfütze steigen. Alle Alarmzeichen waren beisammen, auch das wichtigste: Sdevan war nirgends zu sehen.

»Verdammt«, sagte Jonathan resigniert, »wenn du nur endlich diesen Blödsinn bleiben lassen könntest.« Er drehte sich um, suchte seinen Freund und fand ihn an einer deutlich steileren Stelle des Hanges, den sie gerade erklettert hatten. Das Eingesicht erkannte sofort, dass Sdevan wohlweislich außerhalb des Erfassungsbereiches der Augäpfel blieb. Zwar konnten die Dinger nur eine Aufnahme in der Sekunde machen, aber man wusste ja nie. Jonathan spähte zum Wagen hinüber, dessen Funkanlage momentan damit beschäftigt war, das vor einem Augenblick geschossene Bild in eine ausreichend große Zahl von Pixeln zu zerlegen und die eines nach dem anderen zum Empfangsgerät in Vilm Village hinüberzuschicken. Das konnte dauern. Das würde sogar ziemlich lange dauern, weil es ein stereoskopisches Bild war, also eigentlich zwei Bilder, und die beide in Farbe und in der maximal möglichen Qualität. Die handgefertigte Technik, über die sie verfügten, hatte mit den zahlreichen atmosphärischen Störungen da unten im Süden so ihre Probleme.

Was Sdevan da tat, musste das sein, was in den Geschichten der Einarmigen Eliza »sich die Zeit vertreiben« genannt wurde. Jonathan hatte diesen Gedanken kaum gedacht, als Sdevan oben Anlauf nahm und mit Schwung seitlich in den abschüssigen Matsch sprang, den Körper ganz langgestreckt. In einer Wolke aufspritzenden Schlamms rutschte er den Hang hinunter, immer schneller werdend. Das Wasser, das der reichlich gefallene Regen hinterlassen hatte, wirkte zusammen mit aufgeweichtem Matsch als Gleitmittel. Sdevan beschleunigte weiter den Abhang hinunter. Das wird zu schnell, stellten die beiden Eingesichter fest und rannten los, um das Schlimmste zu verhindern. Sdevan hatte keine Bremse, sein Eingesicht teilte sein Erschrecken. Jonathan wollte den beiden hinterher und spürte, wie er den Halt verlor. Der Rest des Zwischenfalls spielte sich buchstäblich im Modder ab.

Die beiden Mädchen und ihre beiden Eingesichter betrachteten die vier Gestalten, die kurz darauf vor dem Geländekugler standen, mit kritischen Mienen und mussten sich beraten. »Wollen wir die wirklich hereinlassen?«

»Ich denke, das verstößt gegen unsere Sicherheitsvorschriften. Sollten wir nicht unbekannten Lebensformen aus dem Wege gehen?«

»Stimmt. Und die hier scheinen die ersten Aliens zu sein, denen wir auf diesem Planeten begegnet sind.«

»Wie schrecklich. Die haben ja nicht einmal Haut. Schau nur, sie haben eine Körperoberfläche aus Schlamm.«

»Und diese Glubschaugen in all dem Dreck.«

»Wenn wir die waschen, lösen sie sich womöglich auf.«

»Oder sie fangen an, sich zu vermehren. Was eine viel schrecklichere Möglichkeit ist – ganz Vilm von schmutztriefenden hässlichen Gestalten überrannt. Überall schleimige Patschfüße.«

Die Äuglein der Eingesichter drinnen im Trockenen funkelten, und Tonja lachte hellauf. »Stimmt«, sagte sie, »wir sollten sie aneinanderbinden und den Lehmklumpen, aus dem die vier gemacht sind, wieder zusammenpappen. Vielleicht guckt der dann etwas glücklicher.«

»Wie humorvoll«, sagte Sdevan und spuckte fruchtbare vilmsche Erde aus, »dabei bin ich nur hingefallen.«

»Die Untertreibung des Tages«, mümmelte Jonathan, der noch mehr Ackerkrume im Mund hatte. Das gehaltvolle Gespräch wurde unterbrochen von einem Piepsignal: Das erste der beiden Bilder war komplett übertragen und sein Empfang bestätigt worden. Marja betätigte ein paar Schalter. »Ihr solltet versuchen, etwas weniger im Schlick gewälzt auszusehen, wenn wir mit Vilm Village reden. Die machen sich sonst ernsthaft Sorgen.«

»Zum Beispiel über Ungeheuer im Schlamm«, murmelte Tonja und bekam prompt einen Knuff von Marjas Eingesicht versetzt; das zweite Bild würde bald durch sein. Und die normale Videoübertragung war schneller, weil sie nur Einzelbilder und nur Schwarzweißaufnahmen nach Vilm Village verfrachtete. In guten Momenten – wenn die Störungen nicht gar so stark waren – schafften es die Geräte, ein neues Bild in anderthalb Sekunden aufzubauen. In beiden Richtungen. Und die Leute am anderen Ende machten sich ohnehin mehr als genug Sorgen, weil sie den vier – oder acht – Verrückten erlaubt hatten, sich in dieses Abenteuer zu stürzen. Mehr als einmal hatten die Leute in Vilm Village energisch verlangt, diese Reise in den Süden abzubrechen. Das erste Mal, als die vier Reisenden einen Gewittersturm erlebten. Nachdem sie im Geländekugler fast zwei Wochen mit gutem Tempo unterwegs gewesen waren und von der Absturzstellle der VILM VAN DER OOSTERBRIJK aus neuntausend Kilometer zurückgelegt hatten, brach eine Art von Wetter über sie herein, die niemand auf Vilm für möglich gehalten hätte – und die Leute auf dieser Welt waren einiges gewöhnt. Die sinnreichen Automatiken des Allwegefahrzeugs, die Francesco installiert hatte, waren nicht nur in der Lage, den Wagen vierundzwanzig Stunden am Tag seine Route durch die Gestrolche finden zu lassen. Dieselben Apparate beschlossen in derselben Windeseile, die sie beim Durchmessen der endlosen Landschaften Vilms an den Tag legten, den Notstand und gingen übergangslos in den Winterschlaf. Die acht Insassen – oder vier, je nachdem, wie man es sehen wollte – stritten sich auf umständliche Weise mit dem hunderte Meilen entfernten Francesco herum. Der nämlich meinte, die Apparate des Geländekuglers würden nicht ohne Anlass Alarm geben, während die Reisenden empört waren über ein Fahrzeug, das bisher anstandslos und ohne manuelle Steuerung zwischen den Gestrolchen einhergeflitzt war, und das bei Tag wie bei Nacht. Und nun sei es kaputt. Und jetzt ist Tag, hatte einer gesagt, nein, Nacht, hatte ein anderer entgegnet, und erst in diesem Augenblick hatten sie begriffen, dass die vertrauten grauen Wolken Vilms eine schmutzige blauschwarze Färbung angenommen hatten, die sie vor Dunkelheit kaum erkennen konnten. Der Wind hatte, das sagten die Instrumente, Orkanstärke angenommen, große Regentropfen trommelten auf die Kuppel des Wagens. Gerade rechtzeitig wurden Kabel an den umliegenden Gestrolchen verankert und festgezurrt, ehe es unmöglich wurde, sich draußen zu bewegen, es sei denn, man wollte weggeweht werden. Dann hatten sich Rudel von Regendrachen um die harte Kugel aus Stahl und Kunststoff gestritten.

Einige wichtige Dinge hatten sie dabei über Vilm gelernt: Erstens konnte der Himmel in so schnelle Bewegung geraten, dass einem beim bloßen Hinsehen speiübel wurde. Zweitens konnte ein Sturm ein Gestrolch aus seiner Verankerung in den tiefsten Tiefen des Planeten herausreißen, sodass es davonflog wie ein Luftballon, hunderte Meter lange Wurzeln hinter sich herziehend und eine Schleppe von Getier verlierend: Tiere, die nicht rechtzeitig begriffen hatten, dass ihr sicherer Schutz sich in ein höchst unsicheres Luftgefährt verwandelt hatte. Drittens hatten sie gelernt, dass es Gestrolche gab, die sich vor solchen Witterungsunbilden schützten, indem sie sich in den feuchten Boden zurückzogen, langsam und mit der Unbeirrbarkeit von Naturgewalten. Vermutlich war das ihr Glück gewesen, denn genau die zwei Verankerungen des Geländekuglers, die mit den Gewächsen in der Tiefe verschwanden, waren die einzigen Kabel, die nicht von den Sturmböen zerfetzt wurden. Und viertens hatten sie erfahren, dass sie bei solchem Wetter keinem Messgerät Glauben schenken durften; denn hätte man den Anzeigen trauen dürfen, gäbe es einen starken und hochmodernen Sender auf der anderen, unzugänglichen Seite dieser Welt. Das war natürlich Unsinn.

Das zweite Mal zeterte Vilm Village von Rückkehr, als sie dem Monsterwurbl begegnet waren. Das Tier hatte exakt so ausgesehen wie die Ekeltiere daheim, nur war es nicht handgroß gewesen. Es war über anderthalb Meter hoch und rund sechs Meter im Durchmesser. Es hatte sich um sich selbst gedreht und war mit einigem Erfolg bemüht, alle Gestrolche der Umgebung plattzuwalzen, während es sich weder um die gaffenden Menschen und Eingesichter noch um die in panischer Angst aus den Gestrolchen flüchtenden Kleintiere scherte. Es hatte sich nur gedreht. Ein paar Schreilen starteten trommelfellzerfetzende Attacken auf das Vieh und verbissen sich in seiner gummiartigen Haut; sie wurden abgeschüttelt und verschwanden in dem widerlichen Brei aus Schlamm, Pflanzenteilen und zerriebenen Tierkadavern. Dann hatte die Kreatur zu zittern begonnen und sich in zwei kleinere Wurbls geteilt, die den Tanz fortführten und zu einer weiteren Teilung ansetzten. Den weiteren Ablauf dieser merkwürdigen Darbietung hatte die Expedition nicht abgewartet; niemand hatte Lust auf eine Gegend, die kniehoch mit nichts als hungrigen wuselnden Wurbls bedeckt war. Auch bei dieser Gelegenheit hatte das Fahrzeug die Reise in Richtung Süden fortgesetzt; schließlich wollte es den Äquator erreichen, selbst wenn aus Vilm Village zu diesem Thema eine interessante Auswahl saftiger Schimpfwörter zu hören war. Insbesondere der arme Francesco Calandra bekam sein Fett weg, als mit drohendem Unterton gefragt wurde, ob die Kinder mit seinem Gefährt etwa so weit fahren könnten. Er erklärte stolz, dass sie es sogar bis zum Südpol locker schaffen würden, das würde sein Geländekugler mit Leichtigkeit hinbekommen.

Jetzt war freilich Schluss, das spürten alle vier, als ihre sechzehn Augen das erblickt hatten: Es musste das größte Gestrolch des Planeten sein. Das war das Bild, das sie Bit für Bit und Pixel für Pixel nach Vilm Village übermittelt hatten: eine gigantische, hunderte Meter hohe Wand aus ineinander verfilzten und miteinander verflochtenen Pflanzen, in der vilmsche Lebewesen in bestürzender Mannigfaltigkeit durcheinanderwimmelten. Mannsstarke Äste wanden sich um hausdicke Stämme, hunderte Meter lange Lianen verknüpften das vor Vitalität schier berstende Pflanzengewirr. Diese Wand zog sich rechts und links so weit hin, wie das Auge reichte. Früchte, die allen Vilmern von ihrem täglichen Speisezettel her wohlbekannt waren, erreichten hier erstaunliche Ausmaße; manche waren derart aufgeschwollen, dass man mit ihnen ganz Vilm Village hätte beköstigen können. Am Fuß der einschüchternden Wand drückte die schiere Masse der aufgetürmten Gewächse eine schwärzlich-schleimige Masse hervor, die ein eigenes schattiges Biotop von undeutlich umherschleichenden Wesen nährte. Nach oben hin faserte der monströse Busch in einer Vielzahl von Auswüchsen und tentakelartigen Zweigen aus, um die herum Lebewesen schwirrten, die vom Geländekugler aus nicht exakt zu erkennen waren. Das waren die ersten fliegenden Exemplare vilmscher Fauna, die von Menschen erblickt wurden. Bisher hatte man gedacht, der ständig herabrieselnde Regen hätte der Evolution hier eine Grenze gesetzt. Man hatte sich geirrt ... In den ersten Augenblicken, als die jungen Vilmer diesen enormen Wall gesehen hatten, war es gewesen, als kehre die Kindheit zurück. Sdevan erinnerte sich daran, dass die Trümmer des Weltenkreuzers früher für ihn ein furchterregender und atemberaubender Anblick gewesen waren. All dieses Metall, all diese Technik, zerknittert und durcheinandergewürfelt wie von der Hand einer unbarmherzigen Gottheit. Später war der majestätische Eindruck der Überreste der Ehrfurcht vor den Regendrachen gewichen. Die waren weniger greifbar und mächtiger als das Gebirge. Alles hatte sich verändert, als Sdevan lernte, die Welt durch mehr Augen zu sehen als nur die in seinem eigenen Schädel. Doch dieser Anblick übertraf sogar die Erinnerung an das ehrfürchtige Starren auf die hochragenden Überreste der Oosterbrijk. Und das hier lebte.

Das Standbild aus Vilm Village war noch nicht erschienen, da ertönte bereits die besorgte Stimme der Einarmigen Eliza, knarzig und flach wie alle Töne, die mit den begrenzten Fähigkeiten dieser Datenleitung übertragen wurden. Das aktuelle Bild aus dem Inneren des Geländekuglers war offenbar bereits angekommen. »Wie seht ihr denn aus, um Gottes willen?«

»Eure Reinigung wird als unvollkommen empfunden«, übersetzte Tonja und bekam dafür prompt eine Rüge von Marjas zweitem Ich, übermittelt durch einen Tritt mit der Hinterpfote, der an Deutlichkeit nichts zu wünschen übrig ließ.

»Wir sehen aus«, sagte Sdevan würdevoll, »wie ein paar echte Vilmer, die den Kontakt mit ihrer Heimat gesucht haben.«

»Gefunden auch«, ergänzte Jonathan, »und wie.«

»Irgendwann werde ich noch einmal wahnsinnig euretwegen«, sagte die Einarmige Eliza, und weil das Anderthalb-Sekunden-Standbild aus Vilm Village just in diesem sehr unvorteilhaften Augenblick auf dem Bildschirm auftauchte, wurde das kantige Gesicht der gestrengen Lehrerin für einige Momente in einer Standaufnahme sichtbar, auf der sie die Augen verdrehte. Natürlich drückte Sdevan, der sich und die anderen drei tatsächlich nicht ganz sauber bekommen hatte, auf die Speichertaste. Dieses Bild war von jetzt an Teil einer Sammlung, die niemals unter die Augen der Einarmigen Eliza kommen durfte.

»Was sagen die weisen Schreilen zu diesem Ungetüm da?«, fragte Marja. Aus dem Lautsprecher erklang ein undefinierbares Geräusch, und kurze Zeit später, als sich das nächste Standbild aus Vilm Village aufgebaut hatte, hatte sich Tina zur Einarmigen Eliza und ans Mikrofon durchgedrängelt.

»Unsere weisen Uhus sind zwar, wenn ich das richtig sehe, sehr beeindruckt«, sagte die Chefin aller Vilmer, »aber mehr als diese Tatsache kann ich und werde ich euch dazu nicht sagen.

Sie machen runde Augen und bedeutungsschwangere Geräusche. Ansonsten steht nun die eine Frage zur Debatte, wie ich meine, die wir, wie euch erinnerlich sein dürfte, verschiedentlich besprochen hatten, wenn auch ohne große Gegenliebe auf eurer Seite, wenn ich mal so sagen darf.«

»Meine Güte«, bemerkte Tonja, »dann sag doch gleich, dass wir jetzt nach Hause kommen sollen.«

»Habe ich das nicht?«

Jonathan grinste. Sdevan schaltete ein zweites Mikrofon an und sprach direkt dort hinein; zwar würden die in Vilm Village jetzt erst einmal zusammenzucken – wegen der Lautstärke –, das war ihm jedoch egal. »Was mich mehr interessiert: Wie sehen unsere Chancen aus, um dieses Ding herumzukommen? Oder dran vorbei oder drüber oder drunter durch, völlig egal wie, nur weiter nach Süden? Der Äquator ist schließlich so weit nicht entfernt.«

Francescos Stimme meldete sich mit einem deutlichen Knacken; er hatte sich offenbar durch eine zweite Leitung zugeschaltet. »Das Fahrzeug hat einige Extras in petto, die ihr noch nicht gebraucht habt, dieser Wall aus Gemüse dürfte allerdings unüberwindlich sein. Ich habe weder Flugfähigkeiten noch eine Bergwerksausrüstung hineingepackt.«

»Ich nehme an«, sagte die Einarmige Eliza, »dass es nicht in Frage kommt, sich mit Gewalt einen Weg hindurchzubahnen, mit Energiewerfern beispielsweise.«

Vier Kinder und vier Eingesichter schüttelten heftig die Köpfe, ehe es einem von ihnen einfiel, ein kräftiges Nein zu rufen. Allein die Vorstellung, mit Strahlen gleißender Hitze durch das lebendige Geflecht dieser Pflanzen zu schneiden, bereitete ihnen Übelkeit, vor allem natürlich ihren vilmschen Hälften, den Eingesichtern.

»Die Strecke außen herum allerdings«, sagte eine weitere Stimme, »könnte verflixt lang werden.«

»Wie lang genau?«, wollten Sdevan und Francesco zugleich wissen, und als das Standbild wechselte, zeigte es Menschen, die sich die Ohren zuhielten. Tonja schlug vor, doch bitte auf jeder Seite der ohnehin nicht sonderlich guten Verbindung nur ein Mikrofon zu benutzen, für weitgehende Schonung von Nerven und Gehör der Beteiligten.

»Das hätte Tina kaum hübscher ausdrücken können«, sagte Sdevan, dessen Mikrofon soeben abgeschaltet worden war. Von Vilm Village aus meldete sich jene Stimme wieder. »Joern hier. Wir haben anhand des gesendeten Datenmaterials ein paar Schätzungen zur Ausdehnung von diesem Ding.«

»Gut. Dann können wir entscheiden, ob wir außen herum zum Äquator weiterfahren.«

»Geht nicht.«

»Wieso denn das?«

»Weil das Gebilde möglicherweise der Äquator des Planeten ist. Mehr oder weniger zumindest.«

Marja und Tonja starrten überrascht das feuchte Ungetüm an. Sdevan und Jonathan sahen einander in die Augen und schüttelten den Kopf. Joern erklärte, dass die anhand des stereoskopischen Bildes messbare Krümmung der Pflanzenwand so gering wäre, dass die besagte Krümmung entweder jenseits der Messbarkeit klein sein müsse; oder die Länge des Objektes der einer Planetenumrundung entspreche. Immer vorausgesetzt, das Dickicht habe eine mathematisch exakt gleichmäßige Grenze, was nicht der Fall war. Anders gesagt, Joern war anhand von Näherungswerten der Überzeugung, Vilms Äquator sei von einem einzigen gigantischen Gestrolch bewachsen, etwa tausend Kilometer breit, mit ein paar hundert Kilometern plus oder minus, je nach Landschaft. Anders ausgedrückt: Alle bisher bekannten Gestrolche waren verkümmerte, kleinwüchsige Ableger eines tropischen Urwaldes von planetaren Ausmaßen.

Das Bild aus Vilm Village brauchte mittlerweile acht Sekunden, um sich neu aufzubauen, und so lange beobachteten die Reisenden im Geländekugler stumm, wie sich der Bildschirm Pixel für Pixel füllte. »Da können wir ja heilfroh sein«, sagte die

Einarmige Eliza, »dass die VILM VAN DER OOSTERBRIJK damals nicht in den Tropen abgestürzt ist. Da hätten wir fein in der Tinte gesessen ...«

Sdevan schlug seine Faust gegen die gewölbte Kuppel des Geländekuglers; sie würden also niemals bis zum Äquator vordringen, ganz zu schweigen von der südlichen Hälfte Vilms. Verdammt! Dann spürte er, dass sich sein Eingesicht nah an ihn drängte, und die Wut floss aus ihm heraus, als wäre ein Stöpsel gezogen worden. Sdevan schaute seinen Gefährten an und sah, verschwommen und undeutlich, sich selbst durch die Augen des Tieres, das seinen Zorn für unbegreiflich und lächerlich und total übertrieben hielt. Was stimmte. Nachdem Sdevan das so gesehen hatte, gab es keine Wut mehr. Nur ein paar neue Fakten. »Wir werden also ein paar Proben nehmen«, sagte Sdevan, »wir werden Aufnahmen machen und Daten sammeln für die sieben Weisen daheim. Dann kommen wir zurück.«

Jonathan starrte Sdevan überrascht an und zuckte dann die Achseln.

»Moment«, sagte jemand in Vilm Village mit schwankender Stimme. An der Anzeige des Funkgeräts war zu erkennen, dass die Empfangsqualität selbst stark fluktuierte. Die Verbindung zum Lager wurde dünn und faserte aus. Das nächste schwarzweiße Standbild ließ sich sehr, sehr viel Zeit. »Atmosphärische Turbulenzen«, sagte Joern, »seltsam. Sieht fast aus wie diese Störungen aus dem tiefen Süden, die wir manchmal empfangen. aber das ist etwas anderes. Sehr absonderlich. Das muss ich mit jemandem besprechen, der mehr Ahnung hat. Hat jemand eine Ahnung, wo Adrian Harenbergh steckt?« Dann schaltete Joern ab, und für einige Sekunden drang Knistern aus dem Lautsprecher, während sich auf dem Monitor quälend langsam ein Bild aufbaute, das eine Einarmige Eliza zeigte, deren Brauen fragend hochgezogen waren, während ihr Blick nach irgendwo seitlich ging. »Wir haben hier merkwürdige Messwerte«, sagte sie, »und zwar die, die uns vom Geländekugler überspielt werden, in den Blindbereichen eures Videosignals.«

Jonathan sprang zu den schlafenden Konsolen des Überwachungssystems und aktivierte sie. Sofort summte ein Alarm. »Eine Sturmwarnung ist das nicht«, sagte Jonathan und versuchte zu verstehen, was die Anzeigen besagten. Der Geländekugler entschied, dass es besser sei, die Kuppel zu verschließen. Erst als die Verriegelungen einrasteten, bemerkte Marja, dass da draußen ein Geräusch gewesen war, ein sehr leises Geräusch. Erst sein plötzliches Verschwinden machte sie darauf aufmerksam. Sie hantierte an ein paar Schaltern und legte eine naturgetreue Wiedergabe der Außengeräusche auf die Innenlautsprecher. Natürlich hatte diese Aufnahme die höchste nur denkbare Qualität, schließlich musste das Signal keine hunderte von Meilen auf Wegen zurücklegen, die für solche Zwecke nicht gemacht waren. Und die Lautsprecher im Fahrzeug gehörten zum Besten, was verfügbar war; meistens wurden sie benutzt, um Konserven mit jener seltsamen Musik der sagenhaften alten Erde abzuspielen, die immer mal wieder in Mode war. Doch jetzt ließen dieselben Boxen nie gehörte Geräusche erklingen. Ein sanftes, bedrohliches Brausen erfüllte die Luft. Stumm sahen die Eingesichter einander an. Wenn es Wasserfälle gab, die in den Himmel hinauf statt einen Berg hinunter fielen, dann müssten sie so ähnlich klingen. Ein Rudel Rehschweine raste am Fahrzeug vorbei und versteckte sich zwischen den Ästen eines Gestrolchs; das war ungewöhnlich, denn normalerweise blieben diese Tiere im Freien, fluchtbereit, falls ein Springwolf auftauchen sollte. Diese hier krochen, so tief es nur ging, in das Pflanzengewirr hinein, und die hinteren Schädel starrten mit geweiteten Augen in den Himmel, während die vorderen ruckend und stoßend versuchten, tiefer in den Schutz des Dickichts zu gelangen. Blattwürmer hangelten sich von den oberen Zweigen hinunter und krabbelten ins Innere, direkt in die Nähe ihrer natürlichen Feinde.

In diesem Augenblick verwandelte sich der Regen. Als hätte jemand einen Schalter umgelegt, wurde aus dem leisen Rieseln ein unregelmäßiges Stakkato. Große Regentropfen zerplatzten auf der Kuppel wie angreifende Tiere. Und gleichzeitig erlosch eine Anzeige: Es bestand keine Verbindung nach Vilm Village mehr. »Seht!«, rief Tonja, die die obere Kante des pflanzlichen Monstrums im Blick behalten hatte, in der Hoffnung, mehr von der unbekannten fliegenden Tierwelt zu sehen. Alle schauten hin, und ihnen blieb der Mund offen.

Aus dem unerreichbaren Inneren des gigantischen Walls erhob sich eine schwarze Wolkenwand, die wie eine höllische langsame Eruption hoch in den Himmel stieg und sich langsam ausdehnte, über alle Maßen. Die Messwerte, die der Geländekugler aufzeichnete, waren vollkommen unglaubhaft. Andere gab es freilich nicht. Wenn sie stimmten, wäre dieses Ereignis auf jedem anderen bekannten Planeten eine Katastrophe gewesen. Aber dies hier war Vilm, dachte Sdevan und schüttelte den Kopf. Manchmal konnte seine Heimatwelt ihn verstummen lassen. Die finstere Wolkenmasse stieg in majestätischer Langsamkeit auf, sie veränderte sich dabei zusehends und floss in die Breite. Der gewohnte vilmsche graue Himmel wurde weggewischt von diesem düsteren Firmament, das aussah, als wäre es mit allen Blitzen geladen, über die der Planet verfügte. In dem expandierenden Pilz aus finstersten Wolken bewegten sich helle und dunkle Streifen langsam umeinander; bedachte man die enorme Entfernung, musste das dort ungeheure Geschwindigkeiten erreichen. Im Schatten des Naturschauspiels rückten Menschen und Eingesichter eng zueinander. Stumm verfolgten sie, wie die nach wie vor aus dem unerreichbaren Inneren des gigantischen Walls hervorströmenden Wolkenmassen begannen, auch seitlich zu fließen und nicht nur allein von dem Wall weg. Diese seitliche Bewegung wurde unmerklich rascher.

»Ich fasse es nicht«, sagte Jonathan, »ich glaube, wir erleben etwas Besonderes mit.«

»Da kannst du Gift drauf nehmen«, sagte Sdevan, und seine Stimme klang alles andere als forsch.

»Hier werden die Wolken gemacht«, flüsterte Jonathan, »die Wolken und der Wind und die Gewitter und vor allem der Regen, der auf der ganzen nördlichen Hälfte des Planeten fällt ...«

»Von der südlichen mal ganz zu schweigen«, sagte Sdevan.

»Wenn es die Nester der Regendrachen gibt«, sagte Tonja, »dann sind sie da drin.«

»Und wenn es Regendrachen gibt«, setzte Marja leise hinzu, »dann sind sie in genau diesem Augenblick geradewegs über uns.« Die vier Eingesichter schauten wie auf Befehl nach oben und starrten in den dämonisch brodelnden Himmel über der kristallklaren Kuppel des Kuglers. Von dort schauten die Augen der Regendrachen herab. Die vier Menschen schlossen langsam die Lider und sahen das, was die Einheimischen sahen. Da war nichts Bedrohliches, im Gegenteil. Der erschreckende Anblick gehörte ebenso zu Vilm dazu wie der ständige Regen und das Gebrüll der Schreilen. Ohne dieses entsetzliche Strömen würden die Gestrolche verdorren, die Pfützen vertrocknen, die Springwölfe, die Rehschweine und die Eingesichter sterben. Vilm Village meldete sich in kurzen, von atmosphärischer Statik zerhackten Bruchstücken, keiner im Geländekugler reagierte darauf. Falls die Elektronik versuchte, ein schwarzweißes Standbild nach Vilm Village zu senden, baute sich dort in quälender Langsamkeit die Abbildung von vier Menschen mit geschlossenen Augen auf, von vier Eingesichtern begleitet – oder bewacht? –, die nach oben starrten. Sdevan, Marja, Jonathan und Tonja war das egal, zumindest in diesem Moment, in dem sie ein kleines Stückchen davon verstanden, wie Vilm funktionierte und warum sie hier so nahe an den Nestern der Regendrachen ihre Reise in den Süden beenden mussten.

16. Obst für Eingeborene

Eliza sah auf und erblickte ein Vilmkind, dessen Füße in einem flauschigen Fellknäuel steckten. Das Tier hatte sich Sdevan um die Beine gewickelt und schien ihn daran zu hindern, Elizas Büro zu betreten. »Was machst du hier? Solltest du nicht mit den anderen im Gestrolchgarten sein?«

»Will hat gesagt, ich soll mich bei dir melden. Da bin ich hergekommen. Ich warte schon eine Weile ... Wenn nichts ist, gehe ich besser wieder.« Das Eingesicht sprang auf und machte sich allzu bereitwillig auf den Weg nach draußen. Hinaus in den Regen, heraus aus dem halbdunklen Zelt, in dem Elizas Apparaturen standen und bunte Lichter glommen.

»Nichts da«, bremste die Einarmige den Fluchtinstinkt. Wenn Will so was sagt, dann denkt er sich was dabei. »Du weißt, dass Will für alles, was er tut, einen guten Grund hat.«

»Stimmt«, gab Sdevan kleinlaut zu.

Eliza verkniff sich ein Lächeln. »Im Gegensatz zu dir.«

»Ich weiß nicht ...« Beide wussten, worauf Eliza anspielte. Die unrühmliche Geschichte mit den Rotschoten, die Sdevan mit anderen Kindern pflücken sollte. Gerda hatte sehr lange warten müssen und irgendwas anderes gekocht, irgendwelchen Konservenkram. Sdevan hatte an jenem Tag herausgefunden, dass Rotschoten roh essbar waren, wenn sie einige Viertelstunden in den Saft von diesen Dingern eingelegt wurden, wie heißen die gleich, die länglichen, grünlichen, die entstehen, wenn man Büschelbatzen abbindet, um sie reif werden zu lassen. Eliza schaute suchend zu Sdevan hinüber. »Blattröhren«, sagte der automatisch.

»Genau; ihr habt Rotschoten in Blattröhrensaft eingelegt und das Zeug gegessen, schmeckt ausnehmend gut, eine echte Delikatesse.« Sdevan blickte sie stolz an, sein Eingesicht hob den Kopf und richtete die klugen Augen auf die Einarmige Eliza. »Wir haben eine gute Erfindung gemacht, oder?«

»Du hast, wolltest du sagen.« Eliza unterdrückte ihr Grinsen. »Dass das Zeugs auch streng alkoholisch ist, hat man daran bemerkt, dass ihr ewig nicht wiedergekommen seid. Ihr wart allesamt sturzbetrunken. Und weil deine famose Erfindung so ungemein harntreibend wirkt, habt ihr den restlichen Tag mit Lallen, Schlafen und Pinkeln verbracht.«

Sdevan verdrehte die Augen. »Das bekomme ich immer wieder aufs Kraut geschmiert.« Eliza beobachtete fasziniert, wie die Miene des Eingesichts denselben Überdruss ausstrahlte. »Ihr könnt mir Geschichten erzählen«, meinte Sdevan, »ich weiß von diesem Tag kaum noch Einzelheiten.«

»Kein Wunder. Das sind genau die Großtaten, die man von dir gewohnt ist. Und da Will dich herschickt ...« Eliza zögerte. Sie hatte im Grunde genommen keine Zeit; sie wollte in ihren Garten gehen und die mickrigen Pflanzen pflegen. Ihr war klar, dass sie von den Vilmkindern für närrisch gehalten wurde, weil sie versuchte, irdische Gewächse auf Vilm zu ziehen. Eliza arbeitete seit Jahren an dem Vorhaben und dachte nicht daran aufzugeben, erst recht nicht jetzt, wo sie voriges Jahr erste Erfolge zu verzeichnen hatte. Sie würde nicht vergessen, wie die Kinder krank gewesen waren, als es Mode wurde, einheimisches Zeug zu essen. Die Kinder konnten tausendmal behaupten, diese absonderlichen Gewächse würden hervorragend schmecken: Sie wussten einfach nicht, was richtiges Obst ist. Deswegen wollte Eliza Äpfel und Birnen und vor allem Pflaumen ziehen. Auch wenn sie seit Wochen nicht bei ihren kleinen vermickerten Lieblingen gewesen war. Sdevans Strafe für was auch immer ging jedoch vor. »Setz dich dahin«, sagte Eliza, »und beichte deine Schandtaten.«

Die unschuldigsten Blicke unter allen Wolken der Regenwelt. »Ich weiß nicht, was ...« Sdevan war zurückgewichen, während Eliza in Gedanken versunken war, das Eingesicht war beinahe draußen. »Ich habe gesagt, du sollst dich hinsetzen«, fauchte Eliza,

»und damit meine ich dich vollzählig, diesen Raum verlässt keine einzige Pfote, ehe ich nicht alles weiß, was es zu wissen gibt.«

»Entschuldigung. Ich sitze ja. Ganz.« Sdevan hatte sich rasch gefügt. Verdächtig rasch. Das Vilmkind hatte brav Platz genommen, das Eingesicht streunte ein bisschen durchs Büro und machte es sich sehr gemächlich bequem. Es musterte mit gelangweiltem Gesichtsausdruck die Monitore, über die allerlei Informationen flossen, denen Eliza nicht immer viel Beachtung schenkte. Sie fixierte das Vilmkind. Sdevan saß still da, als würden die Bildschirme genau das zeigen, was er erwartete. Er musste tatsächlich was ausgefressen haben. Eliza nahm sich vor, geduldig und ruhig zu bleiben.

»Prima«, sagte sie. »Willst du ein Glas Saft?«

»Hast du Strolchsaft da?«

»Na klar.«

»Weißen oder gelben?«

»Du weißt, dass du nur weißen von mir bekommst. Außerdem bin ich der Meinung, dass der gelbe zu stark ist für dein Alter.«

Sdevan legte den Kopf schräg. Die Köpfe. »Mechin hat gesagt, wir sind alle biologisch erheblich weiter als kalendarisch.« Der Dackelblick funktionierte, das musste Eliza dem Vilmkind zugestehen.

»Nimm deinen kalendarischen Gestrolchsaft«, sagte sie, »und rede endlich biologischen Klartext, was heute vorgefallen ist.«

»Du kennst doch die Gestrolche mit den gefiederten Blättern dicht über dem Boden. Die, an denen so merkwürdige Brötchen wachsen, wenn man die Triebe richtig abbindet«, begann Sdevan.

»Ich denke, ja«, bestätigte Eliza. »Das klappt nicht immer.«

»Bei mir schon«, sagte Sdevan stolz.

»Angeber«, knurrte Eliza. »Aber ich weiß, du hast das, was wir früher den grünen Daumen genannt haben.«

»Grüner Daumen?« Sdevan sah sie erstaunt an. »Meine Hände sind sauber ...«

»Gut, schon gut, vergiss es.«

»Ich verstehe nicht, was das heißen soll, grüner Daumen.«

Eliza winkte ab. »Buche das einfach in der Rubrik für die Merkwürdigkeiten der Erwachsenen ab, in Ordnung?« Nicht aufregen, dachte sie. Sachlich bleiben. Es ist ein Vilmkind, und sein sechspfotiger Teil liegt wie ein hingeworfenes Fell unterm Tisch. »Ihr haltet uns ja sowieso alle für etwas meschugge«, erklärte sie. »Streite es nicht ab, erzähle lieber weiter.«

»Nun, ich war auf der Suche nach genau diesen Gestrolchen, als ich diese unscheinbare Halbpflanze entdeckte. Ein putziges Ding. Ähnlich wie die Lianen mit den kleinen Knoten darin, aus denen man diese verschiedenen Geschmäcker machen kann ...«

»Gewürze, so nennen wir das.«

Sdevan ging auf das fremdartige Wort nicht weiter ein. »Man kann die auch so essen, da machen sie für eine sehr lange Zeit satt«, sagte er.

Die steckst du natürlich nicht in deinen Mund, die steckst du in dein Maul, dachte Eliza. Es war immer wieder irritierend, die Vilmkinder von ihrem tierischen Teil sprechen zu hören.

»Sie sah aus wie die Gewürzlianen, nur anders«, fuhr Sdevan fort. »Sie hatte kleine Knollen an den Ästen. Die sahen genauso aus wie die Knollen, die von Eingesichtern und Rehschweinen so gern gefressen werden.«

»So kopfgroße Dinger, länglich, mit einer grauen Schale, die wie verschrumpelt aussieht.« Eliza erinnerte sich.

»Genau die.« Die runzligen Brotfrüchte waren unter den ersten vilmschen Pflanzen gewesen, die von den Menschen als essbar erkannt worden waren, nachdem man aufmerksam die Tiere beobachtet hatte. Nach all den Jahren hat man sich an den Geschmack gewöhnt. Beinahe gewöhnt, gab Eliza in Gedanken zu. Den Vilmkindern schmeckten die Knollen vorzüglich, wie nicht anders zu erwarten.

»An diesem speziellen Busch wuchsen diese Knollen auch, was an und für sich schon abwegig war«, erzählte Sdevan. »Hinzu kam, dass die Knollen sehr klein waren, kaum faustgroß, mit einer glatten, grünen Schale. Die Dinger sahen anders aus als andere Früchte, die ich kannte.«

»Und?«

»Die Pflanzen waren voller Blattwürmer, und auch Zimtschnecken gab es dort, die kleinere Art. Die Früchte und Blätter waren angefressen, die Knollen hatten die Tiere nicht angerührt. Wahrscheinlich des Aussehens wegen. Dachte ich.«

»Und?«

»Ich hab gekostet. Es schmeckte seltsam, interessant; säuerlich, frisch und süß und mit jedem Bissen süßer.«

»Wer genau hat gekostet? A oder J?« Eliza fand es praktisch, dass die Vilmkinder sich Buchstabenkennungen für ihre Bestandteile ausgedacht hatten. Leider hatte sie keine Ahnung, was die Buchstaben zu bedeuten hatten.

»A natürlich«, gab Sdevan zu. Der menschliche Teil also. »Es war köstlich. Nur wurde mir schlecht und sehr wunderlich. Alles wurde bunt und grell und leuchtete, und ich hatte das Gefühl, der Boden bewege sich unter meinen Pfoten. Ich muss dann wohl hingefallen sein und war für eine Weile weggetreten.«

Eliza blickte Sdevan scharf an; mit den hinteren Pfoten kratzte er sich hinter den Ohren, wie ein Schäferhund, und er vermied es, ihr in die Augen zu sehen. »Und deswegen hat Will dich hergeschickt?«, fragte sie misstrauisch. Sdevan-A nickte beflissen. Sdevan-J schaute betont gelangweilt im Zelt umher. »Such dir jemand anderen, der alt genug aussieht, dass du ihn verarschen kannst.«

Ein verdatterter Gesichtsausdruck. »Aber ich habe ...«

»Überlege es dir genau, ehe du mich anlügst«, fauchte Eliza. »Ich kann Will fragen, was wirklich los war. Er muss nicht einmal herkommen. Es gibt Funksprechgeräte, auch wenn sie nicht sonderlich gut funktionieren. Reden kann man. Und wenn ich mir per Funk sagen lassen muss, dass Vilmkinder mich auf die Nudel geschoben haben, wirst du dir wünschen, überall ein schönes dichtes Fell zu haben, das den Schmerz etwas dämpft.«

Das Eingesicht sprang auf und wich zurück, den Kopf beschämt gesenkt. Man sah ihm an, dass es nichts wollte als raus hier. Die bunt vor sich hin leuchtenden Monitore würdigte es keines Blickes mehr. Sdevan räusperte sich. »Stimmt es tatsächlich, was die Kleinen erzählen? Dass du Gedanken lesen kannst?«

Eliza unterdrückte ein Lächeln. »Wenn sie dermaßen deutlich in einem solchen Gesicht stehen, sicher.«

»Das ist unfair«, meinte Sdevan.

»Wer hat dich auf den blödsinnigen Gedanken gebracht, das Leben sei fair?« Eliza schüttelte den Kopf. Das Vilmkind brachte sie auf. »Ist es etwa fair, ein paar hundert ahnungsloser Leute auf einem Planeten abzuladen, dessen größtes und einziges Kapital in seinem unerschöpflichen Vorrat an Regen besteht?«

»Ich finde Regen schön.« Sdevan-J schaute noch einmal sehnsüchtig zum Ausgang und trollte sich dann wieder zu Sdevan-A. Mit neugierigen Augen musterte er die Geräte, die Eliza aufgebaut hatte und deren zahlreiche Bildschirme mit bunten Lichtern, aufklappenden Bildern und emsig hüpfenden Statistiken vor sich hin leuchteten und flimmerten. Seine menschliche Hälfte legte verständnislos den Kopf schräg. Er konnte nicht verstehen, was das eine mit dem andren zu tun haben sollte. Er hatte oft Schwierigkeiten, den Gedanken der Älteren zu folgen, so wie die meisten Vilmkinder.

Eliza schnaufte leise und ermahnte sich, ruhig zu bleiben und keine Wut an Sdevan auszulassen, für die der nichts konnte. «Wirst du mir jetzt erzählen, warum um alles in der Welt dich Will zu mir geschickt hat, oder ...«

»Was ich gesagt habe, stimmt genau ...«, meinte Sdevan.

Eliza unterbrach ihn. »Dass ich nicht lache.«

»... es ist halt eine Weile her.« Sdevan studierte die Ecken hinter den Apparaten. Die leuchtenden Bilder erzeugten dort interessante Zwischenschatten, bunte, dämmerige, nicht ganz so düstere ...

»Oh. Wir kommen der Wahrheit näher. In kleinen Schritten.«

»Ich fand heraus, dass diese Mischformen abwegige Wirkungen haben. Anfangs war da nur dieses eine Gestrolch, das Effekte hervorrief. Man schwebte eine Weile, nun ja, etwas neben sich, wenn du verstehst, was ich meine.«

Die Einarmige holte Luft. »Irgendwie seid ihr doch alle immerzu neben euch«, murmelte Eliza.

»Was ...?« Beide Gesichter waren plötzlich ihr zugewandt.

»Na ja, ihr mit diesen Kreaturen um euch herum ...« Eliza warf einen Blick auf die beiden Wesen, von denen sie aufmerksam betrachtet wurde, und gab für diesmal den Versuch auf, Sdevan die Merkwürdigkeit seiner Existenz klarmachen zu wollen. »Ach was, vergiss es. Was hast du später über diese Pflanze herausgefunden? Oder hast du dir täglich den Vollrausch angetan, bis das Gestrolch leergefressen war?«

Das Eingesicht hörte auf, Eliza anzustarren, und setzte sein neugieriges Herumgestöber in dunklen Ecken fort. »Ein Vollrausch war es nicht gerade.«

»Sondern?«

»Was du meinst, ist Alkohol oder so Zeug wie im gelben Strolchsaft. Diese Frucht war vollkommen unvergleichlich. Ein einziger Bissen reichte, um die Welt plötzlich komplett anders zu sehen, ganz und gar verwandelt. Und eine Frucht machte keinen Appetit auf die nächste. Im Gegenteil. Ich hatte hinterher absolut keine Lust, ein weiteres von den Dingern zu essen. Das kam erst später.«

Eliza setzte sich gerade hin und sah nach, was das hundeartige Wesen so trieb. »Das war jetzt sehr aufschlussreich«, meinte sie.

Sdevan schaute überrascht. »Aufschlussreich? Wieso?«

»Du sagtest: später. Wir sprechen über längere Zeiträume? Die Geschichte mit dieser ersten Frucht liegt bereits eine Weile zurück.«

»Äh ... ich weiß nicht ...« Die beiden Teile Sdevans sahen einander in die Augen, quer durch Elizas improvisiertes Büro. Wie ein Mensch, der betreten in den Spiegel schaut, wenn ihm die Sünden des vorangegangenen Abends einfallen. Die leuchtenden Bildschirme warfen farbige Muster über die beiden fassungslosen Gesichter.

Eliza stützte den Kopf in die Hände. »Was als Nächstes kommt, kann ich mir denken. Du hast dir andere verluderte Pflanzen gesucht, weitere Zwitter verschiedener Arten. Und natürlich hast du die erste Frucht gegessen, die dir in die Hände fiel.«

Sdevan nickte aufgeregt, Sdevan-J kam aus dem dunklen Winkel hervor, in dem er herumgeschnüffelt hatte. »Und die zweite Frucht war viel verrückter als die erste.«

»Weswegen?«, wollte Eliza wissen.

»Alles wurde langsam.«

»Langsam? Inwiefern langsam?«

»Die Farben veränderten sich, alle Geräusche wurden wolkig und murmelten vor sich hin, der Wind klappte die Blätter bedächtig und behaglich hin und her.« Das Eingesicht war aufgestanden und vollführte eine Pantomime langsamen Laufens, schwenkte die Tatzen in Zeitlupe durch die Luft und wackelte bedächtig mit dem Kopf. »Regentropfen fielen nicht mehr«, sagte Sdevan, »sondern trödelten gemächlich dem Boden entgegen, und bei manchen konnte ich sehen, wie sie während des Fallens rotierten. Bis dahin hatte ich nicht gewusst, dass Regentropfen, während sie fallen, sich um sich selbst drehen. Die Welt war auf Sparflamme gegangen.«

Eliza grinste das herumalbernde Eingesicht an, das sichtlich Spaß hatte an seiner Pantomime. »Beschleunigte Wahrnehmung«, sagte sie. »Nicht die Welt war langsamer, sondern du warst schneller geworden. Deine Sinne waren so sehr beschleunigt, dass du Dinge wahrgenommen hast, die normalerweise zu schnell für uns geschehen. Was passierte, wenn du dich bewegen wolltest?«

»Das war seltsam. Meine Füße und Hände und Pfoten steckten wie in Gelee; ich konnte mich bewegen, wie gegen einen Widerstand, als hielte mich jemand sachte fest und ließe immer los, wenn ich mich anstrengte. Sehr verwirrend.«

»Und dein haariger Freund?« Eliza beobachtete immer noch das verlangsamte Bewegung spielende Eingesicht, das wie ein betrunkener Bettvorleger von einer Seite auf die andere schwankte. Nur die geschickte Koordination der Mittelpfoten verhinderte, dass der Körper umfiel.

»Das war ja so verwirrend. Es betraf mich komplett, also auch J, die von der Frucht gar nichts gegessen hatte.«

»Das ist allerdings sehr verwirrend«, gab Eliza zu. »Ich für meinen Teil finde es kompliziert genug, dass ihr euch mit zwei Körpern und zweieinhalb Köpfen und zwei Füßen und sechs Pfoten und zwei Händen durchs Leben bewegt. Aber das ist nicht mein Problem.«

»Ich komme prima zurecht, danke.« Sdevan-J stand auf einer linken Vorder- und einer rechten Hinterpfote, streckte die verbliebenen Gliedmaßen waagerecht aus und balancierte mit nach oben gerecktem Gesicht, als wäre sie die Attraktion im Vilm-Zirkus.

Eliza beschlich der Verdacht, sie würde von Sdevan veralbert. »Vermutlich hast du nach diesem Erlebnis keinen Grund gesehen, mit den Experimenten aufzuhören? Oder einen von uns um Rat zu fragen?«

Das Eingesicht, immer noch Zirkuspferd spielend, schüttelte energisch den Kopf. Dabei verlor es das Gleichgewicht und landete auf allen Sechsen.

»Wieso nur wundere ich mich nicht darüber?«, sagte Eliza mehr zu sich selbst als zu ihrem Gesprächspartner.

»Ich habe keine Ahnung«, sagte Sdevan.

Eliza funkelte ihn an. »Es gibt freche Antworten, die mich dazu bringen könnten, vollends auszurasten. Dich zu verprügeln wie einen Schusterjungen. Deiner zweiten Hälfte eine Vollrasur anzutun, um zu sehen, wie du unter deinem zottligen Fell aussiehst.«

Sdevan-J wich eilig zurück, schüttelte sich und plusterte sein Fell auf. »Manchmal habe ich das Gefühl, dass die Erwachsenen auf uns Vilmkinder aggressiv reagieren.«

»Da kannst du Gift drauf nehmen.«

»Bitte? Gift? Was für Gift?« Das Eingesicht ließ sich in gefahrloser Entfernung nieder und musterte die Einarmige erstaunt.

»Vergiss es«, sagte die. »Erzähle weiter. Was kam nach deinem heroischen Selbstversuch mit der Beschleunigungsdroge?«

Das Eingesicht schüttelte den Kopf – eine Geste, die erschreckend menschlich wirkte, als hätte sich ein Mensch in seinem Fell versteckt – und legte sich nieder. »Ich habe im Lauf der Zeit eine Unzahl von Früchten gefunden, jede mit ihrer eigenen Wirkung. Soll ich dir eine nach der anderen aufzählen?«

Eliza seufzte. »Ist es dermaßen schlimm?«

»Vermutlich würdest du es so empfinden«, meinte Sdevan.

»Was soll's«, sagte Eliza. »Gib mir einen groben Überblick und komm dann zu dem Grund, aus dem dich Will zu mir geschickt hat. Ich habe das Gefühl, er hätte besser einen echten Seelenklempner suchen sollen, als ausgerechnet mir das Problem aufzuhalsen.«

»Einen – was?« Sdevans Erstaunen wirkte echt.

Eliza winkte ab. »Setze das auf die Liste mit den Worten, die du schleunigst vergessen solltest.«

Sdevan nickte. »Zu den anderen.« Das Eingesicht musterte demonstrativ die Monitore, über die unbeachtet Information rieselte. Offenbar gefiel ihm, was es dort sah.

»Du bist ganz schön frech für dein Alter«, stellte Eliza fest.

»Mechin hat gesagt, wir sind alle biologisch weiter als kalendarisch.«

»Du wiederholst dich.«

»Mag sein.« Sdevans Augen lösten sich von den Monitoren und wanderten in Richtung Ausgang.

»Du wolltest mir von deinen Selbstversuchen berichten, ehe ich dir das Fell gerbe«, sagte Eliza. »Im Laufe der Zeit, hast du gesagt. Wie lange betreibst denn du deine Forschungen? Und versuch es mit der Wahrheit.«

»Nun ja ...« Sdevan war das Bedauern anzusehen, dass er nicht die Flucht ergriffen hatte, als sich die Chance bot.

»Ich sprach von der Wahrheit«, erinnerte ihn Eliza.

»Ein halbes Jahr ...« druckste Sdevan herum.

»Was?!«

»... oder besser etwas länger als ein Jahr.«

»Mir fehlen die Worte.«

»Das wäre mir aufgefallen.« Das Eingesicht blies spöttisch die Wangen auf und blickte rasch weg, als Sdevan merkte, dass ihr seine respektlose Geste aufgefallen war.

»Deine Frechheit dringt nicht durch, mein Kind; ich bin viel zu schockiert. Dass ein Jugendlicher es fertigbringt, über zwölf Monate lang mit unbekannten psychotropen Substanzen herumzuexperimentieren, ist an sich schlimm genug. Dass keiner von uns etwas davon gemerkt hat, ist noch schlimmer.« Sie stützte den Kopf in die Hände. »Bist du dir darüber klar, dass deine bloße Existenz einem reinen Wunder geschuldet ist?«

Er schaute sie an, ein bisschen erschrocken. »Ein Wunder? Was für ein Wunder?«

»Wenn du über ein Jahr lang mit all diesem Zeug herumprobiert hast«, erklärte Eliza, »dann kann es nur ein Wunder sein, dass du heute keine sabbernder Idiot bist oder längst von den Wurbls gefressen.«

Sdevan entspannte sich. »Oh. Nein, diese Art von Wunder war es mit Sicherheit nicht.«

»Was für eine Art von Wunder ist dann für dein Überleben verantwortlich?«

»Das kann ich nur schwer erklären ...« Er warf wieder auf einen Blick auf die Bildschirme, deren grafische Darstellungen so wenig Beachtung fanden.

»Versuche es bitte. Ich bin scharf auf schwere Erklärungen.« Eliza lehnte sich zurück und ermahnte sich zum wiederholten Male, ruhig zu bleiben. Unaufgeregt. Souverän.

»Nun, ich habe nur am Anfang wild drauflos herumprobiert«, berichtete Sdevan. »Nach dem merkwürdigen Erlebnis mit den

Zeitbeeren bin ich vorsichtiger geworden und nicht mehr allein losgegangen.«

»Mittäter gibt es also auch«, stellte Eliza fest. Sie hätte es ahnen sollen.

»Ja, natürlich.« Sdevan grinste. Das Eingesicht löste seinen Blick von den Bildschirmen und grinste ebenfalls. »Mitwisser, hast du vergessen zu sagen.«

»Das ist doch ...« Eliza brach ab. Der Junge hatte sich also mit Hilfe eines Beobachters abgesichert. Hatte beim weiteren Verkosten der hiesigen pharmakologischen Leckerbissen einen Assistenten gehabt. Oder mehrere.

»Ich habe dabei eine Menge interessanter Dinge erlebt.«

»Das kann ich mir lebhaft vorstellen«, sagte Eliza, der die Geschichte langsam unheimlich wurde.

»Tatsächlich?« Sdevan schien begeistert von Elizas Interesse. »Da gibt es beispielsweise eine Frucht, die Haut überaus empfindsam macht; es ist unmöglich, Kleidung zu tragen, wenn man den Wirkstoff im Blut hat, und auch lange Mähnen sind ausgeschlossen – jedes einzelne Haar, das die Haut berührt, fühlt sich an wie ein brutaler Nadelstich, einer, der bis auf die Knochen geht ...«

»Moment mal«, Eliza erinnerte sich, »damals, als die Mode ausbrach, sich die Haare millimeterkurz zu stutzen – hing das mit deinen verflixten Beeren zusammen?«

Sdevan nickte begeistert. »Das muss ich zugeben.«

Eliza lehnte sich schwer aufatmend in ihren Sessel zurück. »Und ich muss mich damit abfinden, dass die komplette Truppe darüber Bescheid gewusst hat. Die verschworene Bande der Vilmkinder war eingeweiht.«

»Fast alle«, gab Sdevan zu. »Die ganz Kleinen hätten es nicht verstanden.«

»Und was habt ihr, um aller Himmel willen, denn davon gehabt, eure Epidermis chemisch aufzuladen?«

Sdevan geriet ins Schwärmen. »Das Gefühl ist phänomenal. Du spürst mit deiner gesamten Körperoberfläche die Umgebung, besser, als du sie sehen kannst.« Das Eingesicht war aufgesprungen und vollführte im Licht der Bildschirme einen verträumten Regentanz. Eliza war nicht sicher, ob das wirklich für sie gedacht war oder ob Sdevan-J die Worte von Sdevan-A in Bewegungen umsetzte. »Der Wind wird zu einem freundlichen Tier, dessen Bewegungen einen Sinn ergeben. Zusammen mit dem Regen, der auf der Haut überhaupt nicht weh tut, wird man eins mit dem Wetter. All die Strömungen werden zweckmäßig und verständlich.«

Elizas Blick war ungläubig. »Jetzt erzähle mir noch, ihr könnt mit dem Zeug das Wetter voraussagen oder sogar beeinflussen!«

»Nein. Das geht leider nicht«, gab Sdevan zu. »Wenn wir euch Erwachsene mit einer Vorahnung vom Wetter beeindrucken, sind das bloß Mutmaßungen. Auch wenn sie meistens zutreffen. Nein, der Effekt der Frucht ist außergewöhnlich stark, andererseits eng begrenzt. Nur die unmittelbare Umgebung wird für den Windfühligen erfassbar, und das so heftig, dass die anderen Sinne völlig unterdrückt werden.« Das Eingesicht ließ sich flach auf den Boden fallen und verschränkte die Pfoten über den Augen. »Man sieht nicht mehr so richtig, und keiner, der unter dem Einfluss der Windfrucht stand, hat je auf ein gesprochenes Wort reagiert. Zwar kann sich keiner erinnern, für diese paar Minuten das Gehör verloren zu haben. Andererseits hat bis jetzt niemand erzählt, er hätte Geräusche wahrgenommen. Wir haben dafür keine Erklärung.« Eine Pfote hob sich, ein Ohr richtete sich auf und zielte auf Eliza. »Die Nerven der akustischen Wahrnehmung sind einfach mit etwas anderem beschäftigt.«

»Das ist gut möglich«, überlegte Eliza. »Keiner kann sagen, was das Zeug in diesen Pflanzen euch in Wirklichkeit antut. Und schon angetan hat.«

»Oh, was das betrifft, weißt du ja nur zu gut, dass es allen gut geht. Sonderlich schädlich kann unser Herumprobieren also nicht gewesen sein.« Das andere Ohr stellte sich auf.

»Ich weiß nicht.« Eliza warf dem Eingesicht einen langen Blick zu und ignorierte für diesmal das Vilmkind. »Du meinst, ich sollte mal so eine Beere oder Frucht ausprobieren?«

Die Ohren sanken nach unten. »Ähem ... Besser nicht.«

»Interessant. Und warum nicht?«

Verschämtes Herumgerutsche. Ein Blick wie Ich-würde-jetzt-gern-im-Boden-versinken-aber-es-geht-grad-nicht. »Weil du es längst getan hast.«

Ein paar Sekunden Stille. »Blödsinn. Ich habe nie ...« Eliza richtete sich auf. »Moment mal. Soll das heißen, ihr habt mich oder einen von uns insgeheim mit diesem Mist gefüttert?«

Sdevan gab es auf, in den irrlichternden Farben der Monitore etwas sehen zu wollen, und blickte der Einarmigen ins Gesicht. Es fiel ihm nicht leicht. »Ja. Dich. Und ein paar andere auch. Alle mit demselben Ergebnis.«

»Wir waren eure Versuchskaninchen?« Eliza blieb kalt, auch wenn es in ihrem Innern Aufruhr gab.

Sdevan lugte unter seinen Pfoten hervor und rutschte unbehaglich auf seinem Stuhl umher. »Das wäre ... übertrieben ausgedrückt. Außerdem haben wir festgestellt, dass die Früchte auf Erwachsene nicht wirken. Es passiert nichts.«

»Da bleibt einem die Spucke weg.« Eliza wartete ein paar Sekunden, ehe sie weitersprach, und sie tat so, als interessiere sie etwas von den Informationen, die über ihre Monitore rieselten. »Ich bin sehr gespannt, was sich außerdem herausstellt. Den Absturz der VILM VAN DER OOSTERBRIJK habt ihr nicht gleich mit organisiert, oder?«

Sdevan warf ihr einen empörten Blick zu. »Das geht schlecht. Damals waren die meisten von uns gar nicht geboren.«

»Stimmt. Die damals Geborenen sind immun gegen die Inhaltsstoffe dieser abartigen Früchte«, überlegte Eliza laut. »Und die später Geborenen vergiften die anderen.«

Heftiges Kopfschütteln. »Eine Vergiftung ist ausgeschlossen.«

»Woher willst du das wissen?«

Sdevan schaute kurz zum Zeltdach, überdrüssig, solche Selbstverständlichkeiten erklären zu müssen. »Niemand wird von den Fähigkeiten der Rätselfrüchte berührt, der nicht die Pseudo-Diphtherie hinter sich gebracht hat. Es gibt ja einige wenige Kinder, die nicht erkrankt waren. Hast du darüber nachgedacht, dass sich denen keine Eingesichter angeschlossen haben? Dass beispielsweise Carl immer allein ist?«

Eliza stutzte. »Ist mir nie aufgefallen.«

»Aber uns«, sagte Sdevan. »Und wir kriegen mit denen keinen gemeinsamen Draht. Nicht richtig, meine ich. Die machen andere Sachen als wir, haben andere Interessen.« Und manche von uns fragen sie genau deswegen um Rat, wenn sie nicht weiterwissen, dachte er, vermutlich würde Eliza das nicht verstehen.

Eliza hatte bereits jetzt Schwierigkeiten. »Du meinst, diese Krankheit damals hat die Menschen irgendwie verändert?« Sie verspürte ein leichtes Unwohlsein bei dem Gedanken, die Überlebenden der Pseudo-Diphtherie wären dank der Krankheit auf eine spezielle Art und Weise an den Planeten angepasst worden. Vielleicht könnte man so auch das Eingesichter-Phänomen deuten.

Sdevan ging vor den Bildschirmen auf und ab. »Wir halten das für die einzige Erklärung, die überhaupt einen Sinn ergibt.«

Eliza betrachtete ihn und stellte fest, dass sie angefangen hatte, zu dem hundeartigen sechspfotigen Wesen zu sprechen. »Du redest wie der Chef einer Forschungsgruppe in einem geheimen Labor des Flottenkommandos auf Atibon Legba.«

Sdevan nickte. »Zugegeben, ich weiß wenig von Atibon Legba und noch weniger über das Flottenkommando – aber ich leite tatsächlich die Forschungsgruppe, die sich mit den Rätselfrüchten befasst.« Eliza musste sich das Lachen verbeißen. Es gab Forschungsgruppen bei den Vilmkindern. Nicht zu fassen ... Ihre Heiterkeit blieb nicht unbemerkt.

»Da ist nichts Komisches dran«, sagte Sdevan ein bisschen beleidigt.

Eliza hob entschuldigend die Hände und bat um Vergebung. »Wir wissen ja, dass ihr eurem Alter weit voraus seid.« Wir haben uns, dachte sie, die Folgen nicht klargemacht. Wir sollten davon abgehen, Vilmkinder unter achtzehn wie Kinder zu behandeln. »Ihr scheint mit vierzehn oder früher erschreckend erwachsen zu sein.«

»Falls das eine Frage war«, sagte Sdevan, »kann ich dir erst eine Antwort geben, wenn du mir den Begriff ‚erwachsen' genau definiert hast.«

Eliza fing beinahe an, sich zu fürchten, weil das Eingesicht die Zähne fletschte und eine Miene wie ein tollwütiger Wolf zog. »Lassen wir das besser. Ich glaube, ich kann darüber hinwegkommen, euch als Versuchstier gedient zu haben. Ich will dich nicht umbringen. Wirklich nicht.«

Das Eingesicht lief aufgeregt hin und her. »Oh. Manchmal habe ich die Mimik nicht unter Kontrolle. Ich will ein Pokerface aufsetzen, und ihr kann man alle Gefühle von der Schnauzenspitze ablesen. Ist zuweilen peinlich.« Man konnte Sdevan sein Unbehagen deutlich ansehen.

»Zurück zu den Rätselfrüchten.« Eliza ging über den unerfreulichen Moment hinweg, als hätte sie nichts bemerkt. »Ich will schließlich herausfinden, warum unser aller Will dich zu mir befohlen hat. Der müsste doch in das alles eingeweiht sein. Oder?« Sie schaute ihn an und verstand. Sdevans Miene belegte nur allzu gut, dass Will nicht eingeweiht war, nicht in alles. Die schlimmsten Dinge wusste er natürlich nicht, da war sie sicher. Eliza seufzte. »Na wunderbar. Was für wundersame Nebenwirkungen der Dinger gibt es denn noch?«

Sdevan, erleichtert, endlich aus dem Nähkästchen plaudern zu dürfen, legte los. »Eine Menge. Es gibt Früchte, die wie Verstärker für einzelne Sinne wirken. Es geht allerdings mächtig über die Augen, wenn man für dreißig Minuten oder länger in einem erweiterten Frequenzbereich sehen kann und unser vilmscher Nebel plötzlich durchsichtig ist. Auch die Ohren können tagelang wehtun, nachdem man die Wurbls hat husten hören. Besonders gemein ist es, wenn man von einer Schreile erwischt wird. Die Biester sind bereits im Normalzustand eine Zumutung. Mit geschärftem Gehör lernt man sie echt hassen.«

Ich hab's geschafft, dachte Eliza, jetzt redet er endlich. Wir kommen der Sache näher. »Komisch«, sagte sie. »Ich hatte gedacht, dass euch alles gefällt, was zu Vilm gehört.«

Das Eingesicht sprang belustigt herum. »Bist du noch zu retten? Was gibt es Hübsches an einem Haufen aasfressender Wurbls? Was könnte man für Schreilen übrig haben, die nichts weiter machen, als uns die besten Triebe von den Gestrolchen wegzufressen, wenn sie nicht gerade einen Heidenlärm veranstalten?«

Eliza hob ahnungslos die Schultern. »Was könnte beispielsweise ich schön finden an einem grauen Himmel, der den lieben langen trüben Tag über Regen auf mich hinunterschüttet und sich nicht die Bohne verändert, um am nächsten Tag das Spiel zu wiederholen?«

»Das ist was anderes«, erklärte Sdevan überzeugt. »Zum einen verändert sich der Himmel unaufhörlich, zum anderen ist der Regen nie der gleiche, und außerdem müsstest du nur genau hinsehen, um das zu erkennen.«

Eliza schwieg für ein paar Sekunden, um das Geräusch des draußen herunterströmenden Regens als Hintergrund für ihre Worte zu verwenden. »Verstehst du nun, was ich dir sagen will?«

»Möglicherweise.« Sdevan interessierte sich nebenbei für die Daten auf den Bildschirmen.

»Dann können wir weitermachen«, stellte Eliza fest.

»Die verschiedenen Arten der Rätselfrüchte ... Ich habe wahrscheinlich nicht wirklich alle im Kopf. Wir können dir bei Gelegenheit unsere Dateien geben.« Das klang beinahe gönnerhaft, und Sdevan bemerkte das in genau dem Moment, da er es gesagt hatte. Das Eingesicht warf einen verstohlenen Blick zu Eliza und befasste sich danach wieder mit den bunten Diagrammen.

»Zu fast allen Wirkungen, die von den Früchten erzeugt werden können, gibt es Gegenmittel. Da gibt es eine blöde, allerdings zutreffende Regel: Die jeweils gegenteilig wirkenden Früchte sehen einander niemals ähnlich. Und da auch die Dosierungen unterschiedlich sind, hat es eine Weile gedauert, ehe wir zu den meisten das Gegenmittel gefunden hatten. Die Zeitbeere beispielsweise hat zwar ein Gegenstück, das dich selbst unheimlich langsam macht, während alles um dich herum zu rasen und zu zucken und zu zappeln scheint. Es steckt in einem verkrüppelt aussehenden Zweig, und du musst an einigen davon lange kauen, ehe die Wirkung spürbar wird.«

Eliza sah erst das Vilmkind und dann seine pelzige Erweiterung an. Das klang, als ob er mittlerweile eine große Sammlung solcher Substanzen angehäuft hätte. Sie fragte danach.

Sdevan hüpfte vergnügt herum. Die Informationen sprudelten aus ihm heraus. »Nicht einfach Substanzen. Früchte. Blätter. Äste. Wurzeln. Blüten. Triebe. Lauter Grünzeug, und alles von bestimmten Gestrolchen. Manche haben viele verschiedene Sensationen zu bieten, während andere in dieser Hinsicht richtiggehend blind sind. Von den Zeitbeeren habe ich erzählt. Dann gibt es die Kaktuspflaume, die jedem, der von ihr kostet, jegliche Aufmerksamkeit von außen nach innen krempelt. Die Umwelt versinkt in der Bedeutungslosigkeit, verschwindet, hört auf zu existieren; stattdessen erkennt man Dinge und Vorgänge, die im eigenen Körper vorgehen, als bekäme man sie mithilfe bunter Zeichnungen auf Wandtafeln haarklein erklärt.« Sdevan nickte zu Elizas Monitoren hinüber.

»Aber das würde ja ...« Eliza stutzte. »Warum habt ihr diese famose Pflaume nicht zusammen mit anderen Rätselfrüchten gegessen? Dann wüsstet ihr, wie das alles funktioniert. Und ihr könntet erklären, was zwischen eurem zweibeinigem und eurem sechsbeinigem Bestandteil vorgeht.«

Sdevan grinste breit. Beim Eingesicht sah das allerdings aus, als wolle es in den nächsten Sekunden über die Einarmige herfallen und ihr die Kehle zerfleischen. Er hatte seine Mimik wirklich nicht sonderlich gut unter Kontrolle. »Das hast du hübsch gesagt – Bestandteile. Leider ist der Effekt nicht dauerhaft, will sagen: Man weiß hinterher, dass man etwas gewusst hat. Man weiß freilich kaum noch, was genau dieses Wissen gewesen ist.«

Eliza kam dieses Konzept absurd vor. »Man hat alles vergessen? Wie dumm. Und wie nutzlos.«

Aufgeregt, wie er war, streunte Sdevan vor den Bildschirmen auf und ab. »Nicht ganz. Es bleiben Reste dieser Erkenntnisse hängen. Das Problem ist, dass es keine Zuordnung gibt. Der Zufall bestimmt, an was man sich erinnert – und es dauert lange, um aus diesem Zustand herauszukommen. Alle, die eine Kaktuspflaume gegessen haben, müssen darüber schlafen, um den Folgen der Frucht zu entkommen. Mindestens einmal, manchmal häufiger.«

»Wer denkt sich eigentlich die Namen für die Rätselfrüchte aus?«

»Manche sind spontan entstanden, einfach ihres Aussehens oder Geschmacks wegen. Andere sind bewusst gewählt, zum Beispiel, um Paare deutlich zu machen, die sonst keiner als solche erkennen kann. Es gibt ein Gegenmittel zur Kaktuspflaume, die Kaktuswurzel. Die sieht nicht im Geringsten wie ein Kaktus aus, und eine Wurzel ist es strenggenommen auch nicht, sondern ein Lufttrieb, den dieses spezielle Gestrolch nur selten ausbildet. Sie wirkt genau entgegengesetzt wie die Kaktuspflaume, deswegen der Name. Das andere Ding sieht übrigens so aus, wie es heißt: wie eine mit Stacheln besetzte überreife Pflaume.«

Eliza griff mit den Fingern ihrer verbliebenen Hand in eine der herumstehenden Tastaturen. »Du hast doch nie im Leben eine echte Pflaume gesehen.«

»Außer auf Bildern«, gab Sdevan zu.

»Ja, auf Bildern«, knurrte Eliza und ließ knackige, überreife, süß aussehende Pflaumenbilder erscheinen. Zu realistisch, um überzeugend zu sein. »Wenn ich in meinem Garten ein paar irdische Bäume groß bekomme, dann kriegst du die erste auf Vilm geerntete Pflaume, das verspreche ich dir. Was mich mehr interessiert: Was genau bewirkt denn die Kaktuswurzel?«

Sdevan warf einen misstrauischen Blick auf Elizas Hand über der Tastatur und musterte dann die leckeren Pflaumendarstellungen, als wolle er sie auswendig lernen. »Kaktuswurzeln stülpen alle Aufmerksamkeit von innen nach außen. Das ist nicht ungefährlich, weil man nicht spürt, was mit dem eigenen Körper geschieht. Man könnte jemandem unter Kaktuswurzeleinfluss ein Bein abhacken, er würde es nicht merken.«

Eliza warf Sdevan einen gespielt ernsten Blick zu. »Ich hoffe, das habt ihr nicht durch ein entsprechendes Experiment überprüft.«

»Doch, deswegen laufen Dutzende einbeiniger Kinder durchs Dritte Dorf«, gab er trocken zurück.

»Furchtbar witzig. Welche weiteren wertvollen Erkenntnisse liefert der Genuss der Kaktuswurzel?«

»Stark übersteigertes Empfinden der Umgebung, und zwar nicht als Hypersensitivität eines einzelnen Sinnes. Während die Kirabelle den Geruchssinn schärft, Blaurüben deine Ohren in Antennen verwandeln, Würzmispeln den Tastsinn bis jenseits der Schmerzgrenze steigern, macht die Kaktuswurzel etwas mit den Gehirnfunktionen, die aus den Informationen deiner verschiedenen Sinnesorgane ein Gesamtbild zusammenfügen. Plötzlich kannst du ein umfassendes und lückenloses Bild deiner Umwelt synthetisieren, das jeden einzelnen Krümel von Wissen einbezieht. Auch Kenntnisse, von denen du bisher gar nichts gewusst hast. Bei den meisten davon dringt nicht einmal die Tatsache ins Bewusstsein, dass eine solche Information überhaupt existiert.«

Eliza betrachtete das skurrile Bild, das sich ihr bot. Das lebhaft gestikulierende hundeähnliche Eingesicht, der bewegungslos dasitzende Jungenleib, aus dessen Mund Informationen sprudelten. Dahinter prachtvoll leuchtende Pflaumen, blau und violett und gelb. »Zum Beispiel?«

Mit sechs Pfoten konnte man eine Menge Gesten machen, viel mehr als mit zwei Händen. Oder nur mit einer. »Wusstest du, dass die Gestrolche winzigleise Geräusche machen, während sie wachsen und sich gegen Wind und Regen zu behaupten haben? Das Geräusch selbst – ein ohne Hilfsmittel kaum wahrnehmbares Schmatzen – hörst du auch unter dem Einfluss von Blaurüben, du kannst es allerdings nicht einordnen. Die Kaktuswurzel liefert dir den Zusammenhang mit allem anderen. Außerordentlich beeindruckend und beängstigend, weil man – im Gegenteil zur Kaktuspflaume – sich an jede einzelne Sekunde dieses Zustandes haarklein erinnert. Glücklicherweise dauert er nur Sekunden, und die Kaktuswurzel ist äußerst selten.«

Elizas Augen hingen noch an den Pflaumenbildern, und sie versuchte, den Geschmack zurückzurufen. Es gelang ihr nicht. »Das ist doch märchenhaft, sich an so etwas erinnern zu können«, sagte sie.

Sdevan sah ihr, plötzlich ernst und ruhig geworden, in die Augen. »Ist es nicht«, sagte er. »Die Erinnerung ist da. Du hast lediglich keine Worte, sie zu beschreiben. Für diesen Eindruck von Ganzheit und Geschlossenheit hat unsere Sprache keine Ausdrücke. Es bleibt eine ebenso wundervolle wie quälende Erfahrung, die man niemandem richtig mitteilen kann. Noch weniger kann man das Wissen, das man aus solchen Momenten mitbringt, jemals beweisen. Man weiß es halt. Damit hat es sich.«

Ehe sich die nun einsetzende Stille ausbreiten konnte, griff Eliza in ihre Tastatur und setzte einfach alles zurück. Neustart. Genug Pflaumen. Für heute. Das System lud seine Grundeinstellungen hoch. Die Bildschirme feuerten buntes Licht. »Ich habe jetzt eine Menge gelernt über eure Früchtchen«, sagte sie. »Nun würde ich gern auf das zurückkommen, was Will veranlasste, dich zum Rapport hierher zu schicken.«

»Fast dachte ich, du hättest das inzwischen vergessen.« Sdevan ließ den Kopf hängen. Die Köpfe. Er hatte gesehen, was Eliza getan hatte, und es gefiel ihm nicht.

Eliza grinste und dachte an vergangene Zeiten voller Protokolle und Sicherungskopien. »Ich habe das Gedächtnis eines alten Bürokraten.« Sdevan sah sie mit einem Ausdruck an, der ihr klarmachte, dass sie es kaum jemals schaffen würde, ihm den Sinn dieses Wortes klarzumachen. »Welches Experiment war es nun, dass dich in dieses Verhör gebracht hat?«

Sdevan war froh, auf ihm vertrautes Gebiet zurückzukehren. »Wir beschäftigen uns mit Rätselfrüchten, die in tiefere Regionen unseres Wesens eingreifen. Die uns Möglichkeiten eröffnen, mit den Gestrolchen etwas zu tun, dessen Funktion uns nicht ganz klar ist. Das sind andere Sachen als die Quillen, mit denen man sich sexuelle Erlebnisse verschaffen kann, oder die Nüsschenpfirsiche, die das Bewusstsein quasi ins Gestrolch hineinversetzen. Interessant übrigens, Vilm aus der Sicht eines symbiotischen Busches zu sehen.«

Eliza wandte sich mit einem Ausdruck gesteigerter Langeweile ihren Kontrollen zu und startete allerlei Diagnoseroutinen. Dieses Vilmkind würde es nicht schaffen, ihr mit Details das Gespräch zu verkleistern. Allerlei Anzeigen huschten von Monitor zu Monitor.

Das Vilmkind fuhr fort, die Einarmige begeistert zuzutexten. »Da wäre der Butterdorn zu nennen, der die Wetterfühligkeit in die andere Richtung erweitert, nach unten, sehr aufschlussreich für Geologen. Es muss hier ausgedehnte unterirdische Wasseradern geben, vermutlich Höhlensysteme mit Flüssen und Seen und so weiter. Die außerordentlich seltene Karamelkose wiederum bringt den Kontakt, der zwischen A und J eines Vilmers besteht, mit dem eines anderen zusammen. Das ist interessant, verwirrend und kaum zu empfehlen, es ist nicht jedermanns Sache, in die innersten Gedanken und Gefühle eines anderen einzutauchen. Kann peinlich werden und hat manche Freundschaft für immer beendet.«

Eliza wollte keinesfalls in irgendeiner Weise aufdringlich erscheinen. Sie wartete darauf, dass Sdevan sich endlich dem Thema näherte. Sie startete Diagnoseprotokolle und sinnlose Monitoring-Software, nur um irgendwas zu tun und dem Vilmkind zu zeigen, dass es ihre Zeit verschwendete.

»Ähem. Es ist notwendig, dass du gewisse Dinge weißt, ehe ich zu dem komme, was du das Thema nennst.« Sdevan hatte ihre Ungeduld bemerkt. »Die Rätselfrüchte haben uns eine Menge über Vilm und die Gestrolche und die vielfältigen Lebensformen in ihnen beigebracht. Die Würzmispel beispielsweise stellt uns eine Art Radar zur Verfügung, mit dem wir tierische Lebensformen spüren können, wahrscheinlich eine alte Fähigkeit der Eingesichter, sehr wunderlich. Schließlich sind alle anderen Tiere bidirektional gebaut, und es ist für uns wie für die Eingesichter äußerst abstrus, nach hinten und vorn gleichzeitig zu schauen.«

Eliza rief allerlei Zeug auf die Monitore. Das System überprüfte sich selbst so gründlich wie seit Monaten nicht mehr. Anzeigen für den Fortschritt tiefgreifender Prüfungen schnurrten nach unten. Das Thema, mein Junge. Komm bitte zum Thema, sagten ihre wortlosen Handlungen.

»Ich bin dabei, ich bin dabei. Außerdem haben wir durch die Würzmispel herausgefunden, dass eine Reihe von Pflanzen im Gestrolch gar keine sind, sondern eine eigenständige Klasse von Tieren. Oder etwas anderes, irgendwo zwischen Tier- und Pflanzenreich. Die Dinger haben zwar Wurzeln, leben jedoch von den anderen Teilen des Gestrolchs, und ihre Früchte sind eher Eier als Samen, und einige können sich selbständig bewegen, wenn auch nur langsam. Und die Wurbls sind den Pflanzen offenbar weit näher, als wir es bisher geahnt haben.«

Eliza fand einige der Anzeigen auf ihren Bildschirmen ein wenig seltsam, achtete nicht darauf und richtete einen sengenden Blick auf das Vilmkind. Sdevan schwitzte. Das war noch seltsamer. »Langsam, aber sicher treibst du mich in den Wahnsinn mit all dem abgedrehten Obst. Was, zum Geier, hast du angestellt?«

»Wir haben nach Möglichkeiten gesucht, das Wachstum der Gewächse in den Gestrolchen zu beeinflussen, nach unseren Vorgaben zu steuern. Wir haben Rätselfrüchte gefunden, die uns dabei vorangebracht haben: die Kremschote und die Bromnuss. Einzeln schienen sie wertlos zu sein, weil sie nicht mehr verursachen als eine leichte Geistesabwesenheit. Kombiniert allerdings haben sie uns den Weg gewiesen, Gestrolchpflanzen zu beeinflussen. Die Dinger wachsen so, wie wir es ihnen vorgeben.« Fast wirkte Sdevan verlegen, als er diese Information preisgab.

»Die Dinger wachsen genau so, wie du es wünschst? Nicht zu glauben.«

»Na ja. Mehr oder weniger. Praktisch formen wir die Gestrolche nach unserem Willen, wir steuern sie. Und wir werden immer besser dabei. Nahrhafte Schoten, die wachsen, wo man sie haben will. Wir könnten uns das Essen in den Mund wachsen lassen. Alle Geschmacksrichtungen, die wir gefunden haben, und das sind eine Menge. Das ist Biotechnologie – die Fähigkeit, das Wachstum der Tierpflanzen zu beeinflussen. Anfangs war es nur Spielzeug aus Biomasse, später erschufen wir Hütten aus Schlingpflanzen und Ästen. Jetzt sind wir weiter.« Sdevan schaute Eliza an, während das fellige Wesen die Monitore mit aufgerissenen Augen musterte.

»Warum machst du eine Pause? Sprich weiter«, forderte Eliza.

»Wir haben Will unsere neueste Schöpfung gezeigt. Na gut, meine neueste Schöpfung. Ein Gebäude, das verschiedene Bruchstücke des Weltenkreuzers integriert, sich über drei Stockwerke erstreckt und richtige Treppen enthält. Ich hab die Grundidee aus einer irdischen Datei kopiert; die Vorstellung, zum Schlafen nach oben zu steigen, kam mir zu komisch vor. Das Projekt ist hervorragend gelungen. Besser, als ich es gedacht hatte; und größer. Ich kann es weiter wachsen lassen, wenn ich will. Das ist Teil des Problems.«

»Des Problems?« Eliza ahnte, wovon die Rede war, und sah auf die Monitore. Die zeigten jetzt – nach dem kompletten Neustart – wieder die Wirklichkeit. Und nicht mehr, was die Vilmkinder sie hatten glauben lassen wollen. Sie sah, wovon Sdevan die ganze

Zeit gesprochen hatte. Das Gebäude aus Pflanzen, die fast Tiere waren, umflochten und durchdrungen von Tieren, die wie Pflanzen waren. Beeindruckend. Indessen stand es eindeutig da, wo einmal ein Garten gewesen war. Die Schösslinge von Pflaume und Gravensteiner hatten vermutlich niemals eine Chance gehabt. Vielleicht waren sie prima Dünger gewesen.

Elizas Gesicht verfärbte sich. »Ich will das sehen! Ich glaube das nicht! Das kann nicht wahr sein!« Die Bilder von den dicken saftigen Pflaumen würden Bilder bleiben. Erinnerungen. Stattdessen würde es Zeitbeeren geben, Rotschoten und Kaktusbeeren, Blaurüben und Würzmispeln, Bromnuss und Karamelkosen. Sie starrte auf die Monitore, die ihr all die Monate hindurch gezeigt hatten, was sie sehen wollte, und nicht das, was sie hätten zeigen sollen. Die Herren dieser Welt hatten es anders beschlossen. Sie drehte sich herum und feuerte Sdevan eine unbeherrschte Ohrfeige in das arglose Gesicht. Eliza meinte ihn gar nicht ... Sie hatte verstanden, dass Vilm, dieser hoffnungslos verregnete Planet, ihr niemals gehorchen würde. Er gehorchte anderen. Denen, die wie Sdevan waren. Eliza stürmte hinaus, das Drama mit eigenen Augen zu sehen.

Das Eingesicht leckte über die Schwellung im runden Gesicht des Vilmkindes. »Was regt sie sich auf«, murmelte Sdevan, erleichtert, dass er diese spezielle Lüge nicht weiter vorantreiben musste. Keine Eingriffe ins Rechnernetzwerk Elizas mehr, keine treuherzigen Halbwahrheiten, garniert mit ein bisschen Hundeblick-Charme. Dennoch tat es weh. Nicht nur da, wo ihn die eine Hand Elizas getroffen hatte. Unter Umständen können wir ihr anbieten, ein paar irdische Pflanzen wachsen zu lassen, wenn sie denn unbedingt welche haben will, dachte er. Einen Pflaumenbaum zum Beispiel. Irgendwo. Wird sich schon ein Plätzchen finden lassen.

ENDE von Teil 1

Teil 2 des Romans:

Karsten Kruschel
VILM – Die Eingeborenen
ISBN 978-3-938065-54-9

So hatten sich das die Retter an Bord der ARMORICA nicht vorgestellt: Statt sich evakuieren zu lassen, fordern die Schiffbrüchigen der VILM VAN DER OOSTERBRIJK, dass ihr Planet als unabhängige Welt anerkannt wird.

Damit lösen sie eine diplomatische Krise aus, denn der wenig attraktive Regenplanet weckt unerklärbare Begehrlichkeiten: beim Flottenkommando auf Atibon Legba, der Goldenen Bruderschaft, den Päpsten von Vatikan, bei Versicherungskonzernen und Journalisten.

Die Vilmer, deren ganzer Reichtum aus einer riesigen Schutthalde besteht, scheinen all dem hilflos ausgeliefert. Aber sie bringen ihre Widersacher immer wieder ins Grübeln, nicht zuletzt über die Frage, ob Vilmer überhaupt noch Menschen sind ...

Frank Hebben
Prothesengötter
Science Fiction
Erzählungen
ISBN 978-3-938065-35-8

13 ausgewählte SF-Geschichten, von Dark Industrial bis Cyberpunk.

Mit Prothesengötter legt der zweifach für den Deutschen Science Fiction Preis nominierte Autor die erste Sammlung seiner Kurzgeschichten vor.
Wortgewaltig im Stil, temporeich im Rhythmus, verschwendet Frank Hebben keine Zeit, den Leser erst schonend an seine düsteren, apokalyptischen Welten heranzuführen – er wird hineingeschleudert in die dampfenden Maschinenstädte, die industriellen Molochs, wo Halbgötter ihre silbernen Schwingen ausbreiten und fliegen, nur um noch tiefer zu fallen.

»Frank Hebben, der Senkrechtstarter des Jahres 2006.«
Helmuth W. Mommers, 2006

»Knapp, flott, erfrischend und wortgewaltig.«
Andreas Gruber

»Die Zukunft der deutschen Science Fiction heißt Frank Hebben.«
Michael. K. Iwoleit

Heidrun Jänchen
Simon Goldsteins Geburtstagsparty
Science Fiction
Roman
ISBN 978-3-938065-33-4

Woher wissen Sie eigentlich, dass der Präsident der Inner European Union tatsächlich lebt? Haben Sie Giraux schon einmal persönlich gesehen?
Und woher wissen Sie, dass die katalanischen Separatisten noch immer Bomben legen? Aus den Medien?
Eine Journalistin, ein Programmierer und ein Terrorist sind täglich damit beschäftigt, Realitäten für Sender und Newsfeeds zu produzieren. Bis sie die falschen Fragen stellen und sich auf der anderen Seite wiederfinden – als Nachrichten.
Beim virtuellen Kampf um ihr Leben geraten sie mitten hinein in eine Verschwörung, die mit einem gigantischen Hoax die Welt retten will.

Heidrun Jänchen arbeitete am Drehbuch für den ZDF *Krimi Wilsberg – Letzter Ausweg: Mord* mit und wurde für ihre SF-Erzählungen fünf Mal für den Deutschen Science Fiction Preis, vier Mal für den Kurd Laßwitz Preis sowie zwei Mal für den Deutschen Phantastik Preis nominiert.

Bernhard Schneider
Das Ardennen Artefakt
Science Fiction
Roman

ISBN 978-3-938065-34-1

Als Professor Paul Teeple einen unerwarteten Anruf aus seinem Institut erhält, glaubt er noch an einen belanglosen Zwischenfall.
Doch wenig später gerät er in den Strudel der Geheimdienste, die bei der Jagd auf Terroristen und Hochtechnologie nach ihren eigenen Regeln spielen.
Und so kämpft er in einer Welt, die von Energiekrisen und Klimawandel erschüttert wird, gegen die Fanatiker der Analog, die das Netz zerstören wollen, um die Zivilisation ins Chaos zu stürzen.
Bis er erkennt, dass die wahre Bedrohung eine ganz andere ist ...

Bernhard Schneider, Jahrgang 1961, lebt mit seiner Familie in Wiesbaden.
Nach dem Physikstudium arbeitete er bei mehreren Firmen und Behörden, aktuell ist er als freier Unternehmensberater tätig.
In den letzten Jahren veröffentlichte er mehrere Kurzgeschichten im Wurdack Verlag.
Einige seiner Erzählungen wurden für den Deutschen Science Fiction Preis und für den Kurd Laßwitz Preis nominiert.

Die Audienz

herausgegeben von Armin Rößler und Heidrun Jänchen

Science-Fiction Reihe Band 16

ISBN 978-3-938065-62-4

Haben Sie schon darüber nachgedacht, wie Sie die Zeit nach Ihrem Tod verbringen wollen? Oder ob Sie den nächsten Gesundheits-Check-up ohne eine saftige Beitragserhöhung überstehen werden?
15 Science-Fiction-Autoren erzählen vom Leben in den Städten der Zukunft, in virtuellen Welten und auf fremden Planeten, die verblüffende Ökosysteme hervorgebracht haben.

Mit brandneuen Geschichten der beliebtesten deutsch-sprachigen Autoren: von Karla Schmidt (ausgezeichnet mit dem Deutschen Science Fiction Preis 2009), Heidrun Jänchen (ausgezeichnet mit dem Kurd Laßwitz Preis 2009), Frank W. Haubold (ausgezeichnet mit dem Deutschen Science Fiction Preis 2008), Karsten Kruschel (ausgezeichnet mit dem Deutschen Science Fiction Preis 2010), Bernhard Schneider, Regina Schleheck, Christian Weis, Nadine Boos, Christian Günther, Armin Rößler, Arnold H. Bucher, Andreas Flögel, Kai Riedemann, Jakob Schmidt, Andrea Tillmanns und Bruna Phlox.